一張嘴天下隨

精挑話題×細選素材×投入情感×營造氣氛！

演說題材信手拈來，再也不怕被突然cue上臺！

吳馥寶,老泉 編著

- 害怕站在人群面前，一站上臺就狂發抖？
- 想要說的話有很多，但總是表達不清楚？
- 鎂光燈打在你身上，聽眾目光卻黏在手機上？

故好事前準備，揮別說話壞習慣，訓練臨場反應力，

本書手把手帶你自信地站上舞臺，甫一登場就是最具魅力的演說家！

目 錄

目錄 ────────────────────

第三章　投入情感，增強感染力

第四章　舉止從容，彰顯自信力

第五章　營造氣氛，激發共鳴力

第六章　得體控場，減少牴觸力

目錄

目錄

前言

哪裡有演講，哪裡就有力量；哪裡需要力量，哪裡就有演講。

一個人要想取得成就，單打獨鬥變得越來越難。獨木不成林，眾人拾柴火焰高。成功離不開說服與鼓動，要說服大家擁護你，要鼓動大家為追隨你。這時，演講不僅僅是影響力，同時還是生產力。看財富榜上那些掛著董事長、總裁、CEO 之類頭銜的菁英，哪個不是一流的演說家呢？

演講可獲得支持，可鼓舞士氣，可凝聚人心，甚至可以改變歷史。1960 年代，當美國的大地上瀰漫著濃厚的種族歧視黑霧時，年輕的黑人民權領袖馬丁・路德・金恩（Martin Luther King, Jr.）站了出來。1963 年 8 月，34 歲的馬丁・路德・金恩發表了著名的演說〈我有一個夢想〉（*I Have a Dream*）。這個超級有力的簡短演說，使在場的黑人與白人都熱淚盈眶。在〈我有一個夢想〉的震撼下，反種族歧視運動在美國迅速蔓延開來，一步一步地走向成功。

值得說明的是：這些大氣磅礡的演說者，並非天生就擁了有高超的演講技能。演講是一種技能，完全可以透過後天的學習來獲得。那麼，怎樣才能使你的演講最有力，從而吸引人、打動人、感染人、影響人？

本書以演講為軀幹，以學識為根，以演講步驟為枝條，以妙語為葉，為讀者奉獻一本既具有可讀性又具有實用性的演講讀物。相信各位讀者在靜心學習與領會之後，能讓自己的演講更加有力，並品嘗到由演講而帶來的美味甘果。

編者

前言 ———————————————

第一章　精選話題，確保吸引力

失敗的演說往往是因為講的事情太多、太雜，使聽眾無法將注意力集中到重點上。聽眾根本不可能跟上演說者的敘述速度，頂多在腦中留下一片模糊的印象罷了。那他們對你的話還會有聆聽的興趣嗎？在一個主題的四周，應至少有 100 個以上不同的看法，而這 100 個看法中，只要選取 10 個加以整理即可，其他 90 個都可以放棄。只有這樣精選話題，聽眾才能產生期望，才能使演講具有不可抗拒的吸引力，從而促使演講成功。

第一章　精選話題，確保吸引力

選好話題成功演講

　　演講是人類的天賦權利，演講是社會的進步動力，演講是人生的發展能力。古今中外都有演講能人，世界各國都有演講高手，每個國家的文化不同，造就了不同的演講風格。但成功演講的第一步，無疑是要選好適合的話題。

　　我為了什麼而登臺？我上臺後要講什麼？這就是選話題。

　　失敗的演說往往正是因為講的事情太多、太雜，使聽眾無法將注意力集中到重點內容上去。那他們對你的話還會有興趣聆聽嗎？

　　這就是說，在演講時，重點愈少愈好。例如談到去公園野餐的話題，演說者太過於熱心，往往會把公園裡的一花一草、一石一木鉅細靡遺地介紹給聽眾。殊不知這樣講，聽眾根本不可能跟上演說者的敘述速度，頂多在腦中留下一片模糊的印象。但如果你把公園中最有趣的見聞，限定在一定範圍內介紹，那麼聽眾就可以產生鮮明的印象。

　　無論任何主題，都不可忽略要點的掌握，限定主題的範圍，計算安排好時間，進行恰如其分、恰如其時的演說。如果是限時 5 分鐘的演講，則要點最好只定一兩個；30 分鐘的演講，要點最好不超過四五個。事實上，長時間的演說，能把四五個要點闡述清楚的，並不多見。

　　要知道，只描述一個主題的表面現象，比深入挖掘主題要容易得多，然而這是投機取巧的簡單把戲，極難引起聽眾的共鳴。「挖掘主題」就是要你認真想想：你為什麼認為這是一個有價值的主題？這一主題在實際生活中是否能得到印證？正確地說，你的論點究竟是要證明什麼？事實又是怎樣發生的？這些都是準備階段必須認真推敲的。只有如此，聽眾才能產生期望。在一個主題的四周，應至少有 100 個以上不同的看法，而這 100 個看法中，只要選取 10 個加以整理即可，其他 90 個都可以放棄。

　　所以說，演講準備要充分，但不意味著永無頭緒，要盡快選擇好演說主題。你千萬不要在演說的前兩天才開始著手決定主題。話題決定愈早，也就愈可以提早對主題培養起潛意識，這是非常有利的。

　　湯瑪斯・曼（Paul Thomas Mann）說：「在重要演講之前，演講者一定得先在心中對主題反覆斟酌，把演說準備變成自己生活的一部分。這麼一來，無論你在街上行走、看報、睡覺或起床，都可能會發現有利於演說的生動事例，也可能發現某種演說技巧。」

　　55 歲的陳大明是某理工大學的「老屁股」，從讀書到任教，至今 28 年。他又是學校的「潮人」，以生動風趣的說話風格享譽學院。2007 年年底，陳大明擔任文法學院院長。2008 年，他送走擔任院長以來的第一屆畢業生。「我當時就已經有意識，就不講內容傳統的演講，我所說的傳統的就是正統的，就是官腔、客套話。」

　　2009 年，在他的第二次畢業演講中，他開始「放肆」。他說：「我先寫了首打油詩，那個打油詩我就是用的〈江城子〉的自度曲，把我們學校的一些環境串了起來，也把學生的起居生活串起來了。」

　　演講中，他加入了一些比較炫的東西，「剽悍的人生不需要解釋」、「成功的人生不需要張揚」，甚至著名歌手也被他引入演講。

　　那麼，要怎樣才能選好話題，從而演講成功呢？

　　從自己的生活歷程中尋找富有生命啟示的題目。初學演講者所碰到的最大問題，經過統計之後發現，初學者怎麼選擇適當的題目演講，這是演講功力要上一個新臺階首先碰到的問題。

- **選擇自己熱切想要傾訴的演講話題**：無論是對於初階演講者，還是對於渴望再上一個新臺階的演講者，必須對自己要演講的題目有深切的感覺，這一點極為重要。

第一章　精選話題，確保吸引力

- **對選擇的演講話題充滿熱忱**：有一點必須明確，並非所有你我有資格談論的題目才會引起人們的興趣。譬如說，有一個人是自己動手型的人，那麼他（她）確實夠格談如何去洗盤子。可是不知怎麼搞的，他（她）就是對這個題目熱衷不起來，而且事實上，他（她）根本想都不願意去想這些事。可是，家庭主婦們 —— 也就是家庭主管們，卻把這個題目說得棒極了。她們心裡或許對永遠洗不完的盤子有股怒火，或者發現了新的方法可以處理這惱人的家事。不管怎樣，她們對這個題材來說極其熱忱，因此她們可以就洗盤子的話題說得頭頭是道。

- **講述生命對自己的啟示**：一般來說，訴說生命啟示的演講者，絕不會吸引不到聽眾。當然，有時不太容易讓演講者接受這個觀點 —— 他們避免使用個人經驗，因為這樣太瑣碎，太有局限性。他們寧願上天下地去扯一般的概念及哲學原理。可悲的是，那裡空氣稀薄，凡夫俗子無法呼吸，人們都會關注生命，關注自我，因此當你去訴說生命對你的啟示時，他人自然會成為你的忠實聽眾。

- **演講話題的內容，也要超越一點聽眾所理解的範圍**：真正偉大的經典，就是那少數幾本非一般人所能理解的書籍。所以它們好像是工具書一樣，可以不斷重複地閱讀。而且每次閱讀時，都可以從裡面吸取不同的東西；而每次所獲得的，就代表心智發展又往前跨出了一步，同時也能慢慢領悟出其他有待深入了解的事物。

選題和篇幅都重要

　　有一位哲人說：「魚並非均勻地分布在所有的水域上，同一區域，有人能釣到大鯉魚，而另一些人則總是釣到小魚。因此，選擇池塘變得十分重要了。在這個池塘釣魚，我是經過反覆地選擇的，而你則是完全盲目的，儘管我們碰巧遇在一起了，但是我們卻是有區別的。這種區別在於我知道自己的選擇，而你是隨機，也許你能有好機會，但是機會不可能總是降臨於你。真正的成功需要累積和理智的選擇。」

　　演講的選題，它在很大程度上決定了演講的成敗。題目選得好，演講就容易受到聽眾的歡迎，演講的目的就容易實現；反之，就難以引起聽眾的興趣，演講目的就不容易實現或根本實現不了。有聽眾，絕大多數人和演講的題目無關，這些人也許就走了，演講自然難以進行下去；沒有聽眾，或者聽眾甚少，恐怕演講就無法開場。所以，演講的內容至關重要。

　　一般來說，可從三點去考慮：

- **現實社會矛盾的「焦點」**：社會矛盾的「焦點」，往往能集中反映社會、時代的本質，因而它和國民的各種利益關係極為密切，這樣的演講內容很容易吸引聽眾，並且演講也會具有社會價值。只是「焦點」問題也許和方針、政策有較大的關聯，選取此類選題時，一定要讀懂相關的政策，切不可太隨意。

- **聽眾關心的「焦點」**：掌握聽眾關心的「焦點」，自然容易喚起聽眾對演說的極大興趣和熱情，聽眾也許想從演講中找到對某種問題的解釋，也許想了解某種知識，總之聽眾是帶著某種欲望來的。演講者對聽眾關心的熱門問題一定要有較深刻的理解，不可一知半解，更不能連自己還沒有搞清楚是怎麼回事，就貿然去講；演講中一定要堅持健康有益的原

15

第一章　精選話題，確保吸引力

則，注意演講的正確方向，要有自己堅定的立場，不去迎合低級趣味。聽眾關心的熱門問題很多，選取什麼，有必要三思而後行。

- **專業演講**：這是指專業知識方面的演講，選題時必須選你最擅長的專業領域，且頗有研究，理解得深刻而且有獨立的見解，演講時可以深刻而全面地闡敘，使聽眾有所收穫。切不可打腫臉充胖子，去講自己不熟悉的問題，或自己尚無足夠底子的知識，那是十分危險的，「知之為知之，不知為不知」，上得了臺，下不了臺就難受了。

世界上的問題很多，人們必定有自己了解的範圍，不可能所有的問題都清楚，也不可能對某個問題在短時間內就研究得十分深刻，甚至有研究成果。所以，演說前儘管對某個選題有較為充分的準備，也還會有不足的。如果選題不要那麼大，定在某一點或幾點上，也許演說的效果會好一些。聽眾通常很難長時間地聽一個人滔滔不絕地演說，所以要求演講的篇幅盡量短而精，通常最好不超過 20 分鐘。這樣做不僅珍惜時間，演講的結構也可以簡單巧妙，聽眾樂於接受。馬克‧吐溫（Mark Twain）聽關於救濟窮人的牧師演說，便是一個很好的例子。

「言多必失，語多必敗」，如果重複的話翻來覆去說，怎麼能不叫人煩呢！聽長官報告，這個長官講一次重要性，那個長官又講一次，基本上是有幾個長官講幾次，都大同小異，下面的聽眾能不煩嗎？儘管是下屬，迫於長官的壓力，不敢走，或者是上頭開大會，底下開小會；或者是閉目靜思，不知在想什麼。演講者如果把幾個長官的話反覆講，聽眾沒有下屬的身分，自然會走掉的。

心理學的研究告訴我們：在 45 分鐘的演講中，聽眾在前 15 分鐘注意力集中，獲得的資訊較多，爾後的 30 分鐘效果很差，收益也很差。非講學的

演講，最好是短而精，10 分鐘左右，一氣呵成為最好。如果是內容豐富的報告式或講座式演講，就要求事例生動，語言風趣，並穿插活潑的與聽眾的對話，以調節氣氛，吸引注意。當然要避免歌星那種和臺下聽眾溝通的方法，因為太超過了。

美國第 28 任總統伍德羅・威爾遜（Thomas Woodrow Wilson）在世的時候，有人問他：「準備一份十分鐘的講稿，需要花多少時間？」他回答：「兩個星期。」

「準備 30 分鐘的講稿呢？」

「一個星期。」

「準備兩個小時的講稿呢？」

「不用準備，馬上就可以講。」這段對話告訴我們：篇幅越短，準備越要充分，短而精是精彩演講的一大特點，沒有大量的資料的去偽存真、刪繁就簡的過程是達不到短而精的。這樣的例子是很多的。列寧的著名演講〈什麼是蘇維埃政權〉總共時間只用了 3 分鐘。要是換了別人去講，不知要講多長呢！列寧的夫人克魯普斯卡婭在回憶錄中寫道：「儘管列寧具有淵博的知識和豐富的宣傳經驗……但是，他對每一次演說，每一次報告，每一次講話，都要精心準備。」

林肯（Abraham Lincoln）的〈蓋茲堡的演說〉只有十幾句話、600 多字，所用的時間不到 3 分鐘，卻準備了兩個星期：林肯的演說，內容博大精深，結構緊湊嚴謹，轟動全國，馳譽世界，成為最著名的演說，讓人們長久記憶，銘刻不忘。而演講了兩個小時的愛德華・艾瑞特（Edward Everett），早已被人們忘掉了。

第一章　精選話題，確保吸引力

▌選擇熟悉的話題

演講話題應該是演講者有能力駕馭的，這是準備演講時必須要遵循的一個原則，如果違背了這一原則，即使有了很好的話題，也不可能有成功的演講。從這一原則出發，演講者應該選擇自己比較熟悉的話題，或是選擇自己比較熟悉的角度和側面去談論某一個話題。

如果能在演講中加入自己的親身經歷，那就更能吸引聽眾的注意力了：因為人們對於發生在你自己身上的故事遠比那些平淡的事例更感興趣。

你不妨回想一下你曾經旅行過的地方、你曾經從事過的工作以及曾經令你陷入困境的事件。或許你乘坐熱氣球升空過，或許你參加過由某個著名大學校長選定的非正式顧問團，或許你在一次銀行搶劫中做過人質。顯而易見，這些都是值得一說的故事。不過不要忽視那些在你自己看來是平淡無奇的經歷，它們在別人的眼中或許會生動有趣。如果你是若干孩子中的一個，或者如果你一直都是從事自主經營，或者在你的成長過程中你在學校裡說的並非是你的母語，這樣透過和聽眾分享你的經歷和體會，你可以增加他們對這些陌生的事物的了解。

你是在既有的知識儲備的基礎上進行演說的。在另外一些場合，你的個人背景就是演說題目很好的靈感源泉，完全可能發展成一篇引人注目且內容詳實的演說。

我們每個人在某些特定的領域都有著一技之長。你是如何謀生的？如果你在房地產領域的知識為你帶來了豐厚的收入，可以確信會有一批聽眾迫切地渴望聆聽你的見解。不過具備演說價值的工作，並不一定需要有優厚的報酬或聲望顯赫。事實上，人們都希望了解事情是如何運轉的。人們通常在聆聽過程和步驟時興致盎然，即便在從業者本人看來這些過程和步驟毫

無出奇之處。比如，你的行李是如何從一個機場轉到另一個機場的？在一次音樂會上後臺都在發生著什麼？

或者，不談論你工作的原理和機制，你可以圍繞你生活中所遇到的人來構建一篇演說。如果你喜歡觀察他人並在描述他們的行為舉止上頗有天賦，你可以變成一位業餘的人類學家或社會心理學者。還有諸如此類的話題——你可以對人類的天性或者我們文化中的某些方面提供獨特的洞察和見識：郵差眼中的狗的主人，奇特的部落習俗，在一個牙醫候診室裡看到的人情世態。

你在學校所學習的課程也豐富了你在某些領域的知識，或許你潛在的聽眾對於它們只是一知半解、蒙昧不明。此外，你還可以考慮就你的才能、興趣愛好以及習得的技能發表演說。你是否能夠圍繞為你的住宅改裝線路、演奏某種樂器作為放鬆治療的方式、為徒步旅行準備精美的食品，或者是描述一下神祕小說中描寫的英國的等級結構來構建一篇演說？或許對於下面你所感興趣的主題你已經作了深入的研究：好萊塢電影、啤酒的種類、蘇丹的歷史、天神崇拜以及家用電腦。

假定你正在參加一個聚會，突然間你發現自己充滿熱情地在談論婚外戀問題。事實上，在此之前你們已經談到了許多同樣有著很大爭議的問題，但你的情緒一直沒有調動到現在這樣熱情洋溢的程度。那麼，請你趕快想一想，還有哪些話題能夠像這樣令你熱情高漲？這些話題或許觸動了你的核心價值，它們通常能夠成為很好的演說主題。當你基於內心確信不疑的信念發表演說時，你會更加放鬆自如。聽眾也會更加善解人意——即便他們持相反的看法，當他們看到你的演說發自肺腑時，就不會心生牴觸了。

除了那些能夠刺激你捲入熱烈爭論的話題，還有另外一些在智力上令你心醉神馳的話題。你對核心家庭的衰敗，對導致人際關係惡化的原因，對如

何造就優秀經理，或者宇宙中是否存在其他有感情的生命這些問題是否有獨到的見解和看法？這些都足以構成一篇優秀的演說。

當然在談論熟悉的話題時，在有些話題上，你會顯得比較激動，這會影響你對這個問題進行清晰表達，要盡量避免這樣的話題。有些時候，關於家庭動盪、對政府政策的不同意見，或者近些日子個人不幸遭遇，這樣的話題更多的會帶有宣洩的成分，這些都應該盡量避免。

如果你實在沒什麼自己的故事可講呢？我有一條建議：採訪其他人，講講親人、老師、同事或朋友的故事，講故事時，儘管從別人身上獲得故事的素材很容易，但是卻很少有人這樣做。我們應該意識到，這樣的素材很豐富，不應該忽視。

選擇新穎的話題

博蒙特（Francis Beaumont）與弗萊切（John Fletcher）說過：「陳舊的款式一般不會有新穎之處，也不會有人仿效；然而，我們知道，二十年前流行過的款式還會重新受到人們的喜愛。」

布瓦洛（Nicolas Boileau）也說過：「一句漂亮話之所以漂亮，就在於所說的東西是每個人都想到過的，而所說的方式卻是生動的、精妙的、新穎的。」

他們的話，無疑是對「新穎」一詞最形象的闡釋。

演講，更需要新穎的話題。選取素材，不但要真實、自己熟悉，而且還要追求新穎。也就是說，要在真實、自己熟悉的基礎上，注重選取新穎的素材。新穎，就是新而別緻；就是新鮮，有新意，不落俗套，與眾不同。

怎樣的話題才算是新穎的呢？

　　首先，自己最熟悉、了解詳情而恰好又是別人忽視、不太注意的算「新」；對人們熟知的、自己卻有了新認知或新體驗的算「新」；別人沒有講過或很少講過的素材算「新」；最近發現的，有時代感，有意義，有意思的算「新」。有一點要說清楚，脫離「真實」二字，編造、獵奇的話題，不在「新穎」之列。

　　為什麼要大家重視選取新穎的話題呢？大家知道，文章貴在有新意；內容有新意，不落俗套，寫出來的文章才能吸引人，才會令人耳目一新。內容很真實，寫得也非常清楚、具體，只是素材俗而又俗，別人已經寫過多次了，這也會嚴重影響文章的品質。因為這樣的文章總會給人「似曾相識」之感，讓人一見便生厭煩之心。演講也一樣，重視選取新穎的話題，這一定又會轉化成為動力，促進人們俯下身軀，不間斷地觀察生活，累積生活體驗。因為每個人的特點是各異的；每個人的生活經歷是各不相同的；每個人的生活環境、每天遇到的人和事等，也是千差萬別的。這就為我們演講的選材提供了可能，那就是選取真實的、自己獨有的素材。

　　哪些方面的內容算是自己獨有的素材呢？具體包括：自己的愛好、個性、追求等；自己的親身經歷，如：趣事、教訓、愉快的日子、最近的經歷等；自己與他人的交往、接觸，如：與鄰居的交流，與親朋好友的來往，與路人的接觸等。這些獨有的話題和素材，一定是個性化的、新穎的話題和素材，一定是「水份充足、永不會枯萎」的，它們絕不可能和別人的雷同；獨有的素材，就一定會有獨特的感受和體驗，講出來也就容易引起聽眾的興趣，撥動聽眾的心弦，給人留下深刻的印象。難怪世界著名作家高爾基（Maxim Gorky）說：「誰想當作家，誰就應該在自己身上找到自己。」

　　演講的藝術魅力產生於它的新穎性、真實性、誠摯性和蘊藉性。演講必須堅持新、真、誠、蘊四項原則，以求獲得聽眾的審美感知、審美想像、審

第一章　精選話題，確保吸引力

美情感和審美理解的綜合效應。藝術的新穎，不外乎內容與形式的變革和獨創。對於演講藝術來說，演講的觀念與素材屬於內容，角度與手法屬於形式。也就是說，演講辭的新穎性，具體呈現在觀念、素材、角度、手法四個方面。新觀念演講是一種有效的宣傳教育形式，演講的內容應該呈現新的時代精神，傳播新的進步觀念。新的觀念本身就具有強大的吸引力，因為它可以滿足正在探索和思考中的人們的精神需要，可以引起正在疑慮或苦悶中的人們的震驚，可以激起還在徬徨中的人們的奮起。

　　新穎的演講題目，能像磁石一樣吸引聽眾。而司空見慣、屢見不鮮的事物、人物，聽眾是不易關注的。比如「我的家鄉」、「青春在崗位上閃光」等，人們聽得厭倦了，很難吸引人。不妨看看魯迅的演講題目：「老而不死論」、「僕人的化石」、「老調子已經唱完」、「象牙塔與蝸牛廬」，這樣新穎的題目怎能不吸引人呢？

　　我們不妨參看一個較新穎的演講例子：

　　某晚，張老師在學院圖書館學術報告廳舉辦了一場〈成功其實很簡單〉的講座，給臺下的大學生上了一堂生動的心理教育課。張老師的經歷充滿了傳奇色彩。作為記者，他採訪過國家領導人，是某雜誌的主編。作為一名心理學老師，他是國家心理研究所心理學碩士，是大學特聘講師，同時也是當地首家成功實驗學校的校長。張老師首先播放一段音樂，然後用電臺節目播音的方式作為演講的開始。臺下的同學立即安靜下來認真地聽起講座。對於諸多的頭銜，張老師更願意自稱為作家。他寫的書及他的演講幫助不少人擺脫困境，走向了成功。張老師首先談到，人的一切財富、智慧、幸福、成就都來源於人的心理健康。心理健康將成為人類生存和發展的重要因素，將成為 21 世紀人才選擇的必要象徵。一個人的成功 15% 為智力因素，而 85% 為非智力因素。接著張老師列出了心理健康的標準：

- 開朗的心態。
- 有效的學習和工作。
- 心理特點符合相應的心理特徵。
- 客觀的自我認識。
- 和諧的人際關係。
- 與周圍社會、環境和人群步調一致。
- 統一的人格。

　　他婉轉地指出了當代大學生所存在的種種心理問題：如不善於人際交往，遭遇壓力或打擊時不知所措等。隨後張老師又給同學們列出了六條關於「如何成為具有積極心態的人」的準則：

- 心情愉快。
- 心胸要寬廣。
- 不能說沒辦法。
- 能夠接受批評。
- 不可以隨便批評別人。
- 要與積極的人來往。

　　他把每條準則細細地用有趣而實際的例子做出了詮釋，便於同學們接受和吸收。當張老師回答臺下同學的問題時，講座來到了最精彩之處，一個個尖銳的問題被張老師用幽默風趣的語言回答得非常圓滿而精彩，不時贏得陣陣掌聲。這次近三個小時的講演張老師是帶病上臺的。他激勵在座的大學生心中要永久充滿陽光。並說：「一個人如果可以戰勝自己，也就戰勝了整個世界。」

　　日復一日的生活，是否令你厭煩？假如明天、後天的日子跟昨天、今天毫無二致，誰還會有興趣期待明天來臨？那冥冥中，我們在期待什麼？

是在期待新的、不同的、有創意的一天吧。

對，創意就是獨特，就是新穎，就是創造，就是不同凡響，就是恍然大悟後的拍案叫絕，就是浮想聯翩後的會心一笑，就是在空氣混濁的房間，打開一扇清新的小窗。

演講要做到選材新穎，就需注意如下幾點：

- **不選人們早已經講濫了的話題**：讓座、隨手關燈、扶老太太過馬路等，這些素材即使是真的，最好也不要再講了。老調重彈，何止是聽膩！
- **不選曾有人講過的話題**：若選了，自己這次也必須要換個角度來切入，爭取講出新意來。
- **不選與別人吻合的話題**：推測別人會講什麼，我就不講什麼。不與他人重複，求新求異。

選擇熱門的話題

一本書的書名有多重要，演講的題目就有多重要。一個恰當的題目應能讓聽眾對你的演講內容產生興趣，並使他們急於洗耳恭聽。吸引人的演講除了具有新穎、生動、恰當的特點外，最好還要是一個熱門話題。

什麼是熱門話題呢？

熱門話題可以分為兩個方面：國計、民生。從國計方面，一方面是有關改革發展的重大問題。比如宏觀經濟調控問題、政府機構改革問題、金融體制改革問題、氣候變化問題和環境保護等問題。另一方面是與公眾利益、生活密切相關的民生問題。比如穩定物價問題、就業率問題、住房和社會保障問題、教育和衛生體制改革等問題。

熱門話題的演講呈現了熱愛生活、關注社會、體察民情的寬闊胸襟和崇

高精神，多選擇些講熱門的話題來進行演講，還能陶冶自己的情操，提升自己的品位。

下面是一個題為〈位子與位置〉的演講詞，對我們學習熱門話題的演講很有啟示：

位子和位置，這兩個近義詞最大的區別，在於前者屬稀有資源。人生舞臺上，位置到處都有，位子卻往往稀有難求。

人總是追求進步的。「不想當將軍的士兵不是好士兵」，作為一種激勵機制，職位升遷在人的成長進步中，是重要的動力之源，無可厚非。問題是僧多粥少，如果把位子當作衡量成功與否的關鍵指標甚至是唯一指標，失望就在所難免。

水滸一百單八將，三十六天罡，七十二地煞，位子是固定好的，而且連替補的機會都沒有，假如人人都衝著這個去，恐怕只會失望，看不到希望和前途。現實生活中的情況稍好一點，但位子仍舊有限，儘管有「一個蘿蔔一個坑」的說法，但輪到每個人的身上，要實現在退休前達到巔峰的人生規劃，並非那麼容易。「挫折」面前，如何調適好自己的心態，是有能力、有追求的人必須做好的功課。

「相逢盡道休官好，林下何曾見一人」，中華傳統文化裡，以官為上的觀念是根深蒂固的，攀比之風也甚為熾盛。這對仕途失意者的心態調整，頗為不利。在一些人眼裡，位子是過河的石墩，位置不過是石墩周圍的河水，一腳踏空，便形同落水，眼見「沉舟側畔千帆過」，一肚子都是「斷腸人在天涯」的悵惘。

我們常說，要找準自己的位置，就是勸大家多一點達觀，多一點人生的大智慧。千里馬常有，而伯樂不常有，這本是人生的常態。況且即便遇上了伯樂，千里馬也不見得都會錦衣玉食 —— 條條大路通羅馬，給天子當坐騎，

或只是在驛站值班，只要馬盡其力、人盡其才，便不愁「心在哪裡安放」。

上面所言，只是個人的適應。從制度層面講，除了位子，也要重視給人適合的位置，讓人才各得其所。過去的科舉制度，做不到個個「朝為田舍郎，暮登天子堂」，便鼓勵大家回家吟誦「將相本無種，男兒當自強」。如今是現代社會，對人力資源的安排，可以做得更加完善。

以官為上的觀念，主要靠幹部制度的改革來破除。舊時清華大學的職員體系中，不當官的人還是有希望的，據說教務科排課表的高手，薪水跟教務長不相上下。近來地方發表的公務員分類管理改革實施方案，為行政執法類和專業技術類公務員建立與行政職務級別脫鉤的獨立職務序列，其用意也在於此。

總之，位子和位置，都要靠努力去爭取。只不過位子的得失，不以人的主觀意願為轉移，而人盡其才的位置，則完全可憑合理的制度、積極主動的作為去創造。還是後者更讓人來得安心，來得舒心。

選擇積極向上的話題

什麼是積極向上？大家基本的理解是：不發牢騷，不講怪話，不議論他人，努力奮鬥。隨著年齡的增長，對這方面的理解也有了些變化，積極向上更應包括：不怕困難，努力工作，勝不驕、敗不餒，時時刻刻保持一種昂揚向上的戰鬥精神。

人在世上，不可能是一帆風順的，或者遇到困難，或者遇到挫折，或者遇到變故，或者遇到不順心的人和事，這些都是人生前進中的正常現象。然而，有的人遇到這些現象時，或心煩意亂，或痛苦不堪，或萎靡消沉，或悲觀失望，甚至失去面對生活的勇氣。

　　不可否認，當這些現象出現時，會影響人的思維判斷，會刺激人的言行舉止，會打擊人面對生活的勇氣。比如，當你在工作中受到了上司的責備後，你會情緒低落；當你在生活中遇到別人誤會你時，你會感到氣憤和委屈；當你失去親人朋友時，你會悲痛至極；當你在仕途中遇到不順時，你會怨天尤人，工作消極。

　　當遇到這些現象時，人的這些表現都很正常。因為人是會思考的高級感情動物，這也是區別於一切低級動物的根本。但這些表現不能過而極之，否則你會活的很累，活得很不開心，活得很不幸福。

　　所以人在生活中，要學會用積極向上的心態面對生活。所謂積極向上，就是一種寬容的、開朗的健康心理狀態。因為它會讓你開心，它會催你前進，它會讓你忘掉勞累和憂慮。

　　當你遇到困難時，積極向上會給你克服困難的勇氣，會讓你相信「方法總比困難多」，讓你去檢驗「世上無難事只怕有心人」的道理。當你遇到不順時，積極向上會讓你的頭腦更加理性，讓你面對不順時，不是悲觀失望，而是反思自己的做事方法、做人原則，讓你有則改之，無則加勉，更上一層樓。當你遇到委屈時，它會給你安慰，會給你容人之度，它讓你的心胸像大海一樣寬闊，志向像天空一樣高遠。當你遇到變故時，它會讓你化悲痛為力量，讓你感受到自然規律不可違，順其自然則是福的真諦。它會讓你的眼光更加深邃，洞察社會的能力更加敏銳，對待生活的態度更加自然，面對人生的道路更加自信。

　　演講，就是要多講這些積極向上的話題，學會積極向上，因為積極向上心態來之不易，它需要你生活的閱歷更加豐富，獲取的知識更加充實，對待人生的態度更加積極，它需要你用修養之水澆灌，勤勞之力扶持，寬容之心呵護。

第一章　精選話題，確保吸引力

演講，常常是軍事家用以動員部隊、鼓舞士氣、激勵鬥志的戰鬥號角。戰爭開始前的準備工作，激烈戰鬥中的添力士氣，戰爭結束後的祝捷慶功，指戰員總要發表簡潔而極富鼓動力的演講，一言九鼎，震撼人心。

又如，1944 年 6 月，蒙哥馬利元帥在諾曼第登陸中對擔負突擊任務的士兵發表的演說，對士兵產生了極大的鼓舞。他說：「你們在做一件無與倫比的大事業。世界將透過你們完全變樣，歷史將為你們建立一座豐碑，寫上：你們是迄今最優秀的軍人！這場世界上從未有過的拔河比賽，這些即將開闢第二戰場的軍人們所負的責任是成功地執行自己的任務，並最後作為一個自豪的人，回到家裡，與親人團聚。」他的話頓時激發了士兵們大無畏的戰鬥精神，士兵們高呼：「元帥的貝雷帽和演講給了我們撲向死神的力量。」

在軍事活動中，演講不僅在戰鬥中發揮作用，而且被廣泛運用於軍政首腦關於戰爭形勢、任務、策略、戰術和軍隊建設的分析，以及軍隊內部的政治活動中。

同時，演講歷來是政治家發表政見、闡明觀點、批駁論敵、爭取盟友的有力武器，尤其是在社會激烈變革的年代，這種社會影響更顯得突出。在中國古代就有「一人之辨，重於九鼎之寶，三寸之舌，強於百萬之師」，「一言可以興邦，一言可以喪邦」之說。這固然是社會矛盾發展的「必然」，透過個人語言的「偶然」的結果，但從許多歷史記載中都不難看出演講在歷史上所造成不可磨滅的影響。如先秦諸子中，有很多口若懸河的善辯之士活躍在各諸侯國的政治舞臺上，他們憑著「三寸不爛之舌」周遊列國，或勸阻戰爭，化干戈為玉帛，使人民免遭塗炭；或宣傳政見，勸說君王放棄霸道而施仁政於民（如孟子巧勸齊宣王改變政治主張而施行仁政）；或隨機應變，反唇相譏，以巧妙的比喻成功地維護了國家的尊嚴（如出使楚國的晏子面對楚王的輕蔑無理，用柔中有剛的言語，令驕橫的楚王啞口無言，自討沒趣）。

〈三國演義〉第九十回描寫了諸葛亮「兵馬出西秦，雄才敵萬人。輕搖三寸舌，罵死老奸臣」的故事。蜀魏兩軍對陣時，魏臣王朗到陣前來勸降，也就是這個舌戰群儒的諸葛亮，把王朗說得一錢不值，王朗氣盛，羞愧不已，一頭撞死在馬下。孔明的「三寸不爛之舌」，當真抵得了成千上萬的敵軍！這些都是積極向上的演說所帶來的卓著成績。

選擇有趣的話題

有趣，用俗話說就是有意思，一個人講話如果讓人覺得真有意思，至少他的演講已成功了一半。我們先看這樣一個例子：

「四年辛苦不尋常，課桌前，硯湖旁……一次次憂心上考場，幾回回興奮下課堂。偶有短路走迷途，撞了南牆，受了輕傷，苦澀獨自嘗。更有執著求真知，嚥了怨氣，滅了徬徨，『雙證』裝行囊……」

這不是一般的打油詩，而是某理工大學文法學院院長陳大明畢業演講的開篇，他的開場白剛落音，一時掌聲雷動……

為什麼陳院長的演講能獲得如此的好效果，因為他摒棄了枯燥乏味的陳詞濫調，而選擇了有趣的話題。

要做到演講話題有趣，主要在話題的「新、奇、特」三方面下功夫。

話題要新，要言人所未言，要創新，當然也要善於舊話題「翻新」。

創新是現在出現頻率非常高的一個詞彙。正如演講所言，創新是科技的靈魂，其實，創新是我們整個社會進步的靈魂，而就演講而言，創新也是演講的靈魂。演講的主題新，你就站在了一個與眾不同的領地，你講的是他人所沒有的，你就緊緊抓住了聽者，這就使你的演講擁有了聽者和聽者的關注，這便確立了你被注意的中心位置，成功幾乎是必然的。但在以命題和主

第一章 精選話題，確保吸引力

題演講為主的今天，要想做一個主題全新的演講難度很高，這就要求我們在演講中尋求演講的角度新。做同一主題的演講你的角度新，你就具有了出奇不意的優勢，使聽者有意料之外情理之中的感覺，這使得你的演講有別於他人而獲成功。而在選定主題演講，演講者們角度相近時，你的語言和表述是新穎的，你就具有了語言的感染魅力，這就是我們在演講時要追求的語言的新。一篇好的演講我們要追求的是內容、角度、語言上不同於他人的新意。

奇就是新奇、奇特，出人所料。曾經有一位畫家做過一次精彩的「演講」，他的「演講」妙就妙在不是用語言，而是用手指：指畫大師龔乃昌先生以「指」蘸墨，巧妙運用手掌及手指為筆，以歷史及當代名人入畫，莫不維妙維肖。諸如香消玉殞的虞姬、行至末路的英雄項羽、愁腸百結的屈原，甚或端麗雍容的黛安娜王妃，都栩栩如生地出現在他的畫作之中。其獨特的「指畫」墨韻和魅力，在其作品中淋漓盡致的呈現中國國畫傳統知黑守白之意韻，其指在宣紙上或輕或重，或按或頓，時而長線直舒，時而短線提按，無論是人物或動物在龔乃昌大師的指中無不唯妙唯肖的表現而令人驚嘆。

在 IT 圈，小艾是個很有影響力的公司，其從代理單一品牌發展到如今擁有多種熱門品牌總代理，其老總可以說是功不可沒。說起彭總，熟悉他的都一致認為其為人豪爽，做事痛快。而在此次 IT 會議中，彭總更是充分展示其充滿個性的豪爽。在此次英雄會中，本來安排了彭總的現場演講。不過讓人非常「意外」的是，彭總上臺後的第一句話是「演講就不必了，直接抽獎吧」。引起了現場的一陣大笑，不過笑場歸笑場，來賓們都紛紛折服於彭總的豪爽個性。在抽獎過程中，穿插了一個小插曲，可能是因為部分來賓沒有在場的緣故，彭總抽了三張都沒有人領獎，不過最後還是抽到了獲獎者。從彭總的 POSE 可以看出，彭總是一個很重視產品宣傳的人，相當的屬害，雖然他沒有演講，但是可以看出宣傳效果比演講還要好。

特就是特別、有個性，這是最有力的演講的一個重要方面。所謂個性就是個別性、個人性，就是一個人在品格、個性、意志、情感、態度等方面不同於其他人的特質，這個特質表現於外就是他的言語方式、行為模式和情感表現等等，任何人都是有個性的，也只能是個性化的存在，個性化是人的存在方式。下面是一個個性的演講例子：甲骨文公司（Oracle）的 CEO 勞倫斯・艾利森（Lawrence Joseph "Larry" Ellison）在耶魯大學 2000 年畢業典禮上的演講：

耶魯的畢業生們：我很抱歉—如果你們不喜歡這樣的開場白。我想請你們為我做一件事。請你—好好看一看周圍，看一看站在你左邊的同學，看一看站在你右邊的同學。

請你設想這樣的情況：從現在起 5 年之後，10 年之後，或 30 年之後，今天站在你左邊的這個人會是一個失敗者；右邊的這個人，同樣，也是個失敗者。而你，站在中間的你，你以為會怎樣？一樣是失敗者。失敗的經歷。失敗的優等生。

說實話，今天我站在這裡，並沒有看到一千個畢業生的燦爛未來。我沒有看到一千個行業的一千名卓越領導者，我只看到了一千個失敗者。你們感到沮喪，這是可以理解的。為什麼，我，艾利森，一個退學生，竟然在美國最具聲望的學府裡這樣厚顏地散布異端？我來告訴你原因。因為，我，艾利森，這個行星上第二富有的人，是個退學生，而你不是。因為比爾蓋茲，這個行星上最富有的人—就目前而言—是個退學生，而你不是。因為艾倫，這個行星上第三富有的人，也退了學，而你沒有。再來一點證據吧，因為戴爾，這個行星上第九富有的人—他的排位還在不斷上升，也是個退學生。而你，不是。

你們非常沮喪，這是可以理解的。

你們將來需要這些有用的工作習慣。你將來需要這種「治療」。你需要它們，因為你沒輟學，所以你永遠不會成為世界上最富有的人。哦，當

然，你可以，也許，以你的方式進步到第 10 位，第 11 位，就像 Steve。不過，我沒有告訴你他在為誰工作，是吧？根據記載，他是研究生時輟的學，開竅得稍晚了些。

現在，我猜想你們中間很多人，也許是絕大多數人，正在思索，「能做什麼？我究竟有沒有前途？」當然沒有。太晚了，你們已經吸收了太多東西，以為自己懂得太多。你們再也不是 19 歲了。你們有了「內置」的帽子，哦，我指的可不是你們腦袋上的學位帽。

嗯……你們已經非常沮喪啦。這是可以理解的。所以，現在可能是討論實質的時候啦—絕不是為了你們，2000 年畢業生。你們已經被報銷，不予考慮了。我想，你們就偷偷摸摸去做那年薪 20 萬的可憐工作吧，在那裡，薪水袋是由你兩年前輟學的同班同學簽字開出來的。事實上，我是寄希望於眼下還沒有畢業的同學。我要對他們說，離開這裡。收拾好你的東西，帶著你的點子，別再回來。退學吧，開始行動。

我要告訴你，一頂帽子一套學士服必然要讓你淪落……就像這些保安馬上要把我從這個講臺上攆走一樣必然……

（此時，艾利森被帶離了講臺）

根據場所和時間發揮

演講主題的選擇應該符合公關活動的特定目標，應該有利於這一特定目標的順利實現，違背了這一原則，再精彩的演講也是沒有意義的。

話題的大小和話題涉及問題的多少，也就是話題所規定的演講內容的容量應該與演講時間的長短相適應。演講通常都是有時間限制的，在規定的時間裡，要把問題講深講透，就必須將話題限制在較小的範圍內，如果話題太大，涉及的問題太多，雖面面俱到，卻難免蜻蜓點水。

因為演講都是在特定的時空環境中進行。所謂「特定的時空環境」，一般指的是演講者和聽眾都處在一定的時間和空間環境中。如「街頭演講」，

演講者與聽眾同時處在街頭;「法庭論辯演講」,演講者與聽眾同時處在法庭的氛圍之中。一般來說,演講活動要有相應的場合、相對應的聽眾、適當的布置、適合的講臺、良好的音響效果和一定的時限。一定的時空環境反作用於演講,制約著演講的內容、語言和表情動作等等。在科技迅速發展的今天,時空觀念發生了變化,時間在縮短,空間在奇蹟般地擴大。廣播、電視拓寬了人們的生活空間,同時也縮短了時間差距,運用廣播、電視可以把不同時間、不同地點的演講者和聽眾組合起來,使傳統的演講方式出現了新的發展和突破。廣播電視演講從表面上看,聽眾、觀眾似乎並未直接與演講者處在同一時間和同一環境中,但從根本上講,在設置著麥克風和攝影機的攝影棚內演講,仍是處在特定的時空環境中;演講者仍然必須有強烈的臨場感,宛若置身於聽眾之中,也要考慮聽眾對演講的情緒反應和評價,儘管各種反應和評價不一定立即在現場流露出來。從客觀的角度來講,任何一個演講者都無法逃脫他所處的時代環境對他的制約,離開了這些,演講也就失去了它的存在價值。

正是如此,演講前必須有所準備,必須考慮好演講的場所和演講的時間,在有限的場所和時間內高效發揮自己所要演講的話題。大家都知道,準備一次內容詳實的公開演講與準備塗料粉刷外牆那樣的機械行為不同。這是一項創造性活動,你努力的結果是產生了一些以前不曾存在的事物,而且只有你才能賦予它獨具特色的形式。這樣看來,演說的準備工作跟繪畫或寫短篇小說非常類似。為了實現這種創造性,你必須合理地安排時間。

演講很少能夠延期,重新安排時間,然而通常是你必須壓縮自己的計畫。也許你不得不對兩三個人進行電話採訪,而原先的計劃是親自採訪八位相關人士。也許你不得不利用現有的統計數據,而等不及從華盛頓寄出的郵件到達。也許你不得不用手寫的透明幻燈片代替需要花幾週時間加工的專門

第一章　精選話題，確保吸引力

膠片。你必須從一開始就確保自己能夠按時做好準備的時間表，這點至關重要。否則最後你很可能難以獲得成功。

所謂空間，就是指進行演說的場所、演講者所在之處以及與聽眾間的距離等等。演說者所在之處以位居聽眾注意力容易匯集的地方最為理想。例如開會的時候，主席多半位居會議桌的上方，因為該處正是最容易匯集出席者注意力的地方。反之，如果主席位居會議桌之兩側，則會議的進行情況會變得如何呢？恐怕會使出席者注意力散漫了，且有會議冗長不休的感覺？

因此，讓自己位居聽眾注意力容易匯集之處，不但能夠提升聽眾對於演講的關注，甚至具有增強演說者信賴度權威感的效果。

這就是說，無論你演講什麼樣的話題，都要根據場所和時間，因地制宜發揮話題。怎樣發揮話題呢？

- **根據演講活動的性質與目的來發揮話題**：談到話題，就是演講的中心話題。演講稿的撰寫必須在一個有社會或科學價值、有現實意義或學術意義的特定問題中展開，否則，將是無的放矢。演講者總是根據演講的性質、目的來確定選題的。若被邀請作學術演講，就應該介紹自己最新的研究成果或自己掌握的最新的學術訊息，這樣的話題才最具學術性。如果是在教育性的演講活動中演講，就應該針對現實中最新鮮的議題和聽眾最關心的問題發表見解。就連競選演說和就職演說，也要能掌握住聽眾的理想和願望來選題。

- **根據演講主題與聽眾情況來發揮話題**：素材是演講稿的血肉，所以素材的選擇和使用在演講稿的寫作過程中是重要過程。首先要圍繞主題篩選素材。主題是演講稿的觀點，是演講的宗旨所在。素材是主題形成的基礎，又是表現主題的支柱。演講稿的觀點必須靠素材來支撐，素材必須能充分地表現主題，有力地支撐主題。所以，凡是能充分說明、突出、

烘托主題的素材就應選用，否則就捨棄，要做到素材與觀點的統一。另外，還要選擇那些新穎的、典型的、真實的素材，使主題表現得更深刻、更有力。

其次，素材的選擇還要考慮到聽眾的情況。聽眾的社會地位、文化教養，以及心理需求等，都對演講有制約作用。因而，選用的素材要盡量貼近聽眾的生活，這樣，不僅容易使他們心領神會，而且聽起來也會饒有興味。一般而言，對青少年的演講應形像有趣，寓理於事，舉例要盡量選擇他們所崇拜的人和有轟動效應的事；對工人、農民的演講，要生動風趣、通俗淺顯，盡可能列舉他們周圍的人和發生在他們中間的事作例子。而對知識分子的演講，使用素材則必須講求文化層次。

▎入題、破題和點題

凡是演講情況皆由三個要素構成：演講者，演講詞（內容）以及聽眾，這就是說，唯有演講者使自己的演講與活生生的聽眾關聯之後，演講的情況才真正形成。

我們選定一個演講題目之後，首先應該考慮的，便是這個題目如何進行結構？如何盡快將自己對題目的興趣引發出聽眾同樣的興趣？如何以自己對題目的感覺和熱情去點燃聽眾內心的感覺與熱情之火？如何以自己對題目的精深理解去啟迪聽眾隨著這思路一道共鳴和思索？這些，都關乎演講的成敗，也都同「解題」的方式——入題、破題和點題——緊密相關。「立文之道，唯字與義」，演講也同樣如此，抓住了與入、破、點題相關的「字與義」，也就抓住了解題的綱要，從而取得理想的演講效果。

第一章　精選話題，確保吸引力

辭明而義見

　　入題要快而曲毫無疑義，欲使聽眾盡早進入自己訂定的主題，就必須重視入題的速度和方式兩方面的安排。既要「開門見山，一針見血」，這就是「快」；又要有邏輯上的懸念、起伏和跌宕，以收到「文似看山不喜平」之效。欲達到這樣的效果，概括地說，應注意靈活地運用如下幾種主要方式。

　　一是開門見山，迅速將聽眾帶入規定情境和思路中去。恩格斯（Friedrich Engels）的〈在馬克思墓前的講話〉，起初草稿上是從馬克思夫人的逝世說起，進而才進入自己的題目。在客觀和冷靜的敘述中，難於將聽眾迅速地引領入設定的情景。因此，恩格斯對此進行了認真的修改。在後來的定稿中，他採用單刀直入的入題方法，直接講馬克思「停止了思想」、「永遠睡著了」，這樣就迅速將聽眾引入到沉痛和肅然的既定情境之中，比原稿那種緩慢的節奏強多了。

　　二是講究懸念和曲折，以引起聽眾的關注。前面我們強調入題要快，並不是說所有入題都以「開門見山」這樣「直」的方式為佳。其實，有時候入題更需要講求一定的曲折和委婉，尤其要講求一點邏輯懸念，方才有利於入題的引人入勝。因此有時候，我們不妨多用一點技巧，以懸念抓住聽眾心理，引起他們的注意和重視。有一篇叫做〈人啊，認識你自己〉的演講，主講人給自己劃定的題目是「人與社會和自身的關係」；可是一開始，演講者並不直接挑明這個題目，而是先援引恩格斯的話，講了個「史芬克斯之謎」的引子：「大自然——史芬克斯向每個人和每個時代提出了問題⋯⋯」；繼而話鋒一轉，問道：「那麼人類呢？人和人類社會有什麼難題呢？」最後他自己答道：「人類面對著的有三大難題：人生、社會和人自身。」這就是「轉折式入題」了，它使自己的入題顯得有些跌宕，有些波瀾甚至懸念，不平鋪直敘，自然能引起聽眾的關注與興致了。

三是用強烈的反差、對比來引出自己的題目，以期在人心目中留下深刻的印記。這主要指以對比、對照和映襯之類的修辭手法，來引領和導入自己的話題。有一篇名為〈論男子漢〉的演講，一開始，演講者的話似乎跟一般的謙辭沒什麼兩樣，頗有離題之嫌。因為，他一口氣就洋洋灑灑敘說了四個「為難」之處 —— 我一點也不明白主辦者的意圖何在，這使我感到為難，這是我遇到的第一個困難。今天，我是第一次來到你們學校，一切都是陌生的。在一個陌生的環境裡，人容易有不適應的感覺，這是我遇到的第二個困難。況且，剛才前面的幾位同學又進行了精彩的演講，熱烈的掌聲可以作證，這給我增加了壓力，算是我遇到的第三個困難。不巧得很，我本想憑手中這麼一張卡片作一次演講，卻忘了戴眼鏡了，想把它放在桌上偷偷地看幾眼也不成了，這就是我的第四個困難。乍一看，這開場白頗有些饒舌的味道；豈料到，那演講者講罷「第四個為難」之後，話鋒突然一轉，便進入自己早已擬定的題目了 —— 但是，我並不膽怯；相反，我充滿了信心。我相信，既然我站到了這個講臺上來，我就必定能夠鼓起勇氣，竭盡全力，讓自己體面地走下臺去！因為，我選擇了這樣一個演講題目 ——〈論男子漢〉！這樣〈論男子漢〉特有的「勇氣」之題目，便與一開始的「膽怯」與「為難」形成鮮明對比和反差，巧妙、貼切而又風趣盎然，聽來令人解頤。這樣的入題，不是做到了「辭明義見」和「曲徑通幽」的完美統一了嗎？

辭約而旨達

破題要確而奇。演講中，入題並不等於破題，二者的區別在於：入題只是引導進入設定的題目或論點的方式，而破題則是提綱挈領地進入各個論據或闡述的要點之中。這就好比說，它們二者一個是樹冠，一個是樹冠下的主枝。破題的意義在於，可以決定「主幹」的發展方向，讓聽眾對自己的演講

第一章　精選話題，確保吸引力

能初見端倪，有一定的心理準備。可見，破題對聽眾在不知不覺中跟隨自己的思路走，是關乎演講成敗的又一重要環節。大致說來，我們可選擇以下幾種方式，來做到破題的明確與奇詭或奇趣的有機結合。

一是強調破題的「代表字符」或「代表語符」，以期引起聽眾的注意和重視。〈論男子漢〉的演說中，作者為了論述「男子漢」最突出的特徵——勇氣，故意使用了「勇」的對立物，即一個「難」字來作為破題的代表字符——當然，這個代表字符也不是憑空而來的，且聽他是如何表述「做人難，做一個名女人更難」，我說，做男人難，做一個男子漢尤其難也！但男人們是歡迎這個「難」的，正因為其難，才富於挑戰，才能顯示勇氣和力量，因此令人神往。

二是用語義的轉折、對立等手法來製造「波瀾」，以實現破題的目的，並給人警醒、新穎的意境和感受。道格拉斯在〈譴責奴隸制的演說〉中，入題時使用了提問的方式：「為什麼今天邀我在這裡發言？我和我所代表的奴隸們，與你們的國慶節有什麼相關？」接下去他沒直接指出「廢奴」這個主旨，而聰明地選擇了「國慶」，以及和這個與全體美利堅公民歡樂氣氛相反的心情的詞——「淒涼」來破題，一開始就引起了聽眾的同情。他在敘述了國慶意義後這樣說道：「但情況並非如此，我是懷著與你們截然不同的淒涼心情來談及國慶的。我並不置身於歡慶的行列，你們巍然獨立只是更顯露出我們之間難以度量的差距。」

三是使用自問自答的方式來破題，以期給聽眾以隨和而親切、警醒又奇特的感覺。邱吉爾在擔任首相時發表的就職演說就用了兩處設問來加以論述，當然也可以看作是為破題而設立的標語了。他說：「你們問我們的政策是什麼？我要說，我們的政策……這就是我們的政策。你們問：我們的目標是什麼？我可以用一個詞來回答：勝利——不管一切代價……也要贏得勝

利。」當然，破題的方式還有不少，但有一個共同點，就是用盡量簡約、明確的言語代表符號去吸引聽眾，以便朝自己擬定的方向去理解、接受自己闡述的內容。

辭真而意深

點題要新而深。所謂點題，即點明主旨。跟入題和破題不同的是，這裡所謂的點題，主要指的是最能點明演說目的、主旨的那些話，即通常所說的「警句」、「文眼」之類；而且，這種點題的句子，其位置也可不拘一格，可前可後，也可在中間；關鍵是要有新意，要有底蘊，盡可能做到理性與情趣的融會貫通，給人雋永、深刻且耐人尋味的印象。這裡，提供幾種點題的形式，從中我們不難得到某些有益的啟迪。

一是用感情色彩濃烈的語詞來點題，以期引起聽眾的內心的共鳴。這種共鳴的實現，也是符合演講的第一人稱語言角度的特性的。馬丁·路德·金恩的〈我有一個夢〉的演說，為了點明題旨以增強感染力，就反覆「描述」了「我夢想有一天」的情景，每一個情景就是一個鏡頭，連續組成主觀與客觀相融為一體的連續不斷的「畫面群」，既強烈地渲染主題，實際上也是一種頗為藝術的點題方法。

二是使用點出主旨的警句，以期留下難以磨滅的餘響和值得咀嚼的東西。警句得來並不容易，但是，如果我們注意將情感和理智融為一體，並輔以反覆、倒序、排比等多種加強論證的言語力度和感染力的手段與方法，也是有可能留下警句名言的。甘迺迪總統的就職演說，開頭並沒多少新意，更不用說警句了。但快結束時，他連續使用了兩個重複的呼告語，使那警句立即凸現了出來，不僅新意盎然，而且頗有深刻寓意，彷彿黃鐘轟鳴，餘音不絕於耳：「不要問你們的國家能為你們做些什麼，而要問你們能為自己的國

家做些什麼。不要問美國將為你們做些什麼，而要問我們共同能為人類的自由做些什麼。」

三是藝術地運用熟語，以期聽眾受到感染並樂於接受自己的觀點。熟語，包括成語、民謠之類，通俗易懂，人們耳熟能詳。對此，切不可視之為下里巴人而妄加輕視與貶低。如果演說時，我們對此能藝術地加以改造和利用並揉進其他修辭手段加以強化，也有可能賦以新意並鑄成警句，從而給人藝術享受與心靈震動。小朱在當選為總理後的記者招待會上，有一段演講就頗有感染力，至今為人津津樂道，念念不忘。其實，推究起來，也大都不過是一些熟語罷了；可是，由於將它們導入連續的排比句式之中，再輔以形象生動的比喻，因此，既點出了題旨，表達了自己的決心；又因其強烈的節奏感和陳中見新的造句手法，而使人感受到了一股排山倒海的言語張力和氣勢：「不管前面是地雷陣還是萬丈深淵，我都將一往無前，義無反顧，鞠躬盡瘁，死而後已。」

迴避聽眾不宜的話題

我們先看這樣一個小故事：

戰國時，趙太后剛當政，秦國趁機攻趙。趙向齊求救，可齊定要趙太后的小兒子長安君入齊為質才出兵。趙太后愛子心切，不肯答應，眾臣曉之以國家安危之理，趙太后執迷不悟，並惱羞成怒地宣布：「誰再敢提讓長安君作人質，我就賞他一臉唾沫！」

在這種僵局的情況下，左師觸龍求見。他先和趙太后話家常，問候太后身體和飲食情況，分散注意力；又說我們都是老人了，人同此心，都是要愛護子女、關心子女前途的，那麼我們就來看看怎樣才是真正愛護子女呢？……

巧妙地找到了共同語，接著又勸諫：如果真心愛子，就應像對女兒燕后一樣，讓長安君建一番功勛作為日後繼業之憑，立國之本。他抓住要點，運用對比，打動了太后的心，使太后改變了頑固的態度，同意長安君做人質。

觸龍的這段遊說勸諫演說，透過話家常問健康，縱談愛子及愛子的方式，引起太后的感情共鳴，實現了演講的情感功效。換句話說，他是拋開了令太后不安或者說不宜的話題，而採用了相宜的話題。從這個小故事中我們不難悟出，演講也一樣，要迴避聽眾不宜的話題。

究竟什麼是聽眾不宜的話題呢？

首先，誇誇其談的吹牛皮就是不宜的。演講是科學，因為演講必須講求科學態度。具體來說，就是說話要出於真心，既不欺騙聽眾，也不欺騙自己；要出於善心，即立心良好，說的話要有益於人，有益於社會，有益於所做的事；要說真話，說實話；要言之有物，道之有理；要宣傳真理，傳播科學。孔子說：「有德者，必有言」。那些不講科學態度的人，只會胡說八道吹牛皮的人，積極鼓吹謬論的人，昧著良心說話的人，都是缺「德」者，都不應該有「言」，因為他們的言論對人對社會有百害而無一利。當年法西斯領導人希特勒到處演講，煽動戰爭，把人們領入了歧途，使人類陷入了戰爭。這種危害人民、危害社會的演講要堅決禁止。

其次，要迴避那些陌生的話題。一個演講者如果不清楚自己的能力，一味追求聽眾喜歡的話題，人們關注的話題，往往會適得其反，導致演講失敗。比如你是一位城市工作者，缺乏鄉村工作經驗，如果要你講講務農工作，這個話題你肯定講不好，你就不能接受。這就是說，演講一定要講自己熟悉的話題，尤其是初學演講者，更要如此。

再次，要迴避比較敏感或令人不安的話題。對於敏感的話題，你必須要有十分的把握才能掌握其中的分寸，否則一旦出錯，後果不堪收拾。比如族

第一章　精選話題，確保吸引力

群話題，你如果不了解鄒族風俗就不要去講鄒族，你如果不了解泰雅族的忌諱你就不要去講泰雅族等等。要講，就要在講之前做周到細緻的調查研究。再比如，戰爭話題，或犯罪話題，這往往會讓一些聽眾產生不安的情緒，這些話題，專家可以講，而你未必能講。

　　最後，要迴避那些太廣泛、不著邊的話題。演講一般都受時空的限制，要使你的演講有力、有效，必須抓住分分秒秒，如果你去講一些與時代沒有必然關聯，或聽起來似有若無的話題，聽眾會有耐心聽嗎？

第二章　細挑素材，提升說服力

我們選定演講題目之後，首先應該考慮的，便是這個題目如何進行結構？如何將自己選定的主題盡快引起觀眾們的興趣？如何以自己對題目的感覺和熱情去點燃聽眾內心的感覺與熱情之火？如何以自己對題目的精深理解去啟迪聽眾隨著這思路一道共鳴和思索？這些，都關乎演講的成敗，也都同「解題」的方式——入題、破題和點題——緊密相關。「立文之道，唯字與義」，演講也同樣如此，抓住了與入、破、點題相關的「字與義」，也就抓住了解題的綱要，從而取得理想的演講效果。

第二章　細挑素材，提升說服力

▍選材增進說服力

　　一個人要是缺乏說服力，擁有再好的想法也白搭。演講更是如此。

　　歷史上最偉大的成就都是說服力的最佳展現。凱薩大帝（Gaius Iulius Caesar）與拿破崙（Napoleon）能夠成功創立帝國，都得益於他們能說服他人服從領導。哥倫布（Cristóbal Colón）說服了西班牙女王伊莎貝拉（Isabel I la Católica），讓他往橫渡大西洋，到達東方的印度；然後又說服她贊助船隻費用。奴隸出身的美國廢奴主義者法雷迪・道格拉斯（Frederick Douglass）寫道：「如果我能說服他人，我就能扭轉世界。」最後他說服林肯總統發表了〈解放黑人奴隸的宣言〉。

　　如果缺乏說服力，又會怎樣？沒錯，什麼事也不會發生。

　　你聰穎過人嗎？擁有頂尖大學的學位嗎？你是否已經擁有將可能改變你的一生，甚至讓世界變得更好的想法？有，你就注定會成功嗎？不見得。

　　我們先來看看影印機之父的坎坷經歷 ——

　　切斯特・卡爾森（Chester Floyd Carlson）是一位聰穎過人的美國物理學家，但他的說服力令人不敢恭維。他第一次嘗試說服他人是剛從名校加州理工學院取得物理學學位時。當時，他應徵了 82 家公司，也取得了面試機會，但因為無法有力地推銷自己，沒得到任何一家公司的聘用。卡爾森於是繼續學習，取得了更多的學位，最後終於在紐約的貝爾實驗室找到了工作，然而他的職業生涯依舊平淡無奇。

　　在貝爾實驗室的專利部門工作時，卡爾森的主要任務是將不同的專利介紹版本重新進行人工輸入，並繪製新的圖樣。為了節省時間，避免重複做同樣的事情，他積極尋找一種更好的方法。於是，他在閒暇之餘獨自摸索。西元 1937 年，卡爾森終於在他家的廚房內，利用光導電原理，創造出世界上

第一項影印技術，並取得專利。

　　即便如此，許多年過去了，卡爾森還是無法讓別人對這項發明發生興趣，因為他說服能力欠佳。他無法讓別人相信這是一個產品。年復一年，他絞盡腦汁遊說各家公司。這些公司包括 IBM、柯達、通用電氣以及美國無線電公司等，多達 20 家，但一點進展也沒有，沒人相信他的發明極具價值。直到西元 1959 年，一家名為哈囉依德的公司根據卡爾森的設計，推出了第一臺影印機。

　　兩年後，哈囉依德改名為施樂，影印機產業從此誕生。

　　卡爾森發明了一個了不起的產品，卻因為缺乏說服力，花了整整 22 年的時間才找到一家願意投資的公司！有市場需求且能澈底改變世界的產品，比如電腦、影印機以及傳真機的前身，在 20 多年的時間內無人問津。你看，說服力重不重要？

　　演講是一門藝術，它能夠從多個方面反映一個人的綜合素養。一場成功的演講，需要注意的細節很多，尤其是演講的內容要有一定的說服力，才能激發聽眾的興趣，抓住聽眾的注意力。而細挑素材就是增加演講說服力的最好的好方法。

　　比如在演講中適當引用名言警句，不僅能夠為演講生色增輝，還能引起聽眾的高度關注，產生名人效應，從而增加演講的說服力。有一篇以〈人無信則不立〉為題的演講稿：「《論語》中有『與朋友之交，言而有信』的說法；宋代大理學家程頤也說：『人無忠信，不可立於世。』還有『一言既出，駟馬難追』、『一諾千金』等，講的都是同樣意思：言而有信。」這裡引用了一系列中國古代有關「誠信」的名言警句，有力地證明了「誠信」是中華民族的傳統美德，聽眾就會認真聽下去，並深深思考：自己做到「誠信」了嗎？

第二章　細挑素材，提升說服力

再比如一篇以〈寬容〉為題的演講稿:「眾所周知,寬容是中華文化的傳統美德之一。寬容就是從大局出發,不計較個人恩怨得失。法國著名作家雨果(Victor Marie Hugo)說得好:『世界上最寬闊的是海洋,比海洋更寬闊的是天空,比天空更寬闊的是人的胸懷。』但要真正做到寬容,卻不是一件容易的事。」這裡引用雨果的名言恰當說明了「寬容」的重要意義,聽眾會不自覺地反省自己的言行。

演講的目的是希望聽眾能夠與自己的意見達成一致,形成感情上的共鳴。演講的一條重要原則就是以理服人。你如果只講一些理論,或者是一些普通的人和事,很可能會令聽眾生厭。因此演講者要學會透過引用經典事例來充實演講的內容,增加演講的說服力,把聽眾深深地吸引住。

如一篇以〈自信〉為題的演講稿:「曾幾何時,劉邦、項羽目睹秦始皇浩浩蕩蕩的出遊隊伍、富麗華美的車帳、八面凜凜的威風,隨生雄心萬丈的自信:『大丈夫當如此也』?『彼可取而代也』。於是,漢高祖立千秋帝王大業,楚霸王成萬古悲壯英雄。詩人李白自信,他發出了『天生我材必有用,千金散盡還復來』、『仰天大笑出門去,我輩豈是蓬蒿人』的浩嘆,便有壯麗輝煌的詩章千古流傳。巴爾札克自信,放棄家人為他選定的職業,毅然走上創作道路,終有驚天動地的《人間喜劇》彪炳千秋。這裡連續引用了劉邦、李白、巴爾札克、等名人的經典事例,有力的證明了「自信」的價值及意義,不得不讓人信服。

再如一篇關於〈勤奮是成功之母〉的演講稿:「但丁(Dante Alighieri)在流放的艱苦條件下創作《神曲》,從 35 歲開始寫,一直到逝世前不久才完成,歷時 21 年。西漢司馬遷從 42 歲開始寫《史記》,到 60 歲完成,歷時 18 年。如果把他 20 歲後收集史料,實地採訪等工作加在一起,這部《史記》花費了他整整 40 年時間。曹雪芹著《紅樓夢》:『披閱十載,增刪五

次』，才寫完前 80 回。由於貧病相加，傷痛過度，沒到 50 歲就去世。」這裡引用了但丁、司馬遷、曹雪芹完成巨著的時間，讓聽眾從這些數字中意識到了勤奮的內涵，感受到了成功的來之不易。

對素材的精挑細選，能增加演講的說服力，能吸引聽眾的注意力。但在引用時一定要注意素材的準確性，事例的典型性，並且引用要適度。否則，就可能達不到引用的效果。

▌調查研究有必要

任何一個演講者都希望自己的演講能獲得成功，希望自己的演講具有真情實感，希望自己提出的主張、見解能為聽眾所接受。事實上，真要做到這一點，事先不做任何準備是不行的。

那在演講之前，應該做哪些必要的準備呢？我認為，做調查研究是首要的，也是必須的。因為演講是建立在對一系列相關內容進行深入細緻的調查研究基礎上的。如果不調查、不研究，心中無數，就不能做到有的放矢，也就不可能使自己的演講產生實際的效果。要知道，那種脫離實際、脫離生活的高談闊論是永遠不會受到歡迎的。

通常要事先調查如下幾個方面的情況：

1. 了解聽眾所在地區、所在單位的中心任務，該地區、該單位領導者的工作意圖和部署。
2. 了解人們普遍關心和最感興趣的問題。包括了解當地存在的主要問題是什麼，人們苦惱些什麼，需要些什麼，希望些什麼，關注些什麼。
3. 了解該地區、該單位有哪些可以振奮人們精神的先進範例，包括當地民眾所熟悉的活生生的先進人物和感人事例等。

4. 了解聽眾的政治傾向、教育程度、年齡結構以及主要的傾向等。

　　這就是說，如果你要演講，無論如何，你都應該首先明確：

- ◆ 聽眾的年齡範圍和比較集中的聽眾年齡段（尤其是非常年長或非常年輕的聽眾）；
- ◆ 性別對比；
- ◆ 宗教信仰；
- ◆ 種族（聽眾中有多少人是以漢人或少數民族）；
- ◆ 他們是否有聽力障礙等等……

　　這些訊息都關係到演說稿的內容、長度和結構。利用這些資訊，你可以避免讓絕大部分聽眾感到厭煩、迷惑或不愉快。

　　比如，如果聽眾是孩子們，那麼你必須選擇能夠為他們所理解的主題，並且用通俗易懂的方式表達出來。但你不能用高人一等的口氣對孩子們說話，這會招致他們的憎惡，尤其是當你不會說他們特有的年齡段語言的時候。

　　孩子們對邏輯和順序有著驚人的判斷力，所以你必須格外關注演說的這些方面。如果你正在向孩子們闡述論據，那麼你必須清楚地說明自己所支持的觀點（盡可能頻繁地使用「因為」這個詞，這很有幫助）。如果你打算講述一個故事，那麼一定要採用正確的敘述順序。

　　或許，你想透過引人注目的影片輔助設備或展示品來吸引孩子們的注意力。但更有效的吸引注意力的方法是讓孩子們參與到你的演說中。要製造讓他們回答問題的時機，或者最起碼讓他們有舉手的機會。

　　毫無疑問，跟孩子們在一起時，你千萬不要講那些兒童不宜的笑話。我聽說，一位電視喜劇演員在小學校上演了他在低級夜總會的那一套，結果，學校再也沒有邀請過他。

　　在對其他類型的聽眾發表演說時，這種常識性的思考方式也會造成很關

鍵的指導作用。比如，面對青少年和年輕人：你的舉止要與自己而不是他們的年齡相稱。面對上年紀的人：不要擺出一副要人領情的樣子。年長的聽眾往往比年輕聽眾更有智慧，而且他們的知識面更廣。你要迎合他們的經驗和智慧。面對宗教團體和少數民族聽眾：如果你不是他們中的一分子，那麼就不要假裝自己是，你尤其要注意，避免使用帶有排外色彩的語言、論點或具有攻擊性或盛氣凌人的引言。面對有聽力障礙或口語不流利的聽眾：說話時要比平常加倍小心（刪減演說詞的一般內容），不要過分追求「文學」效應。

如果聽眾中有女性：不要使用純粹的男性用語（你可以避免這一點），而且不要開一些侮辱女性或大男人主義的笑話。

如果聽眾的主要構成是女性，那麼你應該記住的是，女性通常比男性更富有想像力。她們有能力針對任何問題思考更多的論點和立場。如果你試圖說服以女性為主的聽眾，那麼就應該設法迴避那些堅決的還原論者的論點，例如「如果你不支持 A 立場，這意味著你一定贊成 B 立場」。

羅素·康威爾（Russell Conwell）有一個著名的講演，題目為〈如何尋找自己〉，他先後就這個題目講過近六千次。人們也許會想，重複這麼多次的講演應該已經根深蒂固地印在講者的腦海中了，講演的字句與音調可能不會再變了。其實不然，康威爾博士曉得聽眾的程度與背景各異。他覺得，必須使聽眾感到他的講演是個別的、活生生的人類，是專門為這一次的聽眾而作的。他如何能在一場接一場的講演中成功地維持著講演者、講演與聽眾之間活潑愉快的關係呢？他這樣寫道：「當我去某一城或某一鎮訪問時，總是設法盡早抵達，以便去看看郵政局長、旅館經理、學校校長、牧師們等，然後找時間去與人們交談，了解他們的歷史與他們擁有的發展機會。然後，我才發表演說，對那些人談論，就得適用他們當地的題材。」正是這些扎扎實實的調查研究，才使他很快地進入角色，從而走向成功。

第二章　細挑素材，提升說服力

選擇素材有目的

　　假如自己有了勇氣，能夠相信自己的演說一定不會失敗，大膽地走到臺上，大膽地當眾演說，可是你所講的內容，也要有著相當的意義，否則你無論膽子多麼大，無論聲調怎樣的高低快慢適宜，無論動作如何的優美適度，你的演說，還是要失敗的；因為你不是講得十分的膚淺，便是不知所云，令人不懂。你之所以不成功，主要因為你所講的內容不相符，不能打動聽眾。這就是說，要想演講有力，必須有目的性地選擇演講素材。

　　如果說主題是演講的「靈魂」，那麼素材就是「血肉」。所謂素材，即指演講者為闡述自己的觀點、主張，為了說明自己的主題所選取的論據及事實。

　　通常來說，演講有內容、目的的不同，演講稿也具有不同的形態，有報導、有說明、有論辯、有答謝等。總體來說，它的特徵可以概括如下：

- **內容上的現實性**：演講稿是為了說明一定的觀點和態度的。這個觀點和態度一定要與現實生活緊密相關。它討論的應該是現實生活中存在的並為人們所關心的問題。它的觀點要來自身邊的生活或學習，素材也是如此。它得是真實可信，是為了解決身邊的問題而提出和討論的。
- **情感上的說服性**：演講的目的和作用就在於打動聽眾，使聽者對演講者的觀點或態度產生認可或同情。演講稿作為這種具有特定目的的講稿，一定要具有說服力和感染力。很多著名的政治家都是很好的演講者，他們往往借助於自己出色的演講，為自己的政治之路鋪墊。
- **特定情景性**：演講稿是為演講服務的，不同的演講有不同的目的、情緒，有不同的場合和不同的聽眾，這些構成演講的情景，演講稿的寫作要與這些特定情景相適應。

- **口語化**：演講稿的最終目的是用於講話，所以，它是有聲語言，是書面化的口語。因此，演講稿要「上口」、「入耳」，它一方面是把口頭語言變為書面語言，即化聲音為文字，造成規範文字、有助演講的作用；另一方面，演講稿要把較為正式嚴肅的書面語言轉化為易聽易明的口語，以便演講。同時，演講稿的語言應適應演講人的講話習慣，同演講者的自然講話節奏一致。

演講素材對於演講都有哪些作用呢？主要表現在以下幾方面：

- 整理演講者的思路、提示演講的內容、限定演講的速度；
- 引導聽眾，使聽眾能更好地理解演講的內容；
- 透過對語言的推究提高語言的表現力，增強語言的感染力。

一般的書面文章是作用於個體的，即一篇文章即使要傳閱也得一個一個讀者輪流著看，而不可能同時有幾個人甚至一群人一起看一篇文章；演講則是一篇文章讀給大家聽。如果某個讀者對書面文章裡的觀點或表示方法有異議，他可以看了一半就放棄，不會影響他人；演講則要注重現場效果，如果闡述的觀點是錯誤的、使用的語言是不得體的，那麼，就會引起聽眾的議論，破壞現場效果。

因此，要選好演講素材必須注意以下幾點：

- **要選擇能充分表現主題的典型素材**：典型素材是指那些最鮮明、最有代表性、最能反映事物本質的素材。只有這樣的素材，才能以一當十，以小見大。
- **選擇能充分表現主題的新穎素材**：由於新穎素材是鮮為人知的，往往具有很大的吸引力，如能利用一系列新人、新事、新成果、新情況等新奇的素材，準確、傳神地講出道理，那必將對主題的證明更加有力。

第二章　細挑素材，提升說服力

- **選擇有針對性的素材**：演講者必須要了解聽眾，並從聽眾的需求出發，有針對性地選擇素材，才能喚起聽眾的聽講熱情和興趣。這種針對性包括：一是要針對不同場合、不同聽眾的具體特點，具體興趣愛好，使用不同的素材；二是要針對聽眾的文化程度，把素材具體化、形象化。多選擇聽眾看到、聽到、感覺到的素材，即使是深奧的道理，也要以通俗形象的素材來說明；三是要選擇符合聽眾心理和需要的素材，使這些素材和聽眾的切身利益結合起來；四是要選擇那些向聽眾指明行動方向的、能夠教給聽眾行動手段及方法的素材，這樣的素材，能使聽眾為之激動、感奮。

- **要選擇真實、準確的素材**：真實、準確的素材是指那些不是編造的、虛假的、偶然的、個別的、表面的素材，而是能反映客觀事物本質的素材。切不能為使演講生動、吸引人，就杜撰一些趣聞、軼事。在素材的使用方面，應堅持一個「活」字，力求做到構思布局繁簡適度，筆墨著力濃淡相宜，情調色彩生動活潑。這樣，整個演講就會有起伏波瀾，有變化層次，給聽從留下鮮明的印象。

在精選項素材時，還要注意以下幾個問題：

- **針對性要強、審題要準**：演講的內容必須有針對性，一般來說，演講都會有一個規定的主題，就像學生寫作文時的命題作文一樣，比如〈我與部門〉、〈美在生活中〉、〈知識改變命運〉等。當然，有時候主題會比較原則一點，就像半命題作文那樣，在比較廣泛的範圍內，由演講者自己選擇切入點，比如〈紀念戰爭勝利〉、〈革命帶來的變化〉等。在選擇素材時一定要緊緊圍繞已經確定的主題，絕不能游離主題任意發揮。比如，要求你圍繞的主題是〈我與部門〉，你在選材的時候卻隻字不提你所在的部門，而是寫企業、寫工廠、寫其他部門，這就太離譜了；或

者寫的是自己的部門，但都寫別人在部門中的情況，隻字不提「我」自己在部門中的感受，那也離題了。所以，選擇素材和學生寫作文時是一樣的，首先要審題，要有針對性，要有目的性，要弄明白這個主題要呈現的是什麼，應該從哪個角度入手。

- **內容要緊湊、要有個性**：一般的演講比賽都有規定時間，超過規定時間是要扣分的。那麼，要在有限的時間裡完整地闡述自己的觀點並給聽眾留下深刻的印象，就必須在內容的選擇和表達上下工夫。尤其在比較廣泛的主題面前，你會覺得可供選擇的實例太多，要表述的內容太豐富，這時，你就要學會「取捨」，要善於從眾多的實例中挑選那些最能襯托主題的例子，以精練的語言來表達。

- **舉例要確切、能打動人心**：演講素材為了表達主題，必須要有確切的例子作論據，光有例子還不夠，要善於選擇那些最能打動人心的例子，不能以空洞的理論來說教。首先，所舉的例子要與主題相吻合。其次，所舉的例子要有新意，所謂的「人云亦云不云，老生常談不談」，如果要引用古代的例子，必須要有獨到的見解；如果要引用當今的例子，最好是自己所熟悉的；如果要引用發生在自己身上的例子，則應該是對他人有啟迪的。比如有個單位舉辦的演講比賽主題是〈讀書，我選擇的生活方式〉，一位盲人選手上臺演講，他講述了自己獨特的讀書方式，即透過聽廣播、讀盲文書籍來不斷充實自己。如果他光講這個過程，那聽眾僅僅是佩服、同情而已，但他從自己的讀書經歷中提煉出了人生感悟，說明在人生的道路上每個人都會遇到困難，有的困難還看起來是難以踰越的，但只要不被困難所嚇倒，那麼再大的困難也是能夠克服的。這番富有哲理的論述，就對廣大聽眾很有啟發了，這樣的演講無疑是成功的。

第二章　細挑素材，提升說服力

▌整理資料要細緻

　　訊息資料可謂浩如煙海，要想在這其中找到自己所需要的訊息，而又不迷失其中，首先要有明確的方向感。有的放矢即懂得哪些文獻是可靠的、哪些文獻會讓我們的查找更加便捷，能在哪裡找到我們所需要的文獻，在演講中哪些問題適合使用文獻研究法。這些方面的能力將在一生的研究中發揮作用，而這種能力習得的過程首先需要耐心和細心。

　　資料的類型很多，按照其固有形式可分為文字資料、數字資料、聲音資料和圖像資料。包括書籍、期刊、報紙、剪報、文獻、統計年鑑、統計表格、唱片、磁帶、地圖、圖片等。

　　整理素材通常可從兩個方面進行：

- **整理素材**：指及時地把收集的素材系統化、條理化，將零碎的素材集中、分類。

- **鑑別素材**：其實就是進一步地整理素材，按照去偽存真、去粗取精的方法，將表象與實質、典型與一般、份量重與份量輕等素材，一一區別開來，力求使保留的素材「精」、「準」、「深」。

　　當然，有時候還可以邊整理邊查找，比如可以向個人借閱，博物館、展覽館、商場都可以成為資料收集的場所。上網也是一個好辦法，只要掌握了一定的搜尋方法，輸入關鍵字，運用搜尋引擎，很快就能找到許多相關的訊息。

　　用什麼方式整理資料，要根據演講的主題需要而定，查找的範圍應該是由近及遠逐步擴大的，如從家裡的圖書開始查，到學校的圖書館再到其它的圖書館。隨著科技的發展，圖書館還有電子檢索系統，會讓查閱更便捷。

　　如果所需要的內容很短，可以用做摘錄的方法進行記錄，查閱百科全書及辭典之類的工具書，一般是帶著問題去查，如想了解某一人物、某一專業術語、某一個事件等，像是查《百科全書》一樣，比較方便。如果要查找某一年的某一事件、數據，就可以查閱相關的年表。

　　查閱整理資料不是件容易的事，需要有一定的技巧，而這一技巧是在不斷查閱整理過程中累積起來的，必須親自動手才能得到它，任何人都不能替代。查閱整理資料時不僅需要耐心、細緻、仔細，還需要經過慎重的考慮，並按照一定的程式去做，而不是到圖書館東抄一段西抄一段。為了便於演講，可採取一些行之有效的方法：

- 製作資料卡片：用卡片的形式進行資料目錄的登記，便於快速查找。要從收集到的大量資料中找尋有用的資料，就必須對資料做去蕪存菁、去偽存真、由表及裡的處理工作。主要包括：去除假素材，去掉重複、過時的資料，保留那些全面、完整、深刻和正確闡明所要研究問題的有關資料，以及含有新觀點、新素材的資料，但對孤證不立的素材要格外慎重。

- 為資料排序、編目：如果收集到的資料比較多，還需要對資料進行分類、排序與編目。為了今後演講時查閱的方便，一般採用首字母開頭的方式進行編目。每一條目上一般要寫出該資料的出處，包括作者、書名、出版社、出版日期、在何處查閱等。

- 對資料進行了初步的整理後，接下來的工作就是對資料的閱讀、消化並將有用的記錄下來，實際上就是對資料進行精加工的過程。

　　總之要養成習慣，標明自己採用的任何一條參考渠道的來源，把所有渠道的完整書名記下來。想一想，如果有人對你的某一條論據表示懷疑，而你只能回答「我在自己的資料中查到這一點，但是具體出處我記不清了」。如

第二章　細挑素材，提升說服力

果這樣，那將多麼狼狽。記下期刊編號或出版社，記下你在自己的演講過程中永遠不會提到的細節問題，這樣做看起來似乎毫無必要，但是習慣性地記下所有訊息有助於你在再次需要時查閱資料非常便利。如果你以後要把自己的發言整理成書面報告或文稿，這些研究筆記是非常寶貴的。

在瀏覽卡片目錄或期刊檢索時準備一本筆記本。把每條可能的參考訊息的作者姓名記下來。在作者姓名下面寫出書名，期刊名稱和日期的關鍵詞，在左邊記下索書號。大致估計完整的書名、作者姓名和出版情況可能占多少地方，留出空白以便必要時補充添加。

當你已經記滿幾頁紙，前後翻一翻，瀏覽一遍，挑出你願意進一步詳細查閱的書籍。這樣做也許會浪費幾張稿紙，但是長遠看來可以為你節省很多時間，你不必專門再把它們從隨手塗畫的紙條抄到新的筆記卡片上，也不必再跑到圖書館補充剩餘的書目訊息。這樣做的另一個優點是你再也不會遭遇如下困境：你找到一個以前的筆記本，發現 —— 面簡單地記錄了一條訊息，現在你認為這條訊息是至關重要，你把卡片翻過來，結果除此之外再沒有任何線索，你禁不住哀嘆：「太棒了！可是我怎麼找到它呢？」

記住：引證一定要準確；避免歪曲資料或斷章取義。尤其要明確哪些是你的看法，哪些是客觀事實。不僅要指出原文引用的出處，還要指出你所引用的他人觀點的出處。徹底杜絕剽竊的嫌疑。

有時需要採訪時，要為每次採訪準備名錄卡片，說明接受採訪者的姓名、他或她的資格以及採訪日期。在聽採訪錄音或整理採訪筆記時，把這些內容記在卡片上。當你為此累積了大量卡片，還要學會把它們諸如歷史、起因、解決方案等題目進行歸類，並把關鍵詞依次記在卡片上，這樣才算是真正為演講做了充足的準備。

收集數據要精確

　　許多人講話太含糊，經常講些模棱兩可的話，今天下午喝下午茶，大家有時間就去。有時間就去，是去還是不去啊？今天下午開會，兩點鐘開始開會，大家就忽略了我開會下午到底安排事情，還是不安排事情了？你這個會開多長時間？開十分鐘也叫開會，你開個兩小時也叫開會，也許開到晚上，所以你就模糊。應該是什麼？下午兩點開會，三點鐘結束，三點以後，人家可以安排自己的事情。

　　有不少公司經常講，「努力讓客戶滿意」，那麼滿意的標準是什麼？做到什麼程度客戶就滿意了？應該把它更精確一下，使客戶的滿意度提升到98.7%，這就是個具體數字，讓它盡量地精確，盡量地具體。經常說節約開支，節約開支是個形容詞，節約到什麼程度呢？說不清楚。那應該把它再具體一下、再精確一下，各項業務和管理費用比原計劃削減10%，這就是個精確的具體的數字。

　　我們大家為什麼對911事件記憶猶新呢？雖然它已經過去20多年了，大家還記得911，是因為當時所有的媒體、所有的廣播、所有的媒介都在告訴我們：2001年9月11號上午9點恐怖分子劫持了兩架飛機撞擊美國的世貿大廈，隨著劇烈的爆炸聲立即燃起熊熊大火，頃刻間，舉世聞名的兩座摩天雙子大廈轟然倒塌。大家都記住了那天發生了什麼事情，可能永遠都很難忘懷。因為當時所有的媒體在介紹的時候，使用的數據都是很精確的數據。當你每次演講的時候，要有說服力，讓大家永遠的記住，就要精確、要具體，舉例說明，不斷地重複，這是一些方法。

　　要收集精確的數據，我們首先要自問幾個問題：

第二章　細挑素材，提升說服力

1. 我為什麼要收集這些數據？

   收集特定資料的動機可能會影響到這些資料的可信度。比如某位候選人的工作小組所進行的統計工作是為了表明這位候選人得到了選民的普遍支持，其主要目的在於打擊對手，而不是向民眾展示選舉的實際情況。這就是動機不純的例子，可信度自然會大大降低。大部分人對出於強烈的求知慾而進行的調查比較信任。如獨立的民意調查者、時事調查記者、科學家和學者，雖然他們也許做不到毫無偏見；但比起商品銷售員或者特定目的的鼓吹者，要客觀多了。

2. 什麼時候收集的數據？

   這個很重要，一定要確保你所收集的證據是最新的。很多事情就像市場價格一樣每天都在變化，有時候資料在演講時就已經過時了。

3. 數據是怎樣收集的？

   在收集數據時，要盡可能弄清楚一項研究的設計和開展的詳細情況。如果某一條統計素材可以支撐你演說主題的某個要點，不要整段引用某個二手素材而感到慶幸，要盡可能查找這一研究的原始資料。

4. 避免誤導性的數據

   我們知道語言是模棱兩可的，但會輕信數字是直白的：2+2=4 這個等式沒有任何疑問。然而，數字也可能同樣模棱兩可，使那些粗心大意的人陷入統計的地雷。

　　某公司每個部門平均有十二臺電腦。實際上，財務部有四十臺電腦，而其他部門大多只有一臺或根本沒有電腦。這樣的報告雖不太可笑卻同樣誤導人。這說明，當幾種極端情形扭曲了分配時，採用算術平均值的辦法是不適當的。在這個例子中，我們一般更傾向於用中位數或眾數，當然它們也有可能被濫用。

收集數據主要有二個主要途徑：

- **直接數據**：這是演講者在日常生活、工作、訓練和學習中所見所聞、所思所感的數據。它是演講者自身透過對社會生活的觀察、體驗、感受和調查研究所得到的第一手素材。

- **間接數據**：這是演講者從報刊、書籍、文獻、廣播、電視中得到的數據，可稱為第二手素材。

不過有的時候，數據都只是數字的隱喻，這就要另當別論了。

許多年前，在一本彩頁雜誌中，總能看到一些令人吃驚的具體數據。「在政府的政策指引下，人民的掃蟲除害行動取得了有效的成績，總共清除了 5,617,987 隻害蟲」。難道當時真有人去把蟲子一隻一隻數？不可能！後來聽別人說，這只是把數字用做一種隱喻手法，具體的數值不一定準確，但卻代表著貢獻的多少。數據越是精確，其意義越是重大。

儘管保證數據的準確無誤是非常重要的，但我們從雜誌中還是可以學到更多的東西：除了讓人們對數字的龐大印象深刻，數字本身是毫無意義的。雜誌運用精確數據來說明問題的方法是很正確的，這些數據確實會引導讀者去思考。

其實這很容易，你完全可以辦到，尤其是當你把那些難以確切表達或根本無法測量的事物與精確的數據串聯在一起時，效果更加明顯：

「科學調查表明，在 15 歲以上的男性中，有 74% 的人需要花費 5 分鐘以上的時間才能把羽絨被套回被罩中」。

試想，如果演講內容涉及未來事件的發生時間，那麼為了吸引注意力，一個行之有效的方法就是確定具體數值。我們不妨比較以下兩種表達：

「按照現在的破壞速度發展下去，到 2030 年，亞馬遜熱帶雨林將完全消亡」。

第二章　細挑素材，提升說服力

「按照現在的破壞速度發展下去，2029 年 7 月 5 日當地時間下午 5 點 37 分，亞馬遜熱帶雨林的最後一棵樹將被砍下」。

演講的真實可信是演講產生較強感染力和說服力的基礎。只有在事實以及基於事實的一系列基本判斷真實可信的條件下，才能得出富於說服力的結論。這就是說，恰當的引用數據不僅能夠使演講變得形象生動，而且能夠大大增強演講本身的說服力。

具體、生動的實例

我們常說「事實勝於雄辯」，意思是說：不管你的口才如何出眾，怎麼也敵不過鐵的事實。

一個大學畢業沒多久的年輕人想當部門經理，在他的面試中，有這麼一段：

也許有人會說我「嘴上無毛，辦事不牢」，但我想追問一句：「嘴上無毛」就一定「辦事不牢」嗎？古今中外許許多多軍事活動家，恰恰都是在風華正茂的時候擔當重任並建功立業的。民族英雄岳飛 20 多歲帶兵抗金，當節度使時才 31 歲；其子岳雲 12 歲從軍，14 歲隨州率先登城，成為軍中驍將，20 歲時就當了將軍。曾經統率大軍席捲歐洲大陸的拿破崙，從巴黎軍事學院畢業時不過是砲兵少尉；法國大革命時參加革命軍，1793 年率部隊在土倫港之役中擊潰保皇復辟勢力被晉升為少將時才 24 歲；統兵攻打義大利，不到 30 歲即當了東線和南線的指揮官，獨當一面，任國防部長時才 40 歲。在軍隊裡，許多老帥，多數不也是在二、三十歲時就當了將軍、軍長、軍團長以至方面軍總指揮了嗎？可見「嘴上無毛」與「辦事不牢」之間沒有必然關聯，關鍵是有才與無才。套用一句古話來說：「有志不在年高，無

志空長百歲。」

在這篇演講中，年輕人為了打消眾人對其年輕的顧慮，先後引用了岳飛、岳雲、拿破崙等多個少年有為者的事例，以確鑿而充分的事實證明了年齡與才能之間沒有必然的關聯，對聽眾很有說服力。

不少人在演講中，喜歡講大道理。道理當然可以講也應該講，但道理一旦變成了「大道理」，就空泛而又無趣。要格外注意的是：講大道理容易讓聽眾產生你在居高臨下、教訓人的感覺。沒有人喜歡被別人居高臨下地教訓，對於很多的大道理，許多人早就麻木甚至反感了。

在演講中援引具體的事實時，要有真實的事實，不可虛構。你可以引用歷史事實來幫助自己說服聽眾。因為歷史常有驚人的相似，有所謂「以古為鑒，可以知興替」一說。而且引用史實還可以借助史實無可辯駁的說服力，生動形象而且引人入勝，有助於人們從中得出結論。

同時，身邊的事實更是不可錯過的有力證據。〈一個遺臭萬年的日子〉是美國第 32 屆總統羅斯福的著名演說，全文不到 1,000 字，列舉敵國侵略罪行沒有用一個貶義詞，宣布如此令人憤慨的事件竟不見激昂。演說有分析、有判斷、有決定、有抨擊、有號召，但所有這些，都建立於陳述事實的基礎上。

從這裡可以看出，引用事實進行說理時，要注意事實與觀點的一致性，切不可讓事實與觀點相違背。卡內基指出，沒有比胡亂抽出個別事實和玩弄實例更站不住腳的。羅列一般例子是毫不費勁的，但這是沒有任何意義的，因為在具體的情況下，一切事物都有它個別的情況。

這就告訴我們，正面說理引用事實，不但要真實具體，而且要生動，要具普遍意義。

第洛德夫‧弗利西在其著作《文學作法》中以「真正耐讀的書，只有故事」為開篇。事實上，發行量大的雜誌，其文章都是以純粹口述文體寫成

的，文章中穿插許多傳聞軼事及對話。由此可見，將一些必要而有趣的故事引入到演說中去，聽來一定津津有味。

一位擁有數百萬觀眾的節目主持人皮耶（Marco Pierre White）曾向記者表示：「根據我多年的經驗，深切體會到唯有舉證實例，才能使想法表達清晰明了、引人入勝、具有說服力。我的祕訣就是為證明我的重要論點而舉出生動有力的實例。」

但是，生動實例的選擇和運用也不能良莠不分，引而無類。我建議你遵循下面三個原則：

- **要有人情味**：應該說，自己的事例是最容易生動具體地發表出來的，也是最富有人情味的，但是一些人受到常識性禁忌的約束，不敢或不屑談自己的事。你應毫不猶豫地談論自己的經歷，聽眾是不會產生反感的。主張「不要談自己的事」是騙人的，也是不明智的。除非你的話非常帶有挑戰性，並且過分以自我為中心，否則聽眾是不會對你個人之事缺乏興趣的。千萬不要忘記，這是容易引起聽眾共鳴的最可靠的手段。

- **使用真實姓名，將事實個性化**：如能將事件中涉及到的主要人物的姓名和職務說出，如果不方便說出，也可用假名來代替，例如張三、李四等一般無個性的名字，這比代名詞的效果要好得多。有名字就容易有所區別，也會形成有個性的真實印象。杜洛夫利西說：「有名字的故事最具有真實性；隱名是非真實性的作風。想想看，讀一本沒有任何主角名字的小說，會有怎樣的感受……」

- **交待要清晰分明**：事例的交待要明確、清楚，這是毫無疑義的。但究竟怎樣做呢？新聞報導的五要素原則很適用：①時間；②地點；③人物；④事件；⑤事件發生的原因。只要你將這些要素交待清楚，你的演說就會給聽眾以具體、真實的感覺。

▎關鍵、重要的因素

　　無論做任何事，人們都知道要抓住關鍵的步驟和重要的因素，因為人生是有限的；同理，演講也一樣要抓住重點，要抓住關鍵，因為任何演講都是在有限的時空裡進行的。

　　曾聽過一個講成功的演講，學講者就抓住了關鍵、重要的幾點，著重深化，把這幾點講透。在此引用一些重點，我們可以看看他是如何抓住關鍵、重要的因素的。

　　他講成功的第一個需要的環境。他說：環境為什麼重要，我從 17 歲到 21 歲換了 18 份工作，是因為想成功，好的方法從哪裡來，從成功的人那裡學習，旁邊沒有成功的人，怎麼樣鼓勵，怎麼有企圖心，都還是不會成功，21 歲的時候我聽了課程，我幫他工作，在工作中我學到了如何成功，不超過 8 個月，我學會了一些有效的成功的方法。不需要很久的時間改變生命，只需要接近一個成功的環境，成功的人。所以要成功，最重要的不是努力，而是先跟成功者在一起，然後你就學會了如何成功。

　　他講了一個例子：最偉大的籃球明星，麥可‧喬丹（Michael Jeffrey Jordan），他開始只在罰球線練球。他了解臨球的祕訣是罰球線，大家不可能讓他輕易上籃，把他擋在外面，擋在外面不可能丟很遠的球，因為命中率不高，所以他一定是在罰球線附近，他非常了解成功的關鍵。他受到他教練的影響，他跑去問我為什麼不被錄取？教練說：「第一你的身高，技巧，你以後不可能進大學打籃球，你的技巧太嫩了。」他對教練說，你讓我在這個球隊練球，我不去比賽，但是我願意幫所有的球員拎球袋，幫他們擦汗，他說我不需要上場，我只求我跟球隊練球，我要有跟他們切蹉球技的機會。結果後來教練看到這個人這麼想成功，就讓他和他們一起，比賽一完他真的去幫他們擦汗。

第二章　細挑素材，提升說服力

　　你可以想一下，板凳球員，全世界最偉大的籃球明星是這樣開始的。然後有一次，早上八點的時候，清潔工整理場地，他看到一個黑人球員躺在地上，他甦醒過來說哦：我叫麥可喬丹，我昨天晚上在這裡練球太累了，就睡在球場裡面。所以麥可喬丹不止跟球隊一起練球，球隊練完球以後他還一個人練球，他累得睡在球場裡面，結果麥可喬丹的身高198公分，麥可喬丹他們全家沒有一人超過180公分，他父親覺得奇怪，為什麼全家只有他長得這麼高，他父親說麥可喬丹想要成功的企圖心讓他長到198公分，長高靠企圖心。這是真實的故事。

　　接著他說了第二個成功的因素，叫做強烈的企圖心。他說企圖心沒有教，但是可以培養，我可以教你如何培養自己的企圖心。

　　當我見過100多位世界第一名的時候，我跟他們學習他們的知識，我知道如何做了，開始有膽量。原來他們也是這樣起家的，原來比我的狀況還要糟糕。安東尼‧羅賓斯（Anthony Robbins）在23歲的時候，他住在一個很小的地方，他沒有床，他的房間只能擺書桌，他覺得書桌比床重要。安東羅賓睡的是一個吊床，請他女朋友到他家的時候，他說對不起，我這個房子太小了，連床都沒有，但是假如你願意嫁給我的話，我保證我們以後住城堡，開直升機，變億萬富翁，講一大堆好聽的話。結果那個女朋友就跟安東羅賓躺在那個吊床上，結果很不小心吊床繩子斷了，你可以想像那個狀況。但是她相信安東羅賓，在之後果然住城堡，開直升機，成為億萬富婆。

　　所以你不要想像你目前狀況怎麼樣，那些不重要，過去重不重要？絕對不重要，現在重不重要？重要，因為今天的行動決定明日的結果，要有更好的結果，今日要有更好的行動，怎麼樣才會有更好的行動，就是跟成功者的人在一起，成功者激發你的企圖心。假如你覺得你個人的企圖心不夠旺盛，你覺得有無力感，動的話一下動不起來，那麼就是你的朋友有問題了，當一

個人越來越成功，你看到他的朋友一直在換，你就知道他越成功了。你不可能變得更成功，如果你朋友沒有改變，看你的朋友就知道你有多成功，假如你認為你是很成功的人，那你的朋友都必須是成功的人，成功會吸引成功。

他還談到了第三點，就是態度，也就是心態。心態對一個人，也是非常重要的因素。一個人的態度決定他成功的高度。他說：成功與失敗的區別就在於 —— 好的事情發生，態度好，大家都做得到，壞的事情發生的時候，依然有好的態度，這個時候才決定你成功與否，每一次失敗都讓我更接近成功。我以前出去演講的時候，連續講八場都被轟下臺，因為講得太爛了，大家都不想聽，所以我就告訴自己，每一次失敗都讓我更接近成功。每一次失敗都讓我更接近成功……

他講心態時也舉了一個生動的例子：你們知道好萊烏的明星曾經被拒絕過 1,855 次嗎？他就是史特龍（Michael Sylvester Gardenzio Stallone），你看到他好像刀槍不入的樣子，他並不是刀槍不入，可是他站起來的氣勢，讓你感覺他刀槍不入，你看到他，你就說最好不要去亂惹他。史泰龍被拒絕 1,855 次，被 500 家電影公司拒絕，而且一家跑三次，這樣子被拒絕 1,500 次，以後回去第四次。你想當演員？你先學講話再來，你長得醜了，你先去整形再來。

他還講了許多，都是人生想要成功的關鍵、重要因素，比如要認真，要努力，比如成功需要貴人的幫忙等等。

善於就地取材

演講怎樣才能「出彩」呢？

「就地取材」是個比較有效、便捷的方法，它以眼前的人、事、景等作為即興講話發生的「延伸話題」，不但便於快速構思，而且可以巧妙過渡，把聽眾自然地帶入到你的講話中，使講話更有現場感、更具活力、增添幾分睿智和情趣。

就「講話情境」取材

講話總是在一定的情境中進行的。儘管情境具有相對靜止性，但如果演講者能巧借情境即興發揮，化靜為動，讓情境為我所用，就能使講話應情應景，溢彩生輝。

2008 年 11 月 3 日晚，臺灣海基會董事長江丙坤在臺北 101 設接風宴，為首次來臺的大陸海協會會長陳雲林接風。陳雲林在致答謝詞時，即興講了一段話：「置身於這座華麗的 101 大廈，我俯瞰夜幕下的臺北，萬家燈火、車水馬龍。在這片可愛的土地上，臺灣人是熱情、友好、勤勞、文明的人民。在這塊熱土上，他們以自己的打拚精神和聰明才智，創造了名列亞洲四小龍的奇蹟，為中華民族贏得了光榮。我衷心希望兩岸和平發展，臺灣經濟不斷增長，臺灣人民幸福安康，衷心祝願兩岸關係就像 101 大樓一樣超過滿分，更上一層樓。」

置身於 101 大廈，陳雲林會長觸景生情，感慨萬千。從目光所及的「夜幕下的臺北」，他想到了臺灣「這片可愛的熱土」，一番對「熱情、友好、勤勞、文明」的臺灣人的由衷讚美，接著他就地取材，借助 101 層的高樓，以一句「衷心祝願兩岸關係就像 101 大樓一樣超過滿分，更上一層樓」，充

分表達了兩岸關係的最大善意和誠意，既契合他此行會談的主題，又顯得生動形象，貼切自然，實在是精妙之極。

就「現場聽眾」取材

演講者每次講話都要面對不同的聽眾，而且同樣主題的演講所面對的聽眾在年齡、身分、職業、教育程度等方面也有所不同。演講者如果善於從聽眾身上取材，就會使演講的話題因貼近聽眾，而使他們樂聽愛聽、入耳入心。

在一次某縣市行政機關召開的「有關即將退休公務員情況通報會」上，該縣市分區幹部管理工作的林祕書，在談到前不久一位即將退休的公務員因晚節不保而鋃鐺入獄的案例後，他放下手中的講稿，即興插了這樣一段話：「趁這次機會，我想提出十六個字，與在座的同事共勉。這十六個字是：養心健體，繼續學習，保持晚節，發揮餘熱。主要是保持晚節，就是在即將退休的階段仍要重視氣節，保持氣節。有氣節，就能堅持正義，不為惡勢力所屈服。晚節不保，是一個人最大的悲哀。要保持晚節，就要防止精神缺鈣症，要培養無畏的精神。但對無畏要具體分析，有的人是無私無畏，有的人是無知無畏，有的人是無恥無畏！我們應該培養無私無畏精神，克服無知無畏，反對無恥無畏……」

這位林祕書使用的就是就「現場聽眾」取材的方法。針對與會聽眾都是即將退休的公務員，他將與這些同事緊密相連的「養心健體，繼續學習，保持晚節，發揮餘熱」作為講話的話題，無論是引用名言還是具體展開分析，都緊緊圍繞這個話題進行，言談之中表現了對這些同事的關心和愛護，語重心長，講到了他們的心坎上。

第二章　細挑素材，提升說服力

就「他人講話」取材

有時候，現場需要講話、發言的不只一個人，演講者這時如果善於從他人的講話內容取材，就能既表現出對對方的尊重，又能使自己的講話顯得自然、鮮活。

某市文化局一位長官應邀參加一個「企業發展與市場經濟」的研討會，在聽取大多數部屬的發言之後，他所發表的言論：「以上很多部屬作了發言，有的從宏觀的角度談了企業怎樣去適應市場經濟，有的結合工作實際，從微觀的角度論證了企業在市場經濟中如何去做好服務。前者具有較強的理論性，後者具有較強的針對性和操作性。我認為講得很好，至少可以說明，在『企業發展與市場經濟』這個新的課題中，確實有很多新問題值得我們去思考去探討。今天我要講的是……」

上例中，這位長官的一番言論值得稱道。輪到他發言時，他沒有像其他人那樣直接講自己的觀點，而是機智地從他們的講話中取材，首先對其他人的觀點給予肯定，然後再順勢轉入自己的發言，這樣既顯得他謙虛有涵養，又使得他的講話自然切題，符合研討的氛圍。

就「講者自身」取材

講話者自身就「潛藏」有講話的素材，只是人們大都未去發現。如果演講者能巧妙地以自己的姓名、相貌、愛好等方面為話題即興發揮，就能使你的講話別具一格，受到聽眾歡迎。

有位企業家被調到一家瀕臨倒閉的工廠任廠長。由於他身材比較矮，不少人對他指指點點，於是，在第一次召開職工代表大會時，他這樣講道：「看到我，你們也許心裡會發笑。但你們恐怕不知道，我比魯迅還高兩公分！魯迅先生用犀利的筆桿做出了驚天動地的事業，我也想在自己的事業上做出一

番成績。在今後的任期內，我將和大家『長期共存，互相監督，肝膽相照，榮辱與共』，希望大家支持我。」一席話，引來了現場職員雷鳴般的掌聲。

面對職工對自己身材的指指點點，這位廠長沒有迴避掩飾，而是索性來了個「自我解嘲」，勇敢巧妙地就自己的身材取材，並以魯迅先生為榜樣自喻，表達了他「在自己的事業上做出一番成績」的信心和決心，使職工代表從他的講話中感受到他的氣魄，從而深受鼓舞，可謂「化腐朽為神奇」的精彩之作。

演講是一個人學識和膽略的「亮相」，是對演講者心理素養、應變能力、講話水準、文化修養等綜合能力的考驗。如果演講者能靈活運用「就地取材」技巧，就能使你的言談形象生動、妙趣橫生，從而為你的形象增光添彩。

學會引經據典

經典之所以為「經典」，是因為經受了時間長河的洗禮，被證明是權威的、令人信服的言辭與觀點。因此，經典的說服力，幾乎是不容置疑的。正是因為經典有著巨大的說服力，所以經常被很多高明的演說者引用在演講中作為論據，以增加自己演講的說服力。這種引用，我們叫引經據典。

詩有詩眼，書有書魂，演講有演講意境。一首詩有一聯名句就是可稱為好詩；一本書有一句名言，就有閱讀的價值；同樣，一篇演講中，如有一句哲理名言，便能使聽眾受益非淺，難以忘懷。因為無論演講者闡述的觀點多麼的標新立異或超凡脫俗，其實都是或多或少地被歷史上的名家論述過的。名人名言是永遠閃爍著智慧的光芒的，而名家所具有的影響力也是恆久存在的。演講者應抓住聽眾內心深處的心理，恰當地引用哲理名言或權威人士的論述，讓它們服務於自己的理論觀點的論證，加強演講的說服力量。

第二章　細挑素材，提升說服力

「人生如果是河流，那麼，是活成寬寬的大河，還是窄窄的小溪，取決於河床有多寬。我們一生的使命就是拓寬河床，讓生命的格局更大。」這是某大學教授為其大學 5,000 餘名師生做的一堂「在聖賢的光芒下學習成長」的生動講座。在短短的 90 分鐘演講裡，引經據典、談古論今，用一個個寓意深遠的小故事，解讀《論語》、《莊子》等國學經典，博得了現場師生經久不息的掌聲。

在演講時引經據典、言簡意賅，讓人們再次領略了一個學以致用、嚴謹細緻的風采，具體到演講技巧上還給我們帶來了一個啟示：歷史上一些精華的古語、詩文，經千百年錘煉，流傳民間，成為永恆的真理，是我們寶貴的財富。很多東西不但過去流行，現在適用，而且將來仍然可用。善於運用這些天下百姓喜聞樂見的經典想法啟迪人們，值得各位演講者用心學習。

無論演講者闡發的觀點多麼的標新立異或超常脫俗，幾乎都是或多或少地被歷史上的名家論述過的。名家的永遠閃耀著智慧的光芒，而名家所具有的影響力也是恆久存在的。演講者應抓住聽眾內心深處的從上心理，恰當地引用名家權威的論述 —— 即經典，讓它們服務於自己理論觀念的論證，加強演講的說服力。

中華文化源遠流長，歷史的長河中留下了無數璀璨的經典。只要你用心，你可以在演講前稍加留心，要找到一些支持自己論點的經典並不難。不過，值得注意的是：引經據典時要盡量避免那些晦澀的、生僻的經典，要選擇那些聽眾一聽就明的經典。否則，無論如何經典，大家不明白其意義也是枉費，如果你再為了解釋這個經典而費盡口舌，更是不明智。

此外，引用經典要自然，不可生硬突兀，也不要過於頻繁。過於頻繁的引用，容易讓人覺得你在賣弄。

懂得忍痛割愛

什麼叫「忍痛割愛」？有人是這樣解釋的：忍著內心的痛苦，放棄心愛的東西。指不是出自本意忍痛地放棄心愛的東西。

那麼，演講選材時需要「忍痛割愛」嗎？回答是肯定的。

「人上一百形形色色」，這句話用來形容每個人對流行歌曲的喜好同樣有效。你喜歡張學友，也許他喜歡的卻是劉德華，這就是所謂眾口難調。但在成為歌星的道路上，每個試圖想成為「歌星」的選手就不得不考慮一個問題：如何讓「眾口難調」變成「同聲喝彩」。

演講也一樣，很多時候也會「眾口難調」。而要讓「眾口難調」就成「同聲喝彩」，據許多資深演講家說，首先而且必須學會忍痛割愛。

「必須學會忍痛割愛。」這是著名作家威廉・福克納（William Cuthbert Faulkner）的一句名言，它也是整個修改過程中最令人難受的部分。你首先應該刪除那些讓你格外高興的部分，比方說，快樂的故事、有趣的笑話、精彩的思辨、美妙的隱喻 —— 不要心慈手軟。

福克納的建議是令人沮喪的邏輯。如果在撰稿的過程中，某一內容對你產生了很大的吸引力，那麼你看中的一定是它的形式，而非內容。另外，如果某個素材確實深深地吸引了你，那麼這可能是因為，該素材對你意義非凡，但對你的聽眾卻不一定如此。鑑於以上兩點，你的「最愛」很可能成為你與聽眾之間的障礙，而不是橋梁。而且，由於它們的存在，你的演說時間可能會更長，而且演說的內在邏輯也可能遭到破壞。這些「最愛」就像是一個個被寵壞了的孩子，他們需要特殊的關心和照顧。他們不會為了整體效果而委曲求全，他們會強迫你，迷惑你，擾亂你。

第二章　細挑素材，提升說服力

　　詩人泰戈爾曾說過：「當鳥翼繫上黃金時，就飛不遠了。」智者曰：「兩弊相衡取其輕，兩利相權取其重。」說的就是要我們在有些時候，學會忍痛割愛，學會放棄。

　　鳥兒必須捨棄翅膀上的黃金，才能展翅翱翔，重新回到藍天的懷抱。假如鳥兒不願捨棄翅膀上的黃金，它終究只有和黃金一起往下滑，摔死在地面上。鳴蟬奮力地甩掉了外殼，因而獲得了高空中自由的歌唱，壁虎勇敢地掙斷了尾巴，因而在危難中保全了它弱小的生命；算盤若填滿自己的空位，變得「座無虛席」，將喪失自己的運算功能……

　　為了演講更有力量，更打動人心，我們還有什麼捨不得的呢？

第三章　投入情感，增強感染力

　　觀眾聽演講時，多數不是被說服的，而是被感動的。格爾森
（Michael Gerson）作為總統演講稿的首席撰稿人，與其他 6 名撰
稿人、兩名研究員和兩名事實核查員都深諳此道。演講對象和場
合不同，講稿的情感基調也不同：稱讚作為「最偉大一代」的二
戰老兵時，必須飽含深情；對民眾發表競選演說時，則力求平易近
人；反駁對手時，一定要斬釘截鐵。除整篇講稿要有感情外，詞語
也要有感情。自從「911」恐怖襲擊發生以來，布希的演講稿中已
經多次出現「卑鄙的」、「暴君」、「邪惡」和「敵人」等帶有強
烈感情色彩的詞語。

第三章 投入情感，增強感染力

▎為演講注入情感

　　對演講來說，「情」的傳遞有三種載體：辭、聲和態。因此，在演講過程中，我們就要注重運用這三種載體來表達情感。即：以辭托情、以聲托情和以態托情。演講者只要將這三種技巧很好的結合起來，就可以調動情感，與聽眾產生共鳴，從而使演講具有長久的生命力。

　　演講貴在打動人心，而要打動人心，離不開演講者的情感注入，即演講者的感情流露和情緒表現。無論在演講的起始、過程、還是推向高峰，乃至結束，演講者的神形都應隨著演講情節的變化而變化，富有情感性。例如，老萬教授在做「把生命掌握在自己手中」演講時，表現出對有人自我踐踏生命的痛惜、對掌握命運強者的讚頌，表現出的情感變化、神情動作令人叫絕，自覺不自覺地把聽眾帶入情感世界從而讓人去體驗百態人生、去領悟生命掌握之要領。可以說，成功演講者都是情感豐富者。這種情感發自演講者的內心，表現出：愛憎分明、喜怒分辨、苦樂分界。沒有演講者的情感投入，就不會有聽眾的情感付出。沒有演講者的情感變化，也就難以激起聽眾的層層情感波瀾。

　　關於情感問題，西方某些演講學家提出過什麼「零度風格」。什麼是「零度風格」呢？所謂「零度風格」（zerostyle），就是純然客觀，不動情感，不動聲色，不表現說話人，彷彿也不理睬聽眾的那麼一種風格。這顯然是荒謬的。

　　這是簡單的道理，作者自己如果沒有感動，就絕對不能使讀者感動。「零度風格」不適宜於演講。因為演講本身就是情感的交流。可是有些人的演講、報告卻往往忽視這一點。聽眾對一些演講聽不進，除其它因素外，就在於演講者沒有或很少有豐富的情感。比如，當要喚起人們對某種人為的災

難採取同樣態度和行動的時候，被情感支配的人最能使人們相信他們的情感是真實的，因為人們都具有同樣的天性，唯有最真實的生氣或憂愁的人，才能激起人們的忿怒和憂鬱。他們不了解，那種裝著對自己所說的話毫無情感，把自己隱藏在幕後，也不理睬聽眾是誰，不偏不倚，不痛不癢地朗誦冷冰冰的語句，玩弄抽象概念，或是羅列乾巴巴的事實，沒有一絲絲的人情味，這只能是掠過空中不明來歷去向的聲響，所謂「耳邊風」，怎能叫人產生興趣，感動人，說服人呢？

一個人不可能沒有情感，尤其是置身於熱烈的場合中，其情感就更豐富而富於變化。不管演講者自覺不自覺，只要他一登上講臺，就自始至終用自己的各式各樣的情感影響著聽眾。比如民族主義、國際主義、集體主義、革命英雄主義、女性主義等，它們不僅僅有理論和知識的內容，也包涵著豐富的情感。所以，情感教育應是演講者的目的之一。演講者是否自覺地對聽眾進行情感教育，其效果是不一樣的。每個演講者應該把情感教育自覺地納入演講中，用美好的情感去陶冶人們的情操。不僅如此，情感的培養和觀念教育也有很大關係。

列寧（Lenin Vladimir）曾說：「沒有人的情感，就從來沒有、也不可能有人對真理的追求。」我們經常說的「動之以情，曉之以理」，「感人心者莫先乎情」，「通情才能達理」等，都強調了情感對於聽眾接受的重要性。健康的情感可以激發聽眾積極的意識。它對於理性還不夠發達，習慣於用形象和感覺來思考問題的青少年來說，就更顯得重要了。如果我們親耳聆聽了史達林的〈廣播演說〉就可以知道，他那反擊法西斯侵略，奮起保衛國家的意識，是伴隨著強烈的愛國主義情感傳播出去的。如果演講者沒有這樣的情感，不僅不能喚起聽眾相應的情感，而且這些想法就不能有效地傳播出去，也就不能引起聽眾對這些崇高理想的更加強烈的同感和追求。

第三章　投入情感，增強感染力

　　情感還可以影響演講者的思維邏輯。情感與思維在發展中，往往是互為先後，相互促進。有時情感的激烈，引起思維活動的活躍；有時思維活動的活躍，激起情感的高昂，它們就是在這種關係中協同並進。情感高昂了思考活躍起來，就能收到接受知識的最佳效果。另外如美感、理智情感，都是在文化知識傳授中加以培養的。如果忽視了這些情感的培養，演講傳授知識的目的也就不能達到。

　　總之，演講是綜合的實踐活動，它牽涉到人們的諸多心理因素。一個傑出的演講者，總是有著較強的記憶力、豐富的想像力、聯想力、敏捷的觀察能力和思維能力。而這些能力又與演講者的情感，關係極為密切。只有情感豐富而熾烈的演講者，才能促進和推動心理諸因素發揮最大的效用。

　　反過來，這些心理因素又促進著演講者的情感。這樣才能使演講達到成功。有的演講家已離開人世若干世紀，但由於他把崇高而豐富的情感注入到演講辭和他的聲音中，那無聲的和有聲的語言，也仍然會保留著他真實的情感，閃爍著不可磨滅的光彩。林肯的〈蓋茲堡演說〉講完之後，成千上萬的聽眾眼含熱淚。以後又鑄成金文放在牛津大學，作為英文演說的典範。他的演講的成功除了其它各種因素外，與他深摯而豐富的情感是分不開的。

　　演講者情感的價值，不只在於影響聽眾的情感和形成聽眾對於現實的態度，而且還在於他能激勵和促進人們的行動。從某種意義上說，演講中情感的作用，是和心理暗示的作用同等重要的。演講者情感的豐富，適度與否，往往決定著演講的成敗。演講要善於以自己熱情之火感染聽眾，善於用自己的熱情之火鼓動人心。但這種豐富的、熾烈的、火一樣的情感來自哪裡呢？它又受什麼制約呢？古語云：「人稟七情，應物斯感。」演講者的情感是在豐富多彩的現實生活中，在長期的社會實踐活動中產生和發展的。一個演講者如果離開了豐富的社會生活，離開了人與人之間的來往，就無所謂人的情感。

　　今天的社會節奏太快，人們被繁忙和喧囂、緊張和焦慮所煩擾，所有的人都不停地向前追趕，學生奔赴一個又一個考場，成人奔赴職場、官場或商場，生命在不停地追趕中過早地透支。但人是情感動物，生命的能量來自愛，來自心靈與心靈的滋養，來自給予和感激。而匆忙奔跑和追趕的人既顧不上給予，也顧不上感激，生命的情感之河自然因遭遇久旱而乾涸……

　　以農起家的臺灣，每個人的身後都有一個由土地、風雨、汗水，父母辛勞耕作的身影編織的背景，那些畫面只有在回望的時候才能觸動和撥響心靈深處最細微的弦；只有在屏息靜聽的反省中，心靈才會因充滿感激而變得富足和豐盈。

　　演講的情感要怎樣注入呢？注入情感有何作用呢？

　　首先，注入情感能增強表達欲望。言為心聲，情感影響思維活動主體的積極性和創造性。「胸有塊壘，不吐不快」。

　　其次，注入情感能誘導聯想，激發思考。情感的催化劑，可以幫助展開想像的翅膀，調動已有的知識、經驗儲備，進行接近類似、對比等聯想，進行積極思考，迅速組織素材，打好腹稿，然後才能出口成章。

　　最後，注入情感能喚起共鳴，促進交流。演講者借助有聲、態勢兩大手勢，透過語言達到和聽眾進行觀念和情感交流的目的。

▌用情感昇華主題

　　要使演講撥動人心，除了調動情感激流、生動事例、幽默妙語之外，很重要的面向就是要注重情感與理性的昇華點。這種昇華點往往展現了演講稿的內在價值和審美品位，是演講稿閃光的靈魂所在。這也正是寫作學上常說的「立意要高」。

第三章　投入情感，增強感染力

　　表現人生感悟、生活真諦的哲理性語言，是演講稿經常追求的昇華點。哲理語言當然不等於哲學語言，但它呈現了哲學思想，反映了人的人生觀、世界觀、倫理觀、時間觀、價值觀、審美觀。它必須借助於一定的想像和修辭手法，用一種近乎詩化的語言呈現出來。在這個意義上說，演講稿中的哲理語言又是詩化的哲理性文學語言。像「莊嚴坐著，正氣站著，低賤跪著」這樣的哲理語言真是太耐人尋味了，聽眾馬上能聽得懂並且產生共鳴。

　　高爾基（Maxim Gorky）談文學創作時歸納過一種「三借」理論：借哲學形態化為思想，借科學興建化為假設的理論，借文學形態化為形象。高爾基把「借哲學形態化為思想」放在「三借」之首，並且強調了這「三借」都必須經過「化」的過程。演講稿所追求的哲理性語言也應該是這樣，既反映出哲學思想、實踐的經驗，又有經過藝術處理的語表形式。如果自己一時難以想出精彩的哲理語言，也可以「鑿壁偷光」，引用哲人、名人的警句，增加演講的力度和深度。這位老師舉了一個例子：在某間重考班上，大家都是大考落榜的學生。他很了解他們的心情，第一課開場白中就講：「有一位哲人說得好：當你得意的時候，你別忘了，你命運的一半是上帝給的；當你失意的時候，你別忘了，你命運的一半還在自己手中！」說到這裡，我用右手微微抬高，做了一個握拳姿勢，音調則大大提高，有的學生眼裡立即滲透出淚水，顯然是牽動了他們的心靈。

　　學習英雄人物、優秀人才、先進人物，是情感與理性的又一昇華點。演講稿有不少歌頌到報刊、廣播、電視上大力宣傳的新聞人物、熱門人物。他在一篇演講稿中也懷著熱情和理性的思考寫道：「任何社會都不能沒有一種積極而美好的精神作為支撐。任何民族都不能沒有被人民稱頌的英雄。誰也無法想像，一個民族沒有英雄會是什麼樣子。」、「我們的時代是需要產生更多英雄的時代，人們呼喚英雄的回歸、崇高的再鑄，正是針對社會一些腐

敗現象,針對拜金主義、享樂主義、極端個人主義,針對那種見火不救,或袖手旁觀,或溜之大吉或侈談價錢的卑劣行為而發出的吶喊。我們有什麼理由不反思一下自己的行為?文學界有個別人把寫英雄、寫楷模人物和先進人物譏之為『偽崇高』,他們自稱是『感情零度』的作家,要『躲避崇高』,這些人起碼的道德標準到哪裡去了?」這裡,包含了正反兩個方面的思考,力求冷熱互置,跌宕起伏,感情是流動的,理性思考又是沉著的。

▎掌握情感的語調

演講就是一個人以眾多聽者為對象,就某一事物、事情或主題發表言論,闡述自己的觀點,表明立場的語言溝通行為,同時它又是一門藝術。它的藝術美既呈現在文體上,又呈現在非語言因素上。演講文體上的美透過語音語調、詞彙、修辭、句式等來表達,而非語言的美主要透過儀容、眼神、面部表情、手勢、體態、神態、風度等態勢語來傳遞。

那演講到底該怎樣去講才能掌握好演講的情感呢?這是擺在我們初學者面前的一道題。

其實演講並無定式,一百個人就有一百種講法。只要符合自身身分、個性和年齡特點,用真情實感去講就行了。演講講的是你的心聲,你的情感,要用「心」去講、去敘述,應該是聲情並茂,聲隨情走而得到一種昇華。所以說演講最難的是:語言情感的準確釋放。

我們可以想像一下,在演講中如果缺少了情,你就沒有辦法去掌握演講的基調,就沒有辦法使用一切技巧,也就無法準確傳達演講稿的內涵。情感的正確使用是掌握技巧中的關鍵,也是演講的成敗因素。在這裡我想提示的是:在演講中用「情」就是「你」要融入演講稿、融入故事,有機的結合,

第三章　投入情感，增強感染力

使「你」和你的作品渾然成為一體，達到一種忘「我」的境界。

演講者要到生活中和藝術中去尋找和體驗語言的暖色調和冷色調，就是我們所說的高興和悲傷的語氣語調，在演講中常常會使用到。這些語調的正確使用，就需要我們格外注意在使用時的語感，語感要隨「情」而動。

為了加強語感，讓我們來觀察一下親朋好友在聚會中，相互問候或對某一感興趣的話題展開熱烈討論的情景，你一言我一語，甚至有人高談闊論，歡聲笑語彙聚一堂，那種親情、那種友情，時快時慢的語速，繪聲繪色的聲調，恰到好處的手勢，朗朗的歡笑聲，其樂融融。大家在這種環境中身心放鬆，語調自然柔和、溫馨，此時的語調就是暖色調。

為了對比起見，再談一下痛苦悲傷的語調（冷色調）的處理方式。在我們的演講中有很多表達傷心痛苦的事例。當你講到親朋好友中有人離故之時，悲腔的運用是不可少的。在小說《三國演義》中，大家都知道諸葛亮舌戰群儒的片段，其實最考驗諸葛亮口才的是他為周瑜弔孝哭訴。孫、劉兩家這對昔日的盟友為荊州之地翻臉。周瑜興兵誓要奪回荊州，結果兵敗殞命。諸葛亮為大局，毅然前往東吳大營給周瑜弔孝。面對殺氣騰騰、凶險莫測的虎穴禁地，諸葛亮依靠智慧，運用樸實的睿智語言，哭訴衷腸，用真情感動了東吳人，得到諒解，從而化險為夷。再次為孫、劉兩家繼續聯合抗曹立下偉績。這個哭訴就是精彩的演說過程，諸葛亮把演說的語感發揮到了極致，也只有這樣他才能虎口脫險。

說以上例子的目的就是想強調一下，在演講中，任何高興的口吻和悲傷的腔調的使用，都來不得半點虛假、做作和過分。喜悅代表著朝陽，悲傷表示著夜暮。一切都要自然，要不然在演講中就會適得其反。試想一下，諸葛亮的語音語調和表情要有半點失真的話，他有多少個腦袋也不夠別人砍啊！

在演講時，口語表達和演講稿一樣也要有層次感、要有大局觀和感染力。當你在準備演講題材時，圍繞著演講的相關語氣語調問題也就隨之展開，直至演講結束，它涵蓋了整個過程。演講的完成它包含著寫作技巧、口語技巧、表演技巧等，它是一個綜合體，演講技巧不是孤零零的，它蘊含著真情和豐富的生活。但每一項都與演講情感語調的運用密不可分，我們要把寫作、口語、表演等巧妙的綜合起來潤色。比如，當我們在演講中敘述某一件事，你必然會娓娓道來，語調隨其內容變化而變化。時而高興、時而悲傷；時而高亢，時而低沉；時而急促，時而舒緩；有時需要聲斷氣不斷，有時需要一字一頓；還有就是演講的語速明顯快於朗誦，咬字要清晰，鏗鏘有力。目的就是圍繞主題把「情」用「調」準確恰當地演繹出來。在練習時，要克服語調平淡的方法就是按照以上要求去做。要注意，聲音的高低起伏不是忽大忽小。忽大忽小的聲音刺激聽覺器官，使人感覺不舒服。而是音色、音量的均衡平滑的逐漸增大或減小，要注意過度。一般以暖色調為主，聲調略高於平常說話，語音親切。

在語言表達上，男性要展現果敢剛毅的陽剛之氣；女性要呈現溫柔細膩的陰柔之美。這樣展示各自的優勢，只有這樣才能呈現各自的特點和長處。

在剛開始練習的過程中可能會感覺有點難或找不著感覺或不適應，這都是正常現象。要多多揣摩文字意涵，透析要表達的意思，要動腦，依靠智慧，勤奮加上技巧，就能造成事半功倍得效果，這是勤學苦練之後的又一要素。

在這需要提醒的是：千萬不要為了技巧而玩弄技巧，樸實無華其實也是重要的技巧。所有的技巧都是為輔助演講的情感語調而展現的，目的就是為了感染打動現場的每一位聽眾。

▌情感來源於生活

大家知道，古希臘狄摩西尼（Demosthenes）的演講是以其充滿著愛國的激昂著稱的。他用非常富有情感的詞句表達了保家衛國、捍衛自由的決心：「即使所有民族同意忍受奴役，就在那個時候，我們也應該為自由而戰鬥。」這是多麼強烈的愛國主義情感啊！據說連當時馬其頓的國王腓力見到狄摩西尼的這篇演說詞時，也邊讀邊說：「如果我自己聽狄摩西尼演說，我自己也會投票贊成選舉他當我的反對者的領袖。」

狄摩西尼的演講之所以有這樣大的威力和作用，就是來源於他的濃厚的愛國主義情感。而這種情感的沃土，不是別的，正是希臘的現實生活，即那種面臨馬其頓入侵而遭受亡國和失去自由的危險的現實，喚起了他熾烈的愛國情感。當演講者離開了沸騰的現實生活，沒有對生活深入而且實際的體驗，就不可能有豐富的情感，演講自然也就不可能產生強大的感染力。火熱的現實生活，是產生演講者情感的沃土。同時，間接的生活也可以造成輔助作用，同樣可以激發演講者的情感。

直接的生活，間接的生活，可稱為演講者情感的第一和第二源泉。而演講者對生活感受的深度和廣度，又決定了演講者情感的豐富與否、強烈與否。生活面非常狹窄的人，孤陋寡聞、閱歷淺薄的人，對生活缺乏濃厚興趣、感受不深的人，他的情感是絕不會深厚、豐富的。要想使自己的情感更濃烈、更豐富，就必須投身到廣闊的生活中去，擴大自己的視野，開闊自己的眼界；接觸各種人、接觸各種生活，在與人的交流中，體驗出生活中的喜怒哀樂，從而使自己的情感更強烈、更深刻。演講者的情感來自於生活，來自於實踐，同時能夠對現實造成反作用。

在《路易‧波拿巴霧月十八日》一書中，馬克思（Karl Marx）曾把情

感和觀念並列，把它歸入「上層建築」。其主要原因是它能夠對社會生活產生作用。如面對侵略、面對失去自由的險惡現實，使狄摩西尼產生了強烈的愛國主義情感。他把這種熾烈的情感毫無保留地傾注到演講裡，從而強烈地感染了大量的聽眾，使群情激奮，紛紛投身於保家衛國的行列。又如林肯的法庭演講，充滿著揚善懲惡的情感。

演講者的情感愈強烈，就愈能表達出現實生活的真實，就愈有感染力，其影響現實的層面也就愈大。然而，並不是隨便某種情感，都能造成積極效果的。因為人們的情感不僅具有歷史性和社會性，而且具有積極作用或是消極作用。在我們看來，只有美好的、高尚的情感，才是我們所需要的，才是有益於人類、有益於社會的。反之那種庸俗的情感，卑微的情感，甚至是獸性的情感，對人類社會只能造成消極和破壞的影響。

豐富多彩的現實生活是演講者情感產生的沃土，但它並不能全然決定也不能保證人們的主觀情感因素完全相同。想法是情感的指針，想法決定著情感的性質，情感受著思想的制約。

一個家庭、一個環境中的兄弟倆會有不同的情感，這是因為人對當前現實的每一個反映，都是與他長期在實踐中形成的世界觀有關的，都是與他的個性特點以及當時的心理狀態相關的。同時還因為各種情感無不受到人們的社會關係、利益和地位的左右，雖然是同一生活環境，也可能產生不同的情感。而對同一現實，有的人可能產生平淡的、卑微的，甚至反動的情感。這種不同傾向的情感，又是某種相應想法的直接反映，甚至成為某種觀念的外形。

古羅馬統帥凱撒被以布魯圖斯和卡西烏斯為首的密謀者刺殺。布魯圖斯為了掩蓋自己的罪行，在當眾演講中，以敵對階級的滿腔仇恨的反動情感，顛倒是非，招搖撞騙，瘋狂地抵毀和辱罵凱撒是暴君，是獨裁者。受矇騙的聽眾當時還信以為真了。可是凱撒生前的執政官，安東尼也當眾進行了演

第三章　投入情感，增強感染力

講，他認為凱薩是偉大寬厚的君主，根本不是暴君，他以無限懷念與崇敬之情，娓娓聽他講述凱薩的功績，並憤怒地指責布魯圖斯的忘恩負義和卑鄙陰險。結果，被他的控訴點燃了憤怒之火的聽眾頓時怒吼起來，發狂地向兇手們家中衝去。

布魯圖斯和安東尼，同是對待凱薩一個人，同是很好的演講者，但由於他們的觀念不同，他們對凱薩情感也就截然相反。這就足以證明，情感是受思想支配和制約的。只有以正確的思想為指導，才能有正確的、健康的情感，才能激發起演講者的想像和聯想，從而抓住生活中具有本質意義的事。同時，被想法指導的情感，反過來又能促使想法向深處開掘。二者互相促進，相得益彰，是不可分離的。

因此，演講需要避免兩種傾向：一種是只注意情感而不注重內容，那就只能是違背生活真實地囈語狂言；另一種是只注意內容而不注重情感，那就只能是乾巴巴的教條說教。只有具備了完美的新觀點，又有高尚情感的演講者，才能使演講獲得成功。演講者應該到生活的沃土中去培養和豐富自己的情感，同時要善於把情感置於正確觀念的指導下，發揮它在演講中應有的作用。

▌鋪墊和激發情感

情感需要鋪墊，應該一步一步地提升，逐步到達高峰。有的演講者一上臺便慷慨激昂，高聲呼感，講到最精彩時簡直聲嘶力竭，手舞足蹈，叫人莫名其妙。有的演講者卻是從頭至尾都平淡如水，沒有波瀾起伏的時候。這樣的演講都是不成功的。

演講要注意控制情緒，逐步地提升感情，一浪高於一浪，最後達到情感高峰。感情激發來得太突然，讓聽眾不能接受，聽眾便只有瞪著眼睛看你在

臺上大呼小叫的「演戲」，只會覺得你滑稽，不會產生共鳴。為此，我們先要掌握好感情的基調，起調不要太高，氣氛渲染到一定程度再把積蓄已久的感情放出來。這樣才能情多不溢。

如果演講一直過於平淡，那就說明你未進入演講情緒，自己缺乏熱情。這是演講最大的忌諱。對於這樣的情形，只能說你講的話還不是從你心靈深處所發掘出來的。很簡單，不要空談，發掘吧，把你心裡所埋藏著的寶藏發掘出來！找出問題的原因，集中注意力去深思熟慮，理智和情感都必須同時運用。

在演講前就要開始調動情緒，把自己的心理狀態調節到預定的情緒之內，注重演講的情感定位。如果你的演講基調是輕鬆、熱情、向上的，演講前就應該開始醞釀這樣的感情，盡量排斥一些與此不協調的情緒，多想些令人高興的事。如果你心事重重地走進賽場，那失敗恐怕就是難免的了。

演講的內容和語言安排也很重要。在寫講稿的時候便要注意一步一步地深化；當你演講的時候，自己的情緒也就調動起來了，即使剛上臺因為緊張不能馬上進入狀態，按部就班地講下去，也能進入演講情緒之中。所以寫講稿的時候要慢慢把自己征服，這一點也不容小覷。

我們知道了情感的作用及其來源，現在還有必要研究一下演講者的情感是如何表現及傳達給聽眾的。黑格爾（Georg Wilhelm Friedrich Hegel）曾說過：「藝術家形象表現的方式正是他的感受和知覺的方式，例如一位音樂家只有用樂曲來表現在他胸中鼓動的最深刻的東西，凡是他所感到的，他馬上就把它變成曲調，正如畫家把他的情感馬上就變成形狀和顏色，詩人把他的情感馬上就變成詩的表象，用和諧的字句把它所創作的意思表達出來。」作為具有濃厚的藝術色彩的演講活動，它的情感，自然也要受自己特殊的傳達方式的制約。

記得高爾基曾經說過，人有一個任務，就是要發現自己，發現自己對生

第三章 投入情感，增強感染力

活、對人、對某一事件的主觀態度，用自己的形式，自己的言詞把這種態度表現出來。而演講者則是透過有聲語言和態勢語言來傳達自己的情感的。這是演講情感表達的兩個重要方面。但同時二者在情感傳達的形式上，又有著很大的區別。有聲語言以其語義和聲音訴諸聽眾的視覺器官。二者配合默契，殊途同歸，共同完成情感，使之作用於聽眾心理的任務。

在運用有聲語言和態勢語言的時候，為了收到演講的最佳效果，我們必須注意以下四個問題。

要有真情實感。這包括兩個方面：

- 演講者要有真情實感，它來之於演講者對內容的真切感受。
- 對聽講的聽眾要有真情實感。

只有這樣，他的語言、聲音以及形體動作，才會真實自然，才能產生較大的感染力，戲劇裡強調演員要進入角色，就是讓演員體會出角色的內涵和情感，這樣表演起來才真實而且具有藝術魅力，才能打動觀眾的心靈。演講者同樣要具有角色意識。作為演講者，你自己先要笑，才能引起別人臉上的笑，同樣，他自己得哭，才能在別人臉上引起哭的反應，你要我哭，首先你自己得感覺悲痛，這樣你的不幸才能使我傷心。如果演講者沒有真情實感，而是做作地運用有聲語言和態勢語言來進行演講，這不但不能引起聽眾的情感共鳴，反會使聽眾感到彆扭，甚至反感和厭惡。

態勢語言要和有聲語言緊密配合。演講者的表情、動作、手勢、姿態，它們的突出特點就是「動」。只有把線條的流動和情感的流動自然而緊密地結合起來，達到和諧、統一，才能真實、自然地表達出演講者的情感。演講者的聲音要高亢、激昂，與此相應，演講者的身體可以稍向前傾，同時把手果斷有力地高舉出去。只有這樣緊密地配合，才能充分表達出演講者的真實情感。否則，如果二者相脫節，或者不諧調，不一致，就會破壞情感傳達的效果。

一般來說，喜悅、激動、亢奮、緊迫等感情可運用快速、重音、升調、停頓、短句、輕鬆的方式來表現；而悲傷、思索、從容、深沉、莊嚴等感情可以運用輕讀、降調、慢速、長句、沉穩等方式表達。當然還可以如下更詳細點：

- 「喜」的感情：氣息充足，聲音甜潤，速度偏快，聲音略重，笑肌提起，發音靠前，給人興奮感。

- 「怒」的感情：氣息粗重，音量增大，語速快捷，聲音沉重，有震懾感。

- 「愛」的感情：氣息柔緩，聲音自如，語速平和，快慢適中，輕重平穩，給人親切感。

- 「恨」的感情：氣息粗厚，出聲生硬，發音氣猛而多阻塞有忍無可忍之氣，語速偏快，有擠壓感。

- 「悲」的感情：氣息沉重，出聲緩慢，語速先快後慢，輕重交錯，以氣托聲，欲言又止，給人阻滯感。

- 「急」的感情：氣息短促，出聲緊迫，語速快捷，停頓突然，吐字有力，有一種催逼感。

- 「懼」的感情：氣息上提，出聲不順，語速不勻，輕重隨便，給人衰竭感。

- 「疑」的感情：氣息斷連，出聲延伸，先快而慢，停連變化，語調下降，給人躊躇感。

語氣的運用對情感的鋪墊和激發效應很大，這裡格外細說一點：平心靜氣表示陳述、慰問、教育；高聲大氣表示強調、鼓勵、憤怒、威脅；粗聲粗氣表示不滿、怨恨、駁斥；冷聲冷氣表示蔑視、敵對、挖苦、制止；唉聲嘆氣表示苦惱、發洩、悲痛；吞聲忍氣表示恐懼、遺憾、緊張、無奈；冷聲悲氣表示傷感、淒清、哀愁。

第三章　投入情感，增強感染力

為了使情感到位，演講前可利用以下方法進行導引，保證情感到位：

- **情境展示法**：透過回憶，幻想與朗誦主題相似或相關的故事，情節與場境、畫面，使自己的情感過渡到主題情感方面來。
- **音樂調動法**：輕音樂具有濃厚的感情色彩，能打開聽眾的心扉，活躍聽眾的思維，使人感到輕鬆、舒適和興奮。朗誦前可以選放一些輕音樂或與朗誦主題有關的音樂聽聽，也可以自己隨口哼哼。
- **引笑調動法**：朗誦前開開玩笑，看看漫畫，努力把自己逗樂，引笑，以輕鬆、興奮的心情開始朗誦。
- **借景生情法**：演講者在掌握了演講的氛圍，確立了演講的題旨和感情基調之後，根據演講的時境，借渲染感情基調之景，延伸開來，將獲得的熱情傳導給聽眾，取得動之以情的效果。
- **目標激勵法**：偉大的目標可以激發高尚的情感。目標的輝煌，價值的崇高是培養學習興趣，激發學習熱情的巨大動力。
- **詩詞感染法**：詩詞對於感情的要求更集中，更強烈，演講中借助詩歌抒發情感往往能取得淋漓盡致，感人至深的效果。

▍用熱情擦亮你的詞彙

有人說，擦亮你的詞彙比擦亮你的皮鞋更重要。

這句話說得太好了。據〈紐約時報〉等媒體披露，就在民主黨總統候選人凱瑞（John Forbes Kerry）為 9 月 30 日舉行的首場電視辯論磨刀霍霍之際，該黨高層內部卻十分擔心，面對布希（George Walker Bush）語言通俗易懂、句子簡短直白、訊息明白無誤和語氣斬釘截鐵的演說風格時，說話「過於委婉」的凱瑞恐怕難以應對。布希的這種風格已在他的就職演講

中發揮得淋漓盡致。〈紐約時報〉將那次短短 15 分鐘的演講稱為「布希生命中最有雄辯口才的一次演講」。這次成功演講的幕後英雄就是布希的首席撰稿人麥可‧格爾森，他被稱為「最好的語言大師之一」。

這位麥可‧格爾森，就是一位善於擦亮詞彙的人。

觀眾聽演講時，多數不是被說服的，而是被感動的。格爾森作為總統演講稿的首席撰稿人，與其他 6 名撰稿人、2 名研究員和兩名事實核查員都深諳此道。演講對象和場合不同，講稿的情感基調也不同：

> 稱讚作為「最偉大一代」的二戰老兵時，必須飽含深情；
> 對民眾發表競選演說時，則力求平易近人；
> 反駁對手時，一定要斬釘截鐵。

除整篇講稿要有感情外，詞語也要有感情。自從「911」恐怖襲擊發生以來，布希的演講稿中已經多次出現「卑鄙的」、「暴君」、「邪惡」和「敵人」等帶有強烈感情色彩的詞語。

如果一個人為了社交特地擦亮了皮鞋，穿上一塵不染的漂亮衣服，企圖維持自己的自尊以及爭取旁人對他的尊敬；但他卻未企圖擦亮他的詞彙，說出毫無瑕疵的句子，不斷而且正確地向這個世界宣示，那麼，他還不是一個真正有修養的人。

艾略特博士（Charles William Eliot）在擔任哈佛大學校長三分之一世紀之久後宣稱：「我認為，在一位淑婦與紳士的教育中，只有一項必修的心理技能，那就是正確而優雅地使用自己的本國語言。」

這是一句意義深遠的聲明，值得我們深思。

傑出的演講家，在他們遣詞用語的時候，總是苦心孤詣、字斟句酌，選用那些準確表現內容的、蘊含著熾烈情感的語言。用這些帶著強烈的感表色彩的語言，以扣動聽眾的心扉，引起共鳴。

第三章　投入情感，增強感染力

如何在演講時擦亮自己的詞彙呢？

美國南北戰爭結束後，有兩位軍人競選國會議員。一位是著名英雄陶克將軍，陶克功勛卓著，曾任過二三次國會議員。另一位是約翰‧愛倫，他是一位很普通的士兵。

陶克是這樣開始的：「諸位朋友們，記得十七年前（南北戰爭時）的晚上，我曾帶兵在山上與敵人激戰，經過激烈的血戰後，我在山上的樹叢裡睡了一個晚上。如果大家沒有忘記那次艱苦卓絕的戰鬥，請在選舉中，也不要忘記那吃盡苦頭，餐風宿露的造就偉大戰功的人。」

這段話很精彩，感情色彩很濃。他的詞彙，應算是被感情擦亮了。

我們再看，愛倫的競選辭是這樣開頭的：「朋友們，陶克將軍說得不錯，他確實在那次戰爭中立下了奇功。我當時是他手下的一個無名小卒，替他出生入死，衝鋒陷陣，這還不算，當他在樹林裡安睡時，我還攜帶著武器，站在荒野上，飽嘗寒風冷露的滋味，來保護他。」

愛倫的話更實在動人，更易引起共鳴，他打敗了陶克，取得了勝利。為什麼會這樣？很簡單，因為愛倫的詞彙擦得更亮！

「感人心者莫先乎情。」、「情不深，則無以驚心動魄。」有經驗的演講在熱情迸發時，好比衝出龍門的河水，呼嘯奮進的浪花，使「快者掀髯，憤者扼腕，悲者掩泣，羨者色飛。」這就是說，要想擦亮自己的詞彙，就要性情豪爽，話語坦率，推心置腹，以真換真，以誠對誠，講出真情實感；這就要求表達者情感的顯示應該是熾熱、深沉、熱情、誠懇、娓娓動人的，做到「未成曲調先有情」；這就要求表達者必須和聽眾一起喜怒哀樂，不掩飾、不迴避，對真、善、美熱情謳歌，對假、醜、惡無情鞭笞。濃濃情感溢於言表，使聽眾聞其聲、知其言、見其心，達到感情上的融合、內涵上的共鳴、認知上的一致。既影響了聽眾，也受到聽眾的影響，達到情感的交流與平衡。

列夫‧托爾斯泰（Leo Tolstoy）曾說過：「說話時，應做到把自己體驗過的感情傳達給人，而使別人也為這種感情所感染，也體驗到這種感情。」這就要求表達者善於擦亮自己的詞彙，運用各種修辭方法，溝通與聽眾之間的情感通道。不僅僅讓聽眾能體驗到其情感，或哭或笑，或悲或樂，而且應該把這種體驗深化為「白髮的感情」，即將表達者的感情變為聽眾的感情，以達到情感的相融。

有位廠長在鼓勵全廠職工踴躍集資，籌集購買設備以轉產的動員會上，說了這麼一段話：

「各位，經過三年奮鬥，我們的工廠終於像一個工廠了。我們工廠擁有了300多萬元的固定資產，500多萬元流動資金。這些資金是我們大家的，是我們全廠的。三年來，我們大夥伙自己的荷包也鼓起來了，有人買了摩托車，有人添置了電視、冰箱、洗衣機，有人裝了電話，我也準備裝部電話。大夥伙的菜藍也豐盛多了，不再總是白菜、蘿蔔、豆乾之類，聽說劉師傅夫妻倆昨天還為晚餐是吃燒雞還是吃烤鴨爭出了矛盾。我也跟我家那位爭了一次，有次買來一盤涼菜，他想吃酸的，我想吃甜的，結果他贏了。

我們有了這麼好的今天，但是絕對不能忘記明天，競爭激烈，我們準備添置設備，適時轉產。這樣我們到時才能都買空調，都裝電話，都吃海鮮；否則機器陳舊，設備老化，產品一被淘汰，你我只能又吃白菜、蘿蔔、豆乾了。

為了明天比今天更好，為了我們廠更雄厚，為了我們的荷包更鼓，希望大家跟我一樣，跟我們這幾位上司一樣，踴躍集資。我今天第一個交錢，請登記，李大鳴，一萬五千元。」

廠長設身處地，把自己放到工人的同一層面，由生活細事說起，情真意切，表述自己，達及他人，架起了連接工人心靈的情感金橋。他的想法變成了工人自己的想法，他的感情內化為工人自己的感情。這效果的出現，離不

開他那掏心掏肺的被情感擦得亮堂堂的言語詞彙。

　　一個大演說家，他的聲調不管是怎樣的好，動作不管是怎樣的得體，要是他不能夠抓住聽者的心，以身作則，以心換心，用滿腔熱情擦亮自己的詞彙，從而做到以情動人，無論如何，他所講的一切都是不能引起聽眾的注意力的，都是沒有感染力的。

用真情點燃你的聲音

　　一位音樂專家彈奏鋼琴，和一位普通人彈奏鋼琴，雖然兩人彈奏著同一個調子，敲著同樣的幾個音鍵，然而一位高超，一位平凡，這為什麼呢？因為他們兩人所用的方法、情緒、藝術和個性的不同，因而演奏出來便不同了。兩位書法大家，他們一起臨摹一部碑帖，雖然字體相似，但是細察之下，並不完全一樣。同理，一篇同樣的演講詞，由不同的人來演講，在效果上也是有差異的。這是為什麼呢？主要在於你的聲音。

　　極富個性、富於活力、充滿自信的聲音，能夠控制聽眾的思緒，從而有效傳遞訊息；而平淡無力且無個性、活力的聲音則枯燥無味，讓聽眾昏昏欲睡，從而不能有效地傳遞訊息。因此聲音應該成為豐富你的演講、吸引你的聽眾最得力的手段，因為它能夠令平淡無奇的語言變得豐富多彩。

　　人的興奮、悲哀、猶豫、堅定、昂揚之類的複雜情感都可以透過聲音的高、低、輕重、快慢和停頓的語調變化表現出來而富有感染力。

　　潤飾你的聲音，與潤飾你的語言同等重要。你需要做的就是在根本上開始重視起來，並在實踐中不斷練習以增強自己的聲音感染力。為了使你所講的話格外的生動和明顯，你講話的音調須有快慢的變更和輕重的分別。你必須注意，這是自然的表達，而不是有意做作的，有意做作，那便是失掉了自

然了，讓人聽起來不舒服。

當你望著高低不平的海波和有荒涼不毛的沙漠時，你肯定不會產生同樣的感想。唱歌為什麼好聽？因為歌有著輕重快慢的變更的緣故。你的講話，雖然不必像唱歌一樣，然而也不能平靜得像死水，叫人聽了昏昏欲睡。所以，當你在演講的時候，如果發覺你的音調平板乏味，而且有這平板乏味的音調表達的時候，你的聲音多半是高而刺耳的。你在這時候可以立刻停止幾秒鐘，這是對你大有幫助的。因為聲音在平凡而呆板的過程中，突然地中止或是突然地高起來，都是給人家耳朵以特殊的刺激的。當教師在教室中費盡口舌的講解，但言者諄諄，聽者藐藐，大部分的學生、講話的講話、看小說的看小說，這時如果教師突然停止了講解，那就猶如向平靜的河水中投入了一塊石頭，立刻會引起大家的注意了。

你可以筆記著哪幾個重點詞類或是短句，在讀的時候，突然地高聲或是低聲，或是快說或是慢說，這樣能夠給人特殊的刺激，因此也就能夠給人特別的注意。很多著名的演講家都是這樣做的。

林肯在演講時經常很快地講出許多字，到了他預備要著重點說的字句，便把聲音特地拉長或是提高，然後再一口氣像閃電一般地把那句話講完了。他常使重要的一兩個字所占的時間，比六七個次要的字所占的時間還要長。當我們把重要的字慢慢地拉長了聲音講出來，這可以顯出力量而令使人注意。比方像下面的兩個例子，你看哪一句更引人注意：

1. 他一下子就進帳了 20 萬元。

2. 他一下子，就進帳了 2 萬元呀！

照理，2 萬元的數目比 20 萬元的數目小得多，但第一個例子語氣平平的，第二句如果長聲慢讀，數目雖然較小，可是容易引起聽者的注意，而且

第三章　投入情感，增強感染力

會覺得 2 萬元似乎比 20 萬元還要大。

　　毫無疑問，要想提高你的聲音感染力，首先要了解你自己的聲音，這個問題容易被人忽略，因為我們總是以為自己理所當然地了解自己的聲音，畢竟在與人溝通與交談中，自己的聲音一直也會進人自己的耳朵。但我們總是將注意力集中在對方聲音以及聲音所包含的訊息中，而完全忽視了自己的聲音。

　　如何真正聆聽到自己的聲音呢？你可以拿一份演講稿，甚至一篇文章來作為演講練習，練習時用錄音機錄音，仔細聆聽，分析有哪些地方需要改進的。同時找來一些成功演講者的錄音帶聽聽，假若你在演講他們的稿子又會是一個什麼效果？錄下來，和那些演講大師比較一下，分析大師們的演講聲音的異同，從而學會如何有效演練和控制自己的聲音，像練習樂器一樣，仔細地尋找其中細微的差別與感覺。你需要注意幾點：

- **聲音是否溫潤？切忌平直、粗啞、尖利、孱弱的嗓音**：盡量使自己的嗓門清脆、悅耳。

- **注意重音的使用**：對於講話內容的主次，一定要從聲音上分別對待，一些重點、關鍵的詞句要使用重音，而對於一些次重點和非重點的部分，則應適當減弱。

- **調節你的聲調、用氣、音量、語速和節奏**：說話時應使你的呼吸飽滿、均勻、底氣充足，忌「虎頭蛇尾」、高高低低，做到每個句子，發音清晰、準確。

- **忌用「嗯」、「啊」、「這個、這個……」之類的口頭禪**：這些口頭禪是人們極為討厭的「打官腔」的典型特徵。沒有哪些受眾喜歡你在臺上裝腔作勢地擺架子，它只能說明你的能力很低。

- **學會適當在句中使用必要的停頓**：恰當使用重音、停頓、變音、轉調和

沉默，以達到潤飾演講的效果。

- 只有反覆思索你的聲音，像鋼琴大師反覆思索他的演奏一樣，飽滿而又熱情地彈奏「樂章」，聲音才能夠從你的口裡發出：聲音遠比語言所具有的感情色彩要豐富、鮮明、生動、深刻。古語所謂「言之不足故嗟嘆之」，就說明了這一點。劉邦的軍師張良是頗懂得聲音能感染人的，他用那沒有語意的月夜蕭聲，勾起了楚軍將士的思鄉之情，從而使楚軍軍心渙散，無力再戰。

那麼，這種聲音的魅力何在呢？它怎麼會引起聽眾情感強烈的共鳴呢？其原因就在於：一方面，富有韻律和音調的聲音，本身就呈現著豐富情感，而另一方面，聽眾的情感也是豐富的。當演講者把運載著自己情感的聲音石子，投入到聽眾情感的湖面時，必定產生反應，激起波瀾。

▌讓熱情穿透你的身體

在網上一度流傳著一段「猴人」錄影：地動山搖的音樂聲中，一個180公分高、禿頭、大腦袋的男人跳上舞臺，揮舞著手臂，上躥下跳，不時像猴子一樣仰天長嘯。臺下掌聲應著呼聲，沸騰成一片……

別誤會，這位仁兄可不是小丑在演戲，他是大名鼎鼎的史蒂芬・巴爾默（Steve Anthony Ballmer），微軟的 CEO。而臺下扭動著身軀、鼓掌叫好的正是微軟的數萬名員工。這個場景是一次普通的微軟會議的影片。史蒂芬・巴爾默從不吝嗇自己的能量，即使幾年前因為在日本大叫「Windows」喊壞了嗓子不得不接受治療，也絲毫未能降低他的音量。

會後，一位供職微軟的年輕人在論壇上感慨：「我被我們的 CEO 鼓動得熱血沸騰，那時候如果讓我去為微軟撞牆，我都會毫不猶豫。」雖然誇

第三章　投入情感，增強感染力

張，卻道出史蒂芬·巴爾默熱情演說的功效。

熱情對於演講者來說是相當重要的。對聽眾而言，他們要看的是一個有熱情的「活人」，只有這樣的演講者才能去感染聽眾、俘虜聽眾。

如果你留心那些擁有一呼百應的影響力的人物，會明顯感覺到他們身上總是洋溢著一股熱情。尤其是在公開場合演講時，他們甚至手舞足蹈、熱血沸騰，將聽眾們鼓動得熱情澎湃。

美國著名的黑人解放運動領袖馬丁·路德·金恩，不僅是一位卓越的政治家、革命家，還是一位演講大師。當美國的大地上四處瀰漫著種族歧視的黑霧時，年輕的黑人民權領袖馬丁·路德·金恩站了出來。1963 年 8 月，34 歲的馬丁·路德·金恩在林肯紀念堂前向 25 萬人發表了著名的演說「我有一個夢想」（又名「在林肯紀念堂前的演講」），為反對種族歧視、爭取平等發出呼號。

這個熱情澎湃的簡短演說產生了無與倫比的影響力，促成了黑人的覺醒與白人的醒悟。

在這裡，摘錄其演講片段如下讓我們一起欣賞 ——

100 多年前，一位美國偉人簽署了《解放宣言》。現在，我們懷著無比敬仰的心情站在他紀念像投下的影子裡。這份重要的文獻，為千千萬萬正在非正義烈焰中煎熬的黑奴點起了一座巨大的希望燈塔。這文獻，有如結束囚室中漫漫長夜的一束歡樂的曙光。

然而，100 年後的今天，我們都不得不面對黑人依然沒有自由這一可悲的事實；100 年後的今天，黑人的生活依然悲慘地套著種族隔離和歧視的枷鎖；100 年後的今天，在物質富裕的汪洋大海之中，黑人依然生活在貧乏的孤島之上；100 年後的今天，黑人依然在美國社會的陰暗角落裡艱難掙扎，在自己的國土上受到放逐。

　　我夢想有一天，這個國家會站立起來，真正實現其信條的真諦：「我們認為這些真理是不言而喻的，人人生而平等。」

　　我夢想有一天，在喬治亞州的紅山上，昔日奴隸的兒子將能夠和昔日奴隸主的兒子坐在一起，共敘兄弟情誼。

　　我夢想有一天，甚至連密西西比州這個正義匿跡，壓迫成風，如同沙漠般的地方，也將變成自由和正義的綠洲。

　　我夢想有一天，我的四個孩子將在一個不是以他們的膚色，而是以他們的品格優劣來評價他們的國度裡生活。

　　……

　　「我有一個夢想」是 20 世紀最為驚心動魄的聲音之一，穿過近半個世紀的時光隧道，至今仍然震撼我們的心靈。馬丁·路德·金恩的演講，感動了所有人：黑人們流下了眼淚，白人們也流下了眼淚。黑人們為他們所遭遇的不公正的待遇而傷心、難過；白人們也許是感到對這一切自己無能為力，深感不安。

　　馬丁·路德·金恩的演講可謂用情痛徹心扉，卻在沉痛中表現出堅毅、執著與對未來的相信。這篇演講之所以具有如此強烈的感染力，其原因是多方面的。事實上，任何一場成功的演講，都是諸多因素的合成。但不可否認，熱情，是其中一個重要的因素。

　　什麼叫感染力，感染力其實就是調動他人情緒、觸動他人心靈、引起他人共鳴的能力。如果說，一個富有感染力的演說家，能夠像給聽眾中了蠱般地支配他們的想法，那憑的就是滿腔熱情。聽眾的心靈被你感動，聽眾的想法被你傳染，他們無法抑制住對你的相信與擁護。即便像希特勒那樣喪心病狂的魔頭，當年也正是拜演講時強烈的感染力所賜，才擁有眾多的「擁護者」。

　　在亞伯拉罕，林肯（美國第十六任總統）還是一個年輕的律師時，他接

第三章　投入情感，增強感染力

受了一樁棘手的案件。這個案件的棘手之處，在於代理人除了自己的證詞之外，沒有其他任何旁證來證明自己。案件的來龍去脈。事情是這樣的：

一個老婦人將一名出納員告上了法庭。老婦人是美國獨立戰爭時期一位烈士的遺孀，每個月靠領取撫卹金維持生活。不久前，當她像往常那樣去領取每月的撫卹金時，出納員竟要她交付一筆手續費才允許領錢。但是，這筆手續費差不多是撫卹金的一半。這種勒索讓老婦人無法忍受，便憤而將出納員告上了法庭。

老婦人這樣的案件，沒有律師願意擔當代理。其原因姑且不論老人沒能力支付多少律師費，單論她「一面之詞」式的控告，就讓許多律師頭疼而沒有任何勝算。但林肯接下了這個案子，他的同情心使他無法拒絕。

但打官司光靠律師的同情心是打不贏的。林肯深知這一點，因此他在事前作了周密的準備。開庭那天，被告對於老婦人的指控矢口否認。這個狡猾的出納員是口頭上進行勒索，並沒有留下憑據。情況看上去對林肯這方很不利。

輪到林肯發言了。他並沒有一上場就義憤填膺地指責，而是用低緩深沉的聲音把聽眾引入到了美國獨立戰爭的回憶，述說愛國士兵們是如何忍受飢餓地在冰天雪地裡戰鬥，直到為自由而灑盡最後一滴血的。說到動情處，林肯眼裡飽含淚水。等到法官、陪審團與聽眾都沉浸在感動之中，林肯話鋒一轉——

「如今，所有的事實都已成為故事。西元 1776 年的英雄，早已長眠於地下，可是他們的那衰老而又可憐的遺孀，還生活在我們身邊。此刻，她們中的一位老人站在這裡，這位老人曾經是位體態輕盈、聲音美妙的美麗少女，現在她變得貧窮和無依無靠。她沒有辦法，不得不依靠作為烈士的丈夫帶來的那一點菲薄的撫卹金過日子。但這一點，她也得不到保障，她現在只得向享受著先烈們爭取來的自由的我們請求援助和保護，試問，我們能熟視無睹嗎！？」

　　—— 在林肯如此動情的演說下，誰能熟視無睹呢？結果是：在沒有任何旁證的支持下，法庭透過了保護烈士遺孀不受勒索的判決，確保遺孀今後再也不會遇到類似的勒索。

　　熱情，就是強烈的感情。注入強烈感情的演講，甚至於可以不用開口，也能征服你的聽眾。在千部反映美國獨立戰爭的電影中，一場殘酷的攻堅戰將要在荒原上展開，所有的將士都知道這一仗將是無比凶險，將會有無數戰友有去無回。將軍最後一次檢閱了他的部隊。他從一隊整齊的方陣前緩緩走過，眼裡噙著淚水，注視著他眼前如他兒子般年輕的臉龐，似乎要將每一張臉都鏤刻在腦海，這名將軍自始至終沒有說一句話，但他的舉動震撼了每一個士兵的心靈。士兵們發出震耳欲聾的喊聲：「自由萬歲！」然後在將軍的揮手之下，如猛虎般發起了衝擊。在那場決定整個戰爭勝負的慘烈戰役中，他們發起一次又一次的衝擊，終於用鮮血凝成了勝利。

　　將軍沒有開口，但卻的確做了一段熱情的演講。從這個極致的例子裡，我們更能體味到情感那無與倫比的力量。

　　可以說，成功演講者都是情感豐富者。這種情感發自演講者的內心，表現出：愛憎分明、喜怒分辨、苦樂分界。沒有演講者的情感投入，就沒有聽眾的情感付出，更不可能有情感變化，當然就不會成就一場最有力量的演講了。

▌守住情感的閥門

　　資深的演講家都說，表達情感要恰如其分。羅馬的文藝理論家郎加納斯說：「那些巨大的激烈情感，如果沒有理智的控制而任其為自己的盲目、輕率的衝動所操縱，那就會像一艘沒有了船錨而飄流不定的船那樣陷入危險。

第三章　投入情感，增強感染力

它們是每每需要刺激的，但是有時也需要抑制。」

　　沒有任何東西能夠像恰到好處的真情流露那樣導致崇高；這種真情透過一種「雅緻的瘋狂」和神聖的靈感而湧出，聽來猶如神的聲音。這就是掌握自己的情感，恰到好處地表達自己情感的威力所在。

　　如果演講者不能用理智控制自己的情感，誇大地運用了態勢語言和有聲語言，演講效果就會受到影響。

　　例如講到悲痛之處，失聲地痛哭起來，以致講不下去，真實固然真實，然而顯得過分了。又如講到高興處，就笑得前仰後合，手舞足蹈，使聽眾不知所以然，這樣毫無節制的過分的情感表達，只會弄巧成拙，失去其價值。

　　再者，整個演講過程要基調一致。如同唱歌一樣，演講者講前一定要根據主題、情感的需要，為自己演講的情感定一個基調。並使其貫穿於演講的始終。雖有變化，但不離開總基調。整個演講是興奮的，還是悲傷的，是活潑的，還是莊嚴的，要盡可能前後一致。要形成演講者的整體風格。切不可在一個演講中，大起大落。忽而大悲，忽而大喜，忽而輕鬆自得，忽而又怒氣沖天。這樣就會衝亂聽眾的脈絡，破壞聽眾情感的統一，減弱了應有的感染效果。

　　當然，演講中可能出現相反的情感，但要注意，不要把兩種較集中的情感都推向最高峰。如果有兩種以上情感交織的演講，演講者一定要在情感轉換時，有個過渡。否則，聽眾在沒有準備的情況下，就會感到突然。要使轉換自然，就需要前種情感由強到弱，而後種情感可由弱到強，這樣，兩種情感就可以自然過渡了。

　　另外，在無須抒情的場合作不得當的空泛抒情，或者抒發遠遠超過情境所許可的感情，這樣的假情感的表達對於演講的效果來說，更是有害無益。

　　前段時間，我聽一位朋友說起一件事：他所執教的某學院舉辦了一場演

講比賽。比賽中有一個女同學極盡抒情之能事，在臺上講得聲淚俱下，哽咽難言，但結果卻沒能取得任何名次。這是為什麼呢？比賽結束後，這個女生找到作為首席評委的他：「老師，我覺得我演講得很投入、很用感情，可沒想到結果並不理想，您能不能告訴我，我的演講到底敗在哪裡？」

對這個女生的演講，我朋友說印象很深刻，對她的失利也深感遺憾。於是他坦然道：「你的演講敗就敗在太夠抒情上，不僅演講稿寫得太抒情了，而且你的語調、態勢由於太過抒情也剝弱了你的演講說服力。要記住，演講不是朗誦，更不是演戲，所以抒情一定要有節制！」

演講要求演講者面對聽眾，以有聲語言為主要表達形式，以態勢語言為輔助形式，系統、鮮明地闡明自己的觀點或主張。而很多人認為演講只要語言優美，感情充沛，表演生動就能打動聽眾，這其實是一個迷思。演講需要抒情，但演講抒情要掌握一個原則，那就是情由旨牽，理移情隨。具體要注意以下幾點：

- **抒情文字不宜過多**：我們強調演講內容是情與理的融合，無情無以動人，無理則無以服人。演講稿中固然需要抒情性文字，但「抒情」是為「說理」服務的，不能喧賓奪主，本末倒置；我們也不反對在演講稿寫作中適當借用詩歌、散文等文體的表現形式，但忽視演講的說理宗旨，把散文化的語言、詩意的文字過多過濫地寫進演講稿中去，以追求辭藻的華麗與優美來達到抒情目的，這是認知上的錯誤，也是極不可取的。

- **抒情語調不宜過濫**：演講是透過語調的高低升降，節奏的相同、速度的急促舒緩、音量的宏大纖細、音色的剛柔多變來完成的。這與一樣是聲音藝術的朗誦區別並不大。但事實上，以陳述觀點、表情達意、以理服人的演講有許多句或段是不需要用抒情式語氣來詮釋的。演講者把聲音表現技巧與真摯的感情想結合本無可厚非，但如果一味地沉澱與抒

101

第三章　投入情感，增強感染力

情式語調「無處不抒情」，勢必會剝弱演講的說服力，把演講演繹成了朗誦，失敗也就在難免了。控制好抒情語氣的量，掌握好抒情性聲音的分寸，應是演講者上臺演講時所必須注意的。

- **抒情態勢不宜過頻**：除了語氣表達的好壞將直接影響演講效果外，其他富有表演性的非語言形式也會直接或間接地給演講效果以不同的影響，如姿態、動作、手勢、表情等等。不同的手勢、不同的動作、不同的表情，旨可以表示不同的意思或情感，這就是我所說的演講中的「演」。但「演」與「講」之間必須是以「講」為主，以「演」為輔，「演」必須建立在「講」的基礎上。有的人顧此失彼，過於強調「演」，頻繁使用態勢語言，結果把演講變成了小品或話劇。要記住，演講不是表演。

總之，演講中的抒情不能因演講者宣洩個人情緒的需要而無所節制；演講者更不應該處於「自我陶醉」的狀態中。演講是一種嚴肅的社會實踐活動，在演講中，一定要理智而有所節制地抒情。要守住情感的閥門，不能亂抒情，濫抒情，或者毫無意義的抒情。

第四章　舉止從容，彰顯自信力

　　我們發現，在各種社交場合，人與人之間的表現大不一樣：有的人侃侃而談，口若懸河，真可謂風度翩翩；有的人畏畏縮縮，結結巴巴，像是理屈詞窮。尤其是演講，這種差別就更為明顯、突出。其原因固然很多，如知識儲備、事先準備、個人個性，當時環境等等。但自信是重要因素。許多著名的演講家，如林肯、邱吉爾、田中角榮，青年時代口才都不好。林肯年輕時曾在講臺上窘迫不已，甚至一句話也說不出來，直到被轟下臺去，但他並未失去自信心，更不認為自己是天生的口才低能兒。經過長期努力，演講水準日益提高，他的就職演講還被譽為美國歷屆總統就職演講中最精彩的演講之一。所以，一個人失敗了不要緊；而失去信心卻會讓你回天乏力。

第四章　舉止從容，彰顯自信力

▎不自信何以從容

　　卡內基在他的著作中，記錄了這樣一件事情：卡內基曾經在紐約扶輪社參加一次午餐會，席間，一位地位顯赫的政府官員要做一次演講。在演講開始前，大家都屏住呼吸、洗耳恭聽。但是，大家很快就失去了興趣，因為這位官員的演說非常糟糕。這位官員平常對自己演講很有信心，這次本想來一次即興演講，但他剛說了幾句話就沒詞了，在臺上直冒冷汗。於是，他從口袋裡掏出一沓稿子來，而這些筆記顯然雜亂無章，官員的手直發抖，說起話來結結巴巴的。在臺下，一雙雙眼睛盯著官員看。而在臺上，他就像熱鍋上的螞蟻。這位官員真是慘不忍睹。而造成這一切的罪魁禍首，就是事前沒有任何準備，從而喪失了自信。沒有了自信，從容又從何而來呢？

　　卡內基在自己的書中一再強調：「一個有備而來的演說者才能獲得自信和成功。這就像一個人上戰場一樣，帶著故障的武器，並且身無彈藥，你拿什麼去戰勝敵人呢？林肯總統也曾說過：『我相信，我若是沒有準備好，就是經驗再多、年齡再老，我也難以讓演講取得成功。』」

　　卡內基的話說得太深刻了。要進行成功而有力量的演講，就必須有充足的準備，否則，未經準備就出現在聽眾面前，和沒穿衣服一樣沒什麼差別。

　　我們再看一個例子：

　　一個牧師到教堂傳道，約定的時間過了，但教徒卻遲遲沒有來。終於，牧師等得有些不耐煩了，他決定到教堂外去看看。走到教堂門口，牧師驚訝地發現了一幕——他 5 歲的兒子站在大門口，神氣地對著一列長長的隊伍大聲說：「等一下，要等一下才行！大家排好隊！」

　　原來，前來的教徒都被這個不懂事的小朋友擋在門外。小朋友的臉上冒著汗珠，有模有樣地打著手勢，眼睛裡顯示出不容置疑的神情，而長長的隊

伍，被他指揮得整整齊齊。他其實是在學習幼兒園阿姨指揮小朋友排隊進餐廳的樣子。

牧師看了，心裡一亮。當天，他臨時將傳道的題目改成自信。他從自己5歲兒子的這個遊戲談起，問教徒們為什麼一個5歲的小孩，能讓那麼多的大人們相信他、聽從他的指揮？「因為，他的樣子看上去是那麼自信！」牧師自己給出了答案。

那麼，對於演講，要怎樣才能做到自信而舉止從容呢？據專家指出，穿戴得體，善於運用態勢語等是一個非常重要的方面，有時它真能讓你變得信心滿滿。

演講是一門藝術，除了演講內容要精彩外，演講者還應該在著裝、佩戴首飾方面下工夫。人們常說「三分長相，七分打扮」、「人靠衣裝，佛靠金裝」，這些都說明了著裝的重要性。在演講過程中，學會巧妙地包裝自己，把自己最光彩、最亮麗的一面展現給大家，就能為演講錦上添花，同時，你也會更加舉止從容，彰顯自信力。

在演講臺上，所謂的「自信」有兩層。一層是狹義上的自信，指自己要相信自己所說的話，也就是要說真話、說心裡話，不說謊話大話。假定一個演講者預備演講的題目是「節儉」，如果他自己並不感覺到節儉的必要，他講起來一定是有氣無力的。他必須對於這個題目從內心裡發出熱誠來，深切地感覺到節儉的必要。他看到了那些「月光族」、「卡奴」背後的極大風險與隱患，抱著一種牧師宣傳福音的精神去勸說他們，使他們到了老年的時候還能有飯吃，有衣穿，並且還能有家住，還能使他們的妻兒老小獲得生活的保障。他覺得那些花天酒地的朋友，如果自己不去勸說他們回頭改過，那便是自己的一個極大的罪惡，自己將受到上帝的嚴厲的譴責了。這樣，他在演講的時候每一句話都有著金石之音，可以令人振聾發聵了。

第四章　舉止從容，彰顯自信力

戴爾‧卡內基（Dale Carnegie）曾經告誡自己的學員：「我們在試圖使別人信服之前，必須要先使自己信服。」而如果說謊話大話，首先你自己心裡就打鼓，又如何去說服大眾？即便你修煉的厚黑功夫到了火候，騙得了人家一次、二次，以後就再騙不到人了。這就是有些官員為什麼在臺上慷慨激昂、振振有詞，而聽眾毫無反應甚至心生厭惡的來由。

自信的第二層意思，是廣義上的相信自己，指的是相信自己的能力，戴爾‧卡內基曾在世界各地開辦演講訓練班。他的學生遍布全球。他曾向他的學生徵求學習演講的原因，幾千個受訓的學員的回答言辭雖然各不同，然而意思大致是一樣的，就是：「當我被人家喚到要站起來講話的時候，不知怎的，我便立刻變得忸怩不自然，而且還有一些害怕，以致我不能自由地想，不能集中注意力；我預備要說的幾句話，也不知怎麼地逃了去，竟是想不起來。我需要獲得自信、鎮定和自如思考的能力；我希望能夠把我所想的作有條理的記憶，並且能夠在普通大眾的面前，把我所要說的話，清晰而夠力地講出來。」這些答案，簡單地說，就是希望有在當眾說話能夠從容自如的本領。

卡內基認為，自信不是從天而降的，對於不夠自信的演講者來說，不妨從這樣開始：穿乾淨一點，穿雅緻一點，穿品位一點，裝出十分勇敢的樣子，十分自信的樣子，十分從容的樣子，用這種英雄氣概暫時取代怯懦，慢慢的就會不知不覺變成真的勇敢、真的自信、真的舉止從容了。

總之，只要你準備得充分，你就昂首挺胸走上臺去吧，步履矯健些，神態軒鬆些。

當然，並不是穿最昂貴的衣服、戴最昂貴的首飾就是有魅力，這是片面的想法。在演講中，只有穿戴得體，靈活運用態勢語，你才可以魅力四射。

▌肢體語言決定成敗

在工作場合中，人們常常會忽略肢體語言的作用，但實際上，在商務場合肢體語言是非常重要的關鍵，它是表現一個人整體風格的重要元素。當與某人初次見面時最能看出肢體語言的重要性。當您進入某人的辦公室時，在30秒鐘內，由於不得當的肢體語言，即使您的裝束一切都很得體，您的形象也會受到很大影響，這可能讓您精心搭配的外表毀於一旦。

由於良好的儀態會使您信心倍增。不論坐著或站立，只要您顯出無精打采的樣子，就會給別人傳遞負面訊息：缺乏自信、漠不關心、懶散、倦怠。所以最好保持良好的儀態和警覺性，這樣也會減少一些可能分心的舉動，讓您專心於工作中。

演講時的肢體語言是透過目光、表情、手勢、姿態和服飾等配合有聲語言一起傳遞訊息、交流的輔助工具，屬於伴隨語言。肢體語言在口語表達過程中，具有重要作用。心理學家研究發現，一條訊息的表達等於 7% 的語言 +38% 的聲調 +55% 的表情動作。

在演講時，演講者不可能紋絲不動，其形體應有活動和變化，構成不同姿態和不同形式，從而表示不同的含義。姿態是演講傾向的「指示器」。

演講時一般採用站姿。曾有著名演講家在介紹演講經驗時說：「演講者的體態、風貌、舉止、表情都應給聽眾以協調平衡的至美感受，要想從語言、氣質、神態、感情、意志、氣魄等方面充分地表現出演講者的特點，也只有在站立的情況下才有可能。」

高爾基在讚揚列寧的演講時說：「他的演講和諧、完整、明快、強勁，他站在講臺上的整個形象 —— 簡直是一件古典藝術品，什麼都有，然而沒有絲毫多餘，沒有任何裝飾。」

第四章　舉止從容，彰顯自信力

老布希家族無疑是美國名符其實的「第一家族」，因為這個家族締造了兩代總統的傳奇。要知道，在沒有世襲制的民主國家，父子先後在總統大選中勝出的機率幾乎近似於零。不過我們在這裡要說的不是這個奇蹟是如何難以創造，我們要說的是他們父子在演講上的得失——主要是肢體語言的得失。

美國憲法規定總統最多可以連任兩屆，但老布希（Bush Senior）在第一屆任期到時，第二屆競選連任遭到了失敗。1993 年，已經當了四年總統的老布希欲連任，他的競爭對手是柯林頓（William Jefferson Clinton）。平心而論，老布希在之前四年的任期內做得還是有一定成績的。在老布希與柯林頓的電視辯論中，雖然老布希講的論點對於美國人民非常重要，但他卻不停地看錶，讓聽眾感覺他對這個話題與辯論十分厭煩。結果老布希輸了，將第 52 屆總統拱手交給柯林頓。外界說老布希看錶丟了總統，雖然有些偏頗，但這些小的細節，肢體語言的細節，累計起來的能量是巨大的。

8 年後，老布希的兒子小布希（Bush Junior）總算幫父親爭回了這口氣。他成功贏得競選，成為美國第 54 屆總統。小布希在總統的道路上走得比父親要遠，在 2005 年，他成功獲得連任——他比父親老布希要多當一屆總統。

小布希的演講並不見得很盡如人意，比如經常有「小布希說錯話」的新聞見於報端。據說有人甚至專門收集小布希的口誤編成布希語錄，並譏笑他為「白字總統」，美國史上最笨的總統，還說他智商只有 91 等等。

小布希口誤頻頻，但這並未影響他的總統連任，也不影響他到處作演講。據說他演講時的手勢非常多，講個話總是用手比來比去。有傳聞說他曾客串過音樂指揮，所以他在講話時甚至還有音樂指揮家的架勢。即使經常說錯話或錯字，小布希毫不受干擾，照樣手舞足蹈，緊緊抓住了聽眾的注意力。媒體評論說，布希的手勢，總能貼切地詮釋文字。這，就是肢體語言的優勝之處。

在記者會上的每次發言，小布希特多的手勢，讓氣氛從不冷場，語言專

家曾對此做過剖析。肢體語言專家派蒂伍德表示，這是象徵性的肢體語言，當你說話時，姿勢也代表了說話的內容。

看來在演講上，小布希的肢體語言要比父親得體與豐富得多，他用肢體語言彌補了他言辭上的弱項。如果將肢體語言水準的高下來作為他們父子際遇上的不同（指連任），顯然有以偏概全之嫌，但透過他們之間的對比，讓我們不得不警醒：作為一個演講者，在演講上要又「演」又「講」，「演」出好戲，方能信任，走向成功。

在 1927 年 10 月電影《爵士歌手》（*The Jazz Singer*）在美國紐約的上演之前，電影在默片時代默默地上演了幾十年，其中誕生了《波坦金號戰》（*Battleship Potemkin*）、《淘金記》（*The Gold Rush*）等經典默片。在默片中，肢體語言是電影裡唯一的溝通方式。在當時，能否恰到好處地使用各種手勢以及能否巧妙地用身體各部位發出信號與觀眾交流，是評判演員演技高低的標尺。

默片時代的電影，充分說明肢體語言在人們交流與溝通中的重要作用，人類在感知上，視覺的衝擊力要比聽覺強烈得多。國外研究肢體語言的專家認為：在一條訊息所產生的全部影響力中，有多半來自於無聲的肢體語言。

當很多人把口才的功夫幾乎全部下在嘴巴發出的聲音上時，聰明的演講高手早就意識到了肢體語言的重要性。肢體語言用身體的各種動作，從而代替或輔助口頭語言，以達到表情達意的溝通目的。狹義言之，肢體語言只包括身體與四肢所表達的意義。廣義言之，肢體語言還可以擴展到穿著打扮。

——個無心的眼神、一個不經意的微笑、一個細微的小動作，就可能決定了你演講的成敗。那些被我們所忽略的微小的肢體語言，有著如此之大的魔力，正是這些微妙的肢體語言，決定了我們在演講中是掌控別人，還是被別人所撐控。

第四章　舉止從容，彰顯自信力

▎著裝有講究

　　演講是一門綜合藝術，既要求演講者有美的聲音、美的情、美的結構，也要求有美的儀表。因此，演講者在演講前一定要認真思索如何把自己打扮得更好些。最基本的要求可借用〈容止格言〉來衡量：「面必淨，髮必理，衣必整，紐必結。頭容正，肩容平，胸容寬，背容直。氣象勿傲、勿暴、勿怠，顏色宜和、宜靜、宜莊。」

　　一個人的服裝，給予聽眾的影響是很大的。你穿了整潔的衣服，不但你自己感覺到生出力量來，聽眾也對你有了好印象；你的服裝不整潔，你走出去就要畏首畏尾的不自然，人家對你的印象也就不會好。我們不必就演說來講，就是我們出去有什麼宴會，必定要換上整潔的衣服，尤其是女子，往往為了沒有漂亮衣服而寧可不去赴會的。這為什麼呢？

　　也無非為了給人家好印象，自己也生出自尊的力量的緣故。一家戲院，他們的布景，已經破舊不堪，演員也就無法提起精神，觀眾也不會有什麼好印象。所以，一個演說家，對於他自己的服裝，不能不注意整潔。

　　演講者演講必須全方位地展示自己。要善於透過服裝掩蓋自身外型上的缺陷，展示自己的內在美。演講者的打扮不在於華貴，不在於時髦，而在於大方得體和協調。

　　下面我們從體型角度按不同類型談談演講者服裝款式的選擇。

- **矮胖型**：著裝原則是低領、寬鬆、深色、輕軟。注意上下身衣服連同鞋襪要同色。避免穿下擺印花的裙子，上衣或外套短一些。穿斯文的高跟鞋與略帶深色的絲襪可以使兩腿修長。要避免上身與下身的顏色反差太大。在冬天可根據演講內容選戴小型圍巾，且顏色應鮮豔點。裙子不

宜太長，質地要柔軟輕盈。以 V 型領為佳。袖口宜小。男士適合穿西褲，給人優雅富態之感。

- **矮小瘦削型**：不能穿太寬大和大格子的上衣，可選穿淺灰色、淺黃色、褐色等有膨脹感顏色的衣服，穿筒形褲子遮蓋略高的鞋跟。

- **高長瘦削型**：宜穿帶有襯肩的大披領寬鬆上衣，這種類型的男士穿夾克很適合。要選擇有膨脹感的色調。可穿帶有細格條紋和大方格的上衣，褲子不宜過於肥大。女士不要穿窄腰或領口很深的連衣裙，布料圖案不宜選直線條的胸部瘦小者不要穿緊身服裝。

- **特型**：主要指與一般人有較大差異的體型，比如駝背、臀圍特大等。駝背者最好不要在服裝背後開口，可用大領子做遮掩效果。臀部外翹的男士要少將腰帶束在外面。女士不宜穿緊身褲，應穿喇叭褲。臀部過於肥大者宜穿淺色上衣，深色褲子或裙子，以達到上下和諧的目的。臀部過小者可選用寬鬆的褲子和裙子，不要穿緊身衣褲。

這裡要格外強調的是西裝，西裝是男士演講最常用的服裝，女士也用得很普遍。穿西裝一定要選擇優質的，粗劣西裝會損害你的風度。深色西裝要配白襯衣、黑皮鞋與黑襪子。帶條紋的西裝不要配方格襯衣，帶條紋的襯衣也不要配方格西裝。男士可選穿單件西裝上衣，下裝可靈活搭配。

穿西裝還要注意領帶的搭配：真絲與人造絲領帶適合配莊重的西裝，帶碎花的西裝配各種領帶都適合。

總之，不同的演講者有不同的風采，但無論是誰，演講前均要好好打扮。打扮切忌效仿別人。要根據自己的體型、個性、愛好、年齡、職業、風韻、涵養以及演講主題、演講結構來選擇，做到得體、大方、勻稱、和諧、新穎、獨特。演講者要善於透過服裝掩蓋自身外表上的缺陷，展示自己的內在美。演講者的著裝不在於華貴，而在於得體。

第四章　舉止從容，彰顯自信力

在服裝的顏色方面，也要多注意。不同的顏色能引起人們不同的聯想，產生不同的心理感受。演講者要考慮到演講的內容、演講的環境、演講的時間等諸因素，來進行衣著、飾物方面的顏色搭配。

不同顏色代表不同的含義：白色是純真、潔淨的象徵，也給人恐怖、神聖的感覺；黑色是嚴肅、悲哀的象徵，也給人文雅、莊重的感覺；紫色是高貴、威嚴的象徵，也給人神祕、輕佻的感覺；綠色是青春、生命的象徵，也給人恬靜、新鮮的感覺；紅色是熱情、喜慶的象徵，也給人焦躁、危險的感覺；藍色是智慧、寧靜的象徵，也給人寒冷、冷淡的感覺。

服裝的顏色不能太單調，要注意進行顏色搭配。一般來說不超過三個顏色，並按不同比例搭配。演講者服裝配色要考慮到演講場地的燈光顏色，因為在一般燈光下，所有的顏色都會略趨向黃色調，使原色加深。所以，如果演講是在晚間進行，選擇服裝顏色時最好是在燈光下進行。

常用的理想配色是：

綠色配黃色，中灰配褐色；
紅色配淡褐，深紅配淺藍；
深藍配灰色，土紅配天藍；
炭灰配淺灰，粉紅配亮綠；
金黃配朱紅，玫瑰配深紅；
栗色配綠色，橙色配淡紫色；
黃色配棕色，淺藍配淺紫；
草綠配猩紅，紫色配黃、橙；
海藍配硃砂，寶藍配鮮綠；
中棕配中藍，酒紅配黃紅；
原色組合（紅、黃、藍）；

黑白相間（黑、白兩色被稱為「救命色」，幾乎可與任何顏色相配）。

112

再談談服裝與聽眾的協調。演講者的服飾款式與顏色一定要與廣大聽眾的裝束相協調，衣服如果過於奢侈華美，給聽眾的印象就似乎是闊少或貴夫人，演講得好還沒有關係，若是講得不好，有的聽眾也許會這樣譏笑你。雖然聽眾不至於拍屁股走人，但起碼會影響聽眾的注意力和精神。但如果演講時服裝過於隨便，也不行，一是對聽眾不尊重、不禮貌；二是聽眾肯定會對演講者產生種種不好的感覺。

最後說說，服裝也要與身分協調。服裝對人體有揚美與遮醜的功能，它可以反映人的精神風貌，表現人的審美觀念。演講者的衣著應該典雅美觀、整潔合身、莊重大方、色彩協調。具體而言，要求演講者做到外表整齊、乾淨、美觀，風格高雅，感覺良好，行動方便，與自己性別、年齡、職業等協調，充分表現出自己的特點與神韻。

例如，在校學生就不宜在演講時身著高檔的、名牌的服裝；青少年演講不宜打扮得珠光寶氣、豔麗奪目；上了年紀的人演講服裝就應該莊重典雅，而不能有花枝招展、花裡胡哨的感覺；男性演講時服裝不能過於隨便；女性演講時不宜穿戴過於奇異、光彩奪目、袒胸露背的服飾，否則會適得其反。

▎站姿的規範

俗話說：「站有站相，坐有坐姿」，不同的場合要求我們有不同的身體姿勢。尤其是我們在演講時，端直的站姿不僅表達出對聽眾的尊敬，同時也展現出演講者的精神風貌。

灑脫自然、風度翩翩的站姿讓人賞心悅目，而漫不經心、粗俗欠雅的站姿讓人厭倦生煩。因而演講時要展現自我良好形象，表達自我主體意旨，一定要運用好站姿這門獨特的身體藝術。

第四章　舉止從容，彰顯自信力

平常情況下，演講者要自信堅定，散發出積極樂觀的精神風貌，首先得從氣質上傾倒眾人，正如心理上說的「暈輪效應」。站姿如能做到以下兩點，可能會使你的演講錦上添花：

一、脊椎，後背挺直，下顎微抬，挺胸收腹，精神飽滿，氣息下沉，兩肩放鬆，並略微向後背撐起，雙腿繃緊，重心放在腳掌上，並穩定重心。這樣，既可透過收腹，利用橫肌協助身體發出輕鬆自然的語音，又能使演講者在演講的過程中因為疲倦減少嘶啞渾濁的怪音，因為激動減低尖歷刺耳的高聲。

當演講者要表達強烈的感情，欲與聽眾與之共鳴時，往往採取「丁」字站法：一隻腳在前，一隻腳在後，兩腳之間呈垂直的「丁」字形，兩腿前後交叉距離不宜超過一隻腳板的長度，全身力量放在前腳之上，且後腳跟略微提起。

當演講者是在敘事、說理或者傳達某些意願時，一般採取「稍息式」或「自然式」站法。前者顧名思義，與我們平時所講的口令「稍息」相似，只不過任何一隻腳均可向前略跨步，向前跨步的腳跟與另一腳跟跨離十公分左右，兩腳分開且直立，約成七十五度角，多數時候全身力量集與後腳。「自然式」則為兩腳自然分開，距離等於肩寬。這兩種站姿因給人有些不嚴肅的意味，一般不會長時間單獨使用。

雖然演講一般情況下較為嚴肅，但並不拘泥於一些僵直的站姿，有時根據客觀需要或演講內容還可進行小幅度的移步，以求達到動靜結合的生動效果。

當演講者欲表達堅定的信念、殷切的期望、勝利的喜悅或者美好的憧憬等積極因素時，可根據實際情況向前移步；當演講者欲表達憤怒的氣息、痛苦的生活、悲哀的神情或者頹廢的想法等消極因素時，可根據實際情況向後退步；當演講者欲吸引某一方位聽眾的眼球時，可根據實際情況向不同方位移動。

　　所謂「站所松」，一個優秀的演講者，他在演講的每個時刻，都應給人欣賞唯美雕塑的感覺，給人充沛飽滿、瀟灑端莊的健康感覺。身正則氣正，首先從站姿上吸引聽眾的注意力，無疑對自己的演講起造成無法估量的收效。

　　曾有一位教師，不幸患了僵直性脊椎炎，脖子不能轉，腰不能彎，腿不能屈，上課時整個身體全靠雙拐支撐著，但他不悲觀，不憂傷，憑著對教育事業的赤膽忠心，依然頑強地站在講臺上。學生們看他忍著劇痛，冒著汗在那裡講課，常常激動得落淚。他深情地說：

　　　　我的知識是教育給的，我有責任、義務把知識獻給教學，所以我選擇
　　站立。站在黑板前，眼前永遠有我填寫不完的未知；站在講臺上，前方永
　　遠有我們攀爬不盡的臺階；站在花叢中，今生有我常開不敗的美麗……

　　老師字字句句都透露著他對這份事業的熱愛、執著。的確，選擇站立的老師才具備站立的靈魂；具有靈魂站立的老師才能培養靈魂站立的接班人。站立是姿勢，是使命，更是為人師表，是對學生的尊重！

　　所以在演講中，演講者都要選擇站姿，坐著不僅不利於聲音洪亮，也不利於做手勢；同時，站著也表示演講者對聽眾的尊重。

　　當然也有一些例外，比如篇幅較長的政治演講、學術演講、法庭演講、論辯演講、生意演講等也可採用坐式。運用坐式要文雅、大方，落座時要輕盈、和緩，切忌急急忙忙，人未站穩就重重地將屁股落在椅上。落座後要保持上身正直，頭正肩穩，力戒歪斜肩膀，半躺半坐和兩手交叉在胸前等不良姿勢，兩腿微曲併攏，兩腳並起或稍前後分開。不要翹二郎腿，勾著腳。

▌目光也是一種語言

眼睛是心靈的窗戶。心理學研究表明，在人的各種感覺器官可獲得的訊息總量中，眼睛要占 80% 以上。人內心深處的祕密，情感的變化起伏，總是自覺不自覺地在不斷變幻的眼神中流露出來。

美國第四十任總統雷根（Ronald Wilson Reagan）是演員出身，擁有高超的「演」講技巧。每次演講他都能充分運用眼神，有時像聚光燈，把目光聚集到全場的某一點上；有叫則像探照燈，目光掃遍全場。因此有人評價他的眼神是一臺「征服一切的戲」。

在演講中，演講者的情感、風度、氣質等在一定程度上，都是透過眼神傳達的。一字一句地讀講稿式的演講，是難於產生任何好的效果的，因為你的眼神一直盯著稿子。演講者必須與聽眾建立直接的眼神交流，這樣做才能掌控局勢。不要把視線只停留在前排中間的觀眾身上，左右和後排的人也要顧及到。但切忌眼神遊離不定，黯淡衰頹，或過分地左顧右盼，或總是向上看、老是閉眼、眨眼等。演講者在臺上，光線與目光聚集在他身上，如果他不能用眼神與聽眾發生互動，聽眾會很快對他和他的演講失去興趣。

在演講時，你也不要向窗外看。如果你向窗外看，那麼你的聽眾也會跟著看。對於看屋頂、牆壁或者地板也是一樣的。聽眾們會跟著臺上的人的眼神看，而你就是站在臺上的人。看著聽眾，他們也會看著你。這就是眼神的作用。

印度著名作家、詩人泰戈爾（Rabindranath Tagore）說過：「一旦學會了眼睛的語言，表情的變化將是無窮無盡的。」美國作家愛默生也說過：「當眼睛說的是這樣，舌頭說的是那樣時，有經驗的人更相信前者。」當一位口才出眾的演講者，一定要學會和掌握豐富的眼神技巧。

在平時口語交際中，眼神的運用是有一定規則的。與人交談時，視線接觸對方面部的時間應占全部談話時間的一半左右，這樣對方會感覺最舒服，也能體會到你對談話內容比較感興趣的心理狀態。超過這個平均值，對方會認為你對談話者本人比對談話內容更感興趣，這顯然很不禮貌，尤其是對方是異性時；低於這個平均值，則表示你對談話內容和談話者都不怎麼感興趣，這顯然會引起對方心中不快。當然，如果你確實想表達上述意思，那你就可以這樣做。

演講實踐中，我們總結出眼神用得較多的三種類型：凝視、環視、虛視。

除了以上三種眼神之外，還有一些約定俗成的慣例，比如：斜視表示輕蔑，逼視表示命令，瞪眼表示敵意，不停地打量表示挑釁，白眼表示反感，行注目禮表示尊敬，雙目大睜表示驚訝，眼睛瞇成一線表示高興，眼睛眨個不停表示疑問，等等。

現實生活中，很多人不懂得眼神的價值，以至於在某些時候感到眼睛成了累贅，於是總習慣於低著頭看地板或盯著對方的腳說話，這是很不利於演講或交談的。所以，在口才培訓實踐中，老師們一再向學員強調，在與人交談時，要敢於和善於運用眼神，這既是一種禮貌，一種修養，又有助於達到較好的溝通效果。

▌7 種眼神的運用

要讓演講最夠力，演講時，眼神的運用尤其重要。視線如何移動、目光所及之處都有不同的含義 ——

- **表示看到了所有聽眾**：以聽眾席的中間部分為中心線，將視線平直向前然後進行弧形移動，以照顧兩邊，最後讓視線落到最後面的聽眾頭上。這會讓所有聽眾都覺得你注意到了他，因此他們會對你的演講更感興趣。值得注意的是，推進視線時不必勻速，而應該配合所演講的語句有節奏地進行。

- **表示感情濃烈**：有節奏或週期性地從左到右，再從右到左，或從前到後，再從後到前地掃視聽眾，即讓視線在反覆的弧形移動中構成一個環形整體，能夠向聽眾傳達出你濃烈的情感。使用這種眼神時一定要注意過渡的自然性，以免讓聽眾感覺你的目光是散漫地游離或是刻意在移動。

- **表示思考**：如果所演講的內容比較複雜，或者需要非常集中精力地描述，則可以運用「仰視」的眼神，它表示思索、回憶。

- **表達震懾**：當聽眾出現不良反應時，用眼睛直視對方，會對制止聽眾的騷動情緒造成非常屬害的震懾作用。

- **表達憤怒、懷疑**：「虛視」即目光似視非視，是「眼中無聽眾，心中有聽眾」的狀態。虛視有個中心區，一般將目光放在聽眾席的中部或後部。使用虛視可以很到位地向聽眾傳達出你內心的憤怒、悲傷、懷疑等負向且強烈的感情。

  如果是初次上臺演講或有怯場之感，使用這種眼神也有助於你避開臺下火辣辣的眼神，讓你克服緊張的心理，不再因此而分神。

- **表達同情、憐惜**：正常情況下，人每分鐘會眨眼 5 ～ 8 次，每次眨眼的時間最長不會超過一秒鐘，如果超過一秒鐘，那就是「閉眼」。閉眼這種眼神可以傳達出你的同情、憐惜、難過等情緒。比如演講中提到英雄人物即將英勇就義時，演講者和聽眾都比較緊張，心情難以平靜，便可以用閉眼的方式來使聽眾與自己產生共鳴。
- **表達與自己特定身分有關的情感**：在演講時常注意聽眾會顯得不甚自然，因此可以根據內容，結合自己的特定身分，運用「仰視」、「俯視」等眼神。比如，對著後輩演講，你可以不時把視線向下轉，即俯視，以表示對後輩的愛護、憐憫和寬容等；而對著同輩或前輩演講，你可以將視線稍向上轉，即用仰視來表示尊敬或撒嬌之意。

　　需要注意的是，在演講中使用眼神語言，一定要按照內容的需要，結合感情的節拍來進行，並需配合以手勢、身姿等身體語言。

▌豐富你的臉上表情

　　演講者的表情如「螢光幕」，聽眾的眼神都集中在「螢光幕」上。因此，演講臺上不歡迎如同撲克牌一樣一成不變的臉。人臉上的每個細胞、每個皺紋、每個神經都表達某種意願、某種感情、某種傾向。古希臘最著名的演講家德莫斯梯尼在回答別人提問演講家最重要的才能是什麼時，曾說：「最重要的是表情，其次是表情，再次還是表情。」

　　美國人評論羅斯福（Franklin Delano Roosevelt）時說：「他滿臉都是表情。」

　　由此可知，面部表情在演講中的傳神變化是何等的重要。

　　人的面部表情，是人的感情在外貌上的顯示，是人的感情最靈敏、最複

第四章　舉止從容，彰顯自信力

雜、最準確、最微妙的「晴雨表」。一般地說，喜則眉飛色舞，怒則切齒瞪眼，哀則蹙額鎖眉，樂則笑逐顏開。

面部表情包括眼神、眉目、臉部、口唇等。它主要是指演講者透過自己的臉、嘴和眉目所表達出來的感情。人的面部表情是十分生動、豐富和複雜的。根據生理學和神經心理學研究，人的喜、怒、哀、樂等複雜感情在臉上的表露，都是由面部二十四雙肌筋的交錯收縮與放鬆而造成的。比如：面部肌肉繃緊，多出於嚴肅、莊重、憤怒、疑問、不高興的時候；相反，面部放鬆則表現平易、和藹可親、取信於人、理解、友善、感激等感情。

在態勢語言中，面部表情和手勢一樣是最能傳情達意的，它是人的內在感情在外貌上的顯示。正如法國作家、社會運動家羅曼·羅蘭（Romain Rolland）所說的那樣：「面部表情是多少世紀培養成功的語言，比嘴裡講的更複雜到千百倍的語言。」所以，富有經驗的演講者，總是充分地利用面部表情和手勢，表達出豐富的感情，吸引聽眾，影響聽眾，感染聽眾。

達爾文（Zoological Society of London）在《人類與動物的表情》一書中指出：「現代人類的表情動作是人類祖先遺傳下來的，因而人類的原始表情具有全人類性。」在當今的社交活動中，這種全人類的表情成為了交際過程中的重要方法之一，它以最靈敏的特點和共性，把具有各種複雜變化的內心世界表現出來。如高興、悲哀、痛苦、畏懼、憤怒、失望、憂慮、煩惱、疑惑、不滿、得意等等感情都可以由面部表情充分地反映出來。「喜怒哀樂形於色」就是這個意思，這個「色」就是由面部表情和眼神來決定的。

大文豪雨果說過：「臉上的神氣總是心靈的反映。」經常看演講的人都有這樣的體會：當我們坐在大廳裡觀看演講者演講時，在他上場的那一瞬間，首先看到的是他的整體形象：瀟灑的風度，高雅的氣質，大方的步態，得體的打扮等。我們對此一一審視之後，在心中定格出演講者形象，但進行

下去時間一長，大家的眼睛會會聚到演講者的一個部位 —— 臉部。這並非演講者有一張漂亮迷人的臉蛋，而是因為臉部是感情的「晴雨表」，聽眾可以從上面讀懂演講者的情感世界。

有些演講者不善於運用自己的面部表情，不管內容如何轉折變化，不管感情如何波瀾起伏，始終都是單一表情，彷彿面部表情與感情的變化毫無關係。這不僅會給聽眾呆滯、麻木的感覺，而且有損於感情的表達。

所以說，演講者在演講時，他的高興、痛苦、激昂、悲傷、憤怒、失望、疑惑、煩惱等豐富複雜的內心世界，無不透過面部表情來表現。如果演講者臉部不能靈敏及時而充分地表達喜怒哀樂，他的臉部表情只是一層冷漠，聽眾面對冷漠也只能回敬冷漠，演講效果當然不好。

值得注意的是，臉上的表情要緊扣你演講詞中的情緒。通常來說，面部表情的變化先於或預報了氣氛或心情的轉換。

你不需要事先對著鏡子練習鬼臉、微笑或怪相 —— 你所需要做的只是在正常表情的基礎上略作誇張而已。近距離接觸中能發生作用的微妙臉部變化，後排聽眾是察覺不到的。

面部表情是最準確的、最微妙的人的「晴雨表」。人的面部表情貴在四個字：自然，真摯。微笑是演講中最常見的臉部表情，是演講者自信的象徵，禮貌的象徵、涵養的外化、情感的展現。在演講中運用個性開朗和溫和的表情，可以建立融洽的演講氣氛，消除聽眾的牴觸情緒，可激發聽眾感情，促進聽眾仔細聆聽。

下列場合可用微笑技法：

· 上臺與下臺時應微笑，這樣可拉近與聽眾的距離，把良好的形象留在聽眾心中。

- 表達讚美、歌頌等感情色彩時應微笑，要博得別人微笑，自己首先要微笑。
- 面對聽眾提問時送上一抹微笑是無聲的讚美與鼓勵。
- 肯定或否定聽眾的一些言行時，可以配合著點頭或搖頭，臉掛微笑。
- 面對喧鬧的聽眾，演講者可略停頓，同時臉掛微笑是一種含蓄的批評與指責。

下列情況要尤其注意：表達悲痛、思考、痛苦、憤怒、失望、討厭、懊悔、批評、爭論等負面情緒時不能微笑。

▌讓手勢產生魔力

有一位溝通大師這樣說：「如果你在演講時不知道如何運用雙手，那麼捂住嘴巴是你的手最需要做的。」這句話有點狠，意思是如果你不懂得運用手勢，那麼就不要去演講。演講中不善於運用手勢的人不少，大師說這樣的狠話，只是用重錘敲響鼓，希望演講者時刻記住這句話而已。

手勢是肢體語言中運用最廣泛的一種。如果我們留心名人們的說話或演講，就會發現在他們身上有一個共同的特點：說話或演講過程中總是伴隨著豐富而多種的手勢。千萬別小看這些動作，它對增加說話的精彩和力度，催化講話的投入和發揮有著無法替代的作用。

人的雙手有非常強的表達能力，它分為自覺的與不自覺的兩類。

演講者的揮手、揮臂，打手勢，都代表著一定的意義，是輔助性的肢體語言。鼓掌表示歡迎、合掌表示祝福；拍手為叫好、舉手為宣誓；揮手表示致意或者再見；招手表示來、擺手表示去；伸手表示要東西，把手藏在背後則可能是不給；縮手表示小心、搓手表示難、握手表示問候、甩手表示拒

絕、搖手表示制止、攤手表示無奈；雙手擦掌表示「做完這件事」；食指對著聽話人搖動表示警告；翹大拇指表示誇獎、翹小指表示蔑視；手掌成拳表示決心；手指可以表示數字，手可以比劃高度、長度、各種物體的形狀大小。

　　手還能與身體的其他部位配合起來傳遞訊息。用食指刮臉是羞辱對方；用手摸鬍子、摸下巴、拍桌子、拍大腿表示高興；用手搔後腦勺表示糊塗或者沒有把握；急躁時抓耳撓腮又摸鼻子；悔恨時拍腦門抓頭髮；用食指豎起按在嘴唇上暗示對方別動或別出聲；用手放在嘴唇上再伸出朝向對方表示「飛吻」；悲痛欲絕時捶胸脯；毫不畏懼時拍胸脯；用攤手聳肩表示不知道或者無所謂。

　　不自覺的手勢也是常見的。人們用手指不停地敲擊桌子，是不耐煩心情的流露；有時一個人表面鎮靜，可是他的手在發抖卻洩露了他的激動情緒。

　　由此可知，手勢是借助動作來傳遞訊息，表達感情的一種方式。人們在演講中，往往需要借助手勢向聽眾傳遞訊息。那要怎樣才能用好並發揮好自己的手勢語，並使手勢產生魔力呢？

　　首先要學會放好自己的手。許多人在手沒有任何動作時就不知道自己的手該放在哪裡，最後導致整個人都顯得很僵硬，並讓自己陷入尷尬。所以如何處理手的位置，也是演講者必須面對的事情。

　　手應該放在哪裡？不同的人應該放置在不同的位置。在臺上的時候，有些地方一定不要放手，一般腰身以下的部位都不要放。有些人大腿或者其他部位感覺不適的時候，就用手去抓癢，這是非常失體面的舉動：還有人把手放在口袋裡，這也是很不雅觀的，一方面顯得不尊重別人；另一方面，有些人把手放在口袋裡面，以為別人看不到就會亂抓，形成這個習慣以後，當自己手不在口袋裡面的時候也可能會亂抓，結果被大家看到，影響自己的形象。

第四章　舉止從容，彰顯自信力

手也不能放在褲子旁邊，因為人如果緊張，手可能會突然抓一下衣服，如果穿著裙子，就會非常難看。穿著褲子時，不要挽起褲角，這也是很不體面的。

不要把手放到背後，那有點像小學生回答老師的問題，太規矩了反而讓人覺得你的威嚴不夠或者十分呆板。手也不要做任何小動作，因為有些小動作不經意間顯得非常不雅觀，比如提褲子、絞衣角等。

如果你在講臺後面，你可以將雙手自然地放在講臺兩側。如果沒有講臺的話，可將雙手自然垂在身體兩側，也可以用手來操作演講設備，如握住提示卡、筆等。總之，無論在什麼情況下，都要讓手放對地方。

羅丹（Auguste Rodin）說：「沒有靈魂的手，強烈的感情也是癱瘓的。」演講是一門藝術，手勢的運用可以說是藝術中的藝術。在演講中，手勢和語言及眼神一樣，都是表達、交流的工具。它能夠補充有聲語言的不足或者把有聲語言加以強調，能夠與眼睛的活動變化協調一致，以共同完成演講任務，爭取演講的最佳效果。

因此，手勢既可以引起聽眾注意，又可以把意念和情感表達得更充分、更生動、更形象，從而給聽眾留下更深刻、更鮮明的印象和記憶。

在演講中有以下幾種手勢語言 ——

- **情意手勢語**：情意手勢語主要用於表達演講者的情感，使情感表達得真切、具體、形象，造成渲染作用。比如講到非常氣憤的事情，演講者怒不可遏，雙手握拳。不斷顫抖，加上其他動作配合，就展現給聽眾憤怒的情感，既渲染了氣氛，又有助於情感的表達。
- **指示手勢語**：指示手勢語運作簡單，表達專一，基本上不帶感情色彩，直接指示了演講者要說的事物。

- **形象手勢語**：形象手勢語主要用來描形狀物，給聽眾一種形象的感覺。比如講到「袖珍電子電腦只有這麼大」，說的同時用手比劃一下，聽眾就可知道它的大小了。這是一種極其簡便而常用的手勢語。

- **象徵手勢語**：象徵手勢語比較抽象，但如果用得準確、恰當，就會引起聽眾心理上的聯想，啟發思維。比如講「青少年是國家未來的希望和棟梁，好比一輛大車正迎著初升的太陽飛馳」時，演講者可向前方伸出左手或右手，以示「大車」飛馳的方向。

- **習慣手勢語**：其他手勢語都是演講者有意識運用的，而習慣手勢語卻不同，它往往是在演講者下意識的情況下產生的，其含義不甚明確，有時連演講者本人也難以說清楚。例如，有一位大學教授上課時，每遇到一時忘記的某一個問題，就總是伸出右手，朝著自己腦袋上用力「啪、啪、啪」敲打幾下。雖然問題被他想起來了，但是同學們卻被他這副樣子逗得哈哈大笑。有的人在演講中，喜歡一邊講，一邊雙手不停地搓來搓去，他這種手勢已經形成習慣，一下子難以糾正，一到臺上就不知不覺地表露出來，但它給聽眾留下的印象是不太美觀的。

還有人總結出了另外幾種手勢語：

- **仰手式**：即掌心向上，拇指張開，其餘幾指微曲。手部抬高表示歡欣讚美、申請祈求；手部放平表示誠懇地徵求聽眾的意見，取得支持；手部降低表示無可奈何。

- **覆手式**：即掌心向下，手指狀態同上，這是審慎的提醒手勢，演說者有必要抑制聽眾的情緒，進而達到控制場面的目的，也可表示否認、反對等。

第四章　舉止從容，彰顯自信力

- **切手式**：即手掌挺直全部展開，手指併攏，像一把斧頭颼颼地劈下，表示果斷、堅決、快刀斬亂麻等。

- **啄手式**：即手指併攏呈簸箕形，指尖向著聽眾。這種手勢具有強烈的針對性、指示性，但也容易形成挑釁性、威脅性，一般是對相識或與演說者有某種關聯時才使用。

- **剪手式**：即手切式的一種變異。掌心向下，然後同時向左右分開。這種手勢表示強烈的拒絕、毋庸置疑，演說者也可以用這種手勢排除自己話題中涉及的枝節。

- **伸指式**：即指頭向上。單伸食指表示專門指某人、某事、某意，或引起聽眾注意；單伸拇指表示自豪或稱讚；數指並伸表示數量、對比等。

- **包手式**：即五指尖相觸，指尖向上，就像一個收緊了開口的錢包。這種手勢一般是強調主題和重要觀點，在遇到具有探討性的問題時使用。

- **推手式**：即指尖向上、併攏，掌心向外推出。這種手勢常表示排除眾議，一往無前的態勢，顯示出內心的堅決和力量。

- **撫身式**：即用手撫摸自己身體的一部分。雙手自撫表示深思、謙遜、誠懇；以手撫胸表示反躬自問；以手撫頭，表示懊惱、回憶等。

- **握拳式**：即五指收攏，緊握拳頭，這種手勢有時表示示威、報復；有時表示激動的情緒、堅決的態度、必定要實現的願望。

需要指出的是，講話過程中的手勢是內在情感的自然表露，而不應是生硬的做作，否則，不僅會達不到表情達意的效果，反而會畫蛇添足。當然，常用的手勢語言還會有其他一些定義，在運用時，不可拘泥，應自然得體。

相同的手勢在不同的國家和地區有著不同的甚至完全相反的意思。華人伸出食指和中指表示「二」，而這個動作在歐美表示勝利和成功。第二次世界大戰時，英國首相邱吉爾曾在一次演講中伸出右手的食指和中指，構

成「V」的手勢來表示勝利。從此，這一手勢就廣為流傳，凡慶祝勝利或成功時，人人都喜歡打這個手勢。然而在邱吉爾當時使用這一手勢時是手心向外，在世界其他地方，現在人們往往是把手背朝外，這一手背朝外的「V」手勢，在英國卻是萬萬不行的，因為它所表示的意思不是勝利，而是傷風敗俗。在希臘，不僅這一手勢不能使用，而且即使用邱吉爾的手勢也會惹起麻煩，尤其是在打這一手勢時千萬不要把手臂伸得太長，否則就是對人不恭了。

因此在演講中、工作中應該注意自己的手勢，不可亂用，寧缺勿濫。接待新的客人應格外留神，最好事先了解清楚客人家鄉的風俗習慣與忌諱事項，因為萬一搞錯，便會產生誤會，甚至會釀成大錯。

第四章　舉止從容，彰顯自信力

第五章 營造氣氛,激發共鳴力

　　古人云:話須通達方傳遠,語必關風始動人。演講氣氛就是演講內容和表達形式相結合而顯露出來的氣度和神韻。它使演講展現出震人耳目的浩蕩氣勢和磁性力量,以此去打動聽眾,震撼聽眾的心靈,激發共鳴力,並使其對演講所闡述的道理,認知上堅信不移,行動上堅持不懈。

第五章　營造氣氛，激發共鳴力

▋營造氣氛喚起共鳴

　　演講良好的氣氛不是天生就具有的，需要演講者的精心營造，需要演講者與聽眾有強烈的互動意願，才能喚起不可估量的共鳴力，才能營造出或熱烈或莊嚴或親切的氣氛。

　　歷史記載，羅斯福在第四任就任總統的「就職演說」中，沉穩地說：「今天我站在這裡，在我的國民面前，在上帝面前，莊嚴地宣誓就職。我知道，美國的目標就是：永不言敗！」這樣的宣告，這樣的誓言，同當時莊嚴的場合相吻合，反過來又影響到現場氣氛，自然便營造出肅穆的氛圍來，給聽眾強烈的心靈震撼，也激發他們內心深處的崇高的情懷。

　　類似這樣的宣誓性演講，一是要注意當時的環境和場合，只有內容與場合吻合了，才有可能製造出莊嚴的氣氛；二是要注意句式的選擇，多用「我在……面前宣誓」、「面對……我宣誓」之類的宣誓性句式，以提示聽眾，這樣才能激發他們內心潛在的崇高情懷，達到烘托氣氛的目的。因為演講者發表演講的目的，就是要吸引、說服、鼓動、感召聽眾，因此，如何使自己的演講喚起聽眾的共鳴，從理念深處征服聽眾，就成為演講者最為關注的問題。那麼，演講者怎樣營造氣氛才能喚起聽眾的共鳴呢？

用趨同法喚起

　　演講者與聽眾之間共同的地位、經歷、願望、志趣、信仰、理想等，都具有趨同性，演講者可以從趨同的角度入手，去尋找與聽眾的共同語言，渲染與聽眾的共同體驗，去縮短與聽眾的心理距離，喚起聽眾的心理共鳴。例如，第二次世界大戰期間，英國首相邱吉爾在美國舉行的聖誕演講：我今天雖然遠離家庭和國家，在這裡過節，但我一點也沒有異鄉的感覺，我不知

道，這是由於本人的母親血統和你們相同，抑或是由於本人多年來在此所得的友誼，抑或是由於這兩個文字相同、信仰相同、理想相同的國家，在共同奮鬥中所產生出來的感覺，抑或是由於上述三種關係的綜合。總之，我在美國的政治中心 —— 華盛頓過節，完全不感到自己是一個異鄉之客。我和各位之間，本來就有手足之情，再加上各位歡迎的盛意，我覺得很應該和各位共坐爐邊，同享這聖誕之樂。在聖誕之夜的特定氛圍中，演講者娓娓述說共同的血緣、文字、信仰、理想，以及共同的奮鬥結下的革命情誼。這些共同的體驗把彼此的心連在了一起，實現了雙向交流，喚起聽眾溫馨親切的心理感受。

用求異法喚起

追求新奇是聽眾的正常心理，演講者可以巧妙構思，以求異為「突破口」，給聽眾以新鮮奇特的刺激，設置吊起聽眾胃口的懸念，調動聽眾的逆向思維，在設疑、質疑、解疑的過程中，使聽眾產生恍然大悟的心理愉悅。例如，在一次演講賽中，某演講者走上講臺，展示出一張紙，上面寫著「1＞2，1＞多」，然後講道：朋友們，看到這個題目，怎麼樣，很荒唐吧！是的，單從數字上說，「1」是所有自然數中最小的一個，可是我要說，任何數字離開了具體事物只能是枯燥無味的，只有與具體事物有關聯才有實際意義。「1」在有些時候，它可以大於 2、大於 3、大於 4，甚至大於多。比如執行計畫飲食的時候，一天就控制只能吃一分澱粉，多吃無益還破壞的原本的計畫。從這個角度上來說，難道不是 1 大於 2、1 大於 3、1 大於 4、1 大於多嗎？

在這裡，演講者匠心獨運，巧設懸念，反彈琵琶，求異促思，激發了聽眾的好奇心和思辨欲，最終在揭祕解惑的釋然中，對演講的主旨心領神會而產生強烈的共鳴。

第五章　營造氣氛，激發共鳴力

用對比法喚起

事物之間的對比能更清楚地顯示各自的特徵，引起人們的重視。在演講中，用對比的方式來喚起聽眾的心理共鳴，可以突出演講主旨的傾向，引起聽眾對演講訊息的高度重視，從而與演講者產生心理的交融。例如，某大學邀請一位老教授作關於演講技巧的報告，當時校園裡正同時舉行青年歌手大獎賽。老教授走上講臺，發現臺下雖有空位，但走廊上卻站著不少學生，可見這是心中猶豫不決的聽眾，他決定要爭取這部分人，他放棄了原來的開場白，這樣講道：「同學們，今天首先是你們鼓舞了我，你們放棄了青年歌手大獎賽，來這裡聽我演講，這說明你們嚴肅地做了選擇，在說的與唱的之間，一般人選擇唱的，而你們卻選擇了說的；在年輕人、女孩和老頭子之間，一般人選擇年輕人和女孩，而你們卻選擇了我這個老頭子。這說明你們認定說的比唱的好聽，老頭子比年輕人更有魅力，這使我產生了一種返老還童之感。」

開場白後報告廳響起了熱烈的掌聲，走廊裡的人擠進了座位，後面的人又擠進了走廊。老教授先把說與唱、年輕人與老頭子對比，再把一般人與聽眾在二者之間的選擇作對比，既褒揚了聽眾，又巧妙地展示了自己的睿智，引起了聽眾的重視，使雙方心理相容，產生共鳴。

用想像法喚起

人的一切行為都離不開想像，在演講中，運用想像激發聽眾的心理共鳴，變演講者的有意想像為聽眾的無意想像，變演講者的創造想像為聽眾的再造想像，透過演講者繪聲繪色的描述和生動形象的比喻，使聽眾在內心再現演講者描述的藝術境界，從而心馳神往，深受感染。

用情感法喚起

情感是藝術的靈魂，也是演講生命力的源泉，演講只有用真情實感的流動、跳躍和燃燒才能感動聽眾，演講者只有用血、用淚、用自己生命的熱情去呼喊、去敲擊才能叩開聽眾的心扉，震撼聽眾的靈魂，才能有效地喚起聽眾的心理共鳴。

例如，一次余先生在大學演講，述及他的一位朋友之死的情景，他深情地講道：「他的兩個學生正在國外，聽說老師病危，中止合約，飛回上海，為老師臨終演出。那一天，有著許多毛病的上海人，正如我曾多次寫過的一樣，都激動起來、崇高起來，好多不懂音樂的人也買票去聽。小學生們的家長對記者說：『帶他們來，是為了讓他們明白什麼叫音樂，什麼叫老師……』，幾天後，這位教授死了，醫院附近花店的花一售而空。病房裡堆滿了鮮花，樓梯上一層一層地疊滿了鮮花……」

這發生在現實生活中感人的一幕，使聽眾分明感受到，那曾經在上海的帶了幾分悲愴和崇高的氣氛，此刻就瀰漫在演講會場，聽眾的靈魂在演講者動情的講述中得到了淨化和昇華，產生了強烈的心理共振。

用理趣法喚起

演講的說理最忌空洞抽象，生硬說教，演講者要善於揣摩聽眾心理，順應聽眾需求，激起聽眾探究的興趣，做到理趣相生，而理趣相生的說理能夠使演講的道理更加深入人心，激起聽眾發自內心的共鳴。例如，某青年的演講〈新時代的流行色〉中的一段：也許有人會說，這不是表現自己嗎？可我要說：表現自己又有什麼過錯呢？大千世界，萬事萬物不都在表現自己嗎？孔雀開屏、白鶴亮翅；一粒種子總要發一片芽葉，一株小草總要頂一朵花

蕾。就連沒有生命的礦物質也是自我表現的呀，金子要發光，硫磺有氣味，更何況我們人呢？……如果我們屈辱地保持那種誇張變形的謙虛，臨陣畏縮不前，凡事後退一步，儘管你有經天緯地之才，萬夫不當之勇，也只能自我埋沒，自我淘汰。

這段話以一系列自然現象說明宇宙萬物皆自我表現，這是自然界不可抗拒的規律。演講者把精闢的論述與形象的描繪融為一爐，既給人哲理的啟迪，又給人藝術的美感，理趣渾然，相得益彰，激起聽眾心理共鳴。

用反問法喚起

用反詰句引發震撼力，營造出嚴肅自省的氣氛。在一次關於「孝道」的演講中，一位青年以〈我們也有老的時候〉為題，在演講中他對聽眾大聲說：「今天，在這樣一個特殊的場合，請允許我冒昧地反問各位一句：『你對自己的父母盡到做兒女的責任了嗎？你把你的一片孝心奉獻給為人父母者了嗎？』」這裡，由於演講者抓住一個普遍的社會現象，又連續使用了一種反問句式，因此有很強的震撼力，極為容易地引起了聽眾的共鳴，喚起了聽眾心理上的反省，因而營造出促人反躬自省的嚴肅的反思氣氛來。

一般說來，反詰句多帶有強化感情的因素，所以使用時，注意不要一味用居高臨下的口吻去譴責什麼，而要像上述演講者那樣，用一種「提醒」人們捫心自問的方式即可。

用現身法喚起

用現身說法顯示真實感，營造出親切可信的氣氛。著名推銷員羅伯尼，有一次去美國某大學演講「成功術」。他以自己的減肥為話題展開，著重論證事在人為，從而為聽眾鼓勁。他說：「眼前站在你們面前的這個人，156

磅重，但他曾經不是這樣，而是一個重達 207 磅的『圓球』！假若有人需要減肥的話，其實是一定辦得到的。我 —— 羅伯尼做得到，相信你們也一定能行！」此話一出，人人都在翹首以待聽他的「成功真經」。

有時候，開誠布公、實話實說，演講的效果就會更好。一位當代作家在談及自己執筆從文的最初動機時，說：「母親年紀越來越大，日日工作在風吹日晒下，為貼補我們的生活叫賣冰棒，讓我非常痛心。而我這個頂門立戶的人，卻沒有能力給她們一個安定的家，更不要說有品質的生活，還讓她們跟我一起在泥淖裡掙扎。於是我開始想出路，我沒有錢做生意，也不會專業技術。我面前只有一支筆和一張紙，還有我自己的智力。而我又不是學文學的，起步又晚，相當艱難。」如此推心置腹，坦誠真率，演講者與聽眾即刻心心相通了。

可見有時候如果演講者能把自己的親歷親聞運用到演講中去，就會給聽眾以親切、真實、可信之感，這樣調動起聽眾的熱情，也就自然增強了感染力，產生了共鳴力。

總之，演講者要善於根據不同的內容、形式、語境、對象等，選擇恰當的手法，叩擊聽眾的心扉，震撼聽眾的心靈，喚起聽眾的共鳴。當然，也可以綜合運用幾種手法，對聽眾進行多角度、多層次、多渠道的心理激發，打動聽眾，征服聽眾，取得最佳的演講效果。

第五章　營造氣氛，激發共鳴力

▍消除緊張贏得共鳴

　　很多大演講家，當他們最先在會場上演講時，都曾被難解的不自在及懼怕的心情所苦，後來經過苦練與學習，把這種痛苦的心情減除了。

　　美國大演說家詹寧斯（William Jennings Bryan）說，他自己在第一次嘗試時，兩個膝蓋顫抖得碰在一起；美國幽默天才馬克·吐溫（Mark Twain）說他第一次在會場上演講時，覺得滿嘴像塞滿了棉花，脈搏跳得像在跑百米。還有世界上有許多著名的演說家，他們第一次在會場上演講也都是失敗的，這跟演員第一次登臺表演有同樣的情形。

　　林肯的夥伴胡思登曾說過林肯開始在會場上演說時也有畏懼、惶恐、忙亂，不久他獲得了鎮靜、熱忱與真摯，於是他的真正口才便開始了。羅斯福說：「每一個新手，常常都有心慌病。心慌病並不是膽小，乃是一種過度的神經刺激。」

　　一個人初次立在許多聽眾的面前講話，正像突然見到一隻牡鹿，或是首次走上戰場。這時他所需要的，不是勇氣而是冷靜的頭腦。這是可以從練習上得來的，他必須用習慣和反覆的練習來克服他自己，使他的腦子可以完全受他的統治。如果他是具有適當的才能，那他多一次的練習，便能增強一次的能力。所以，練習必須要有恆，不可推辭懈怠，如此便可以消除對聽眾的恐懼心理了。

　　有位資深演講師曾這樣告誡同行：在談話的過程裡面，一個很棒的演說者，會努力讓自己將對方當作是朋友；自我確認，你知道你正在幫助別人或正在改變社會，你就會有勇氣；演說前不要暴飲暴食，可提前 2 小時用餐，以防食物有問題，而致使中途離場，別吃太飽，以免睡著；如果有團隊，可一起做辯論練習，如果只有一個人，每天演練對每件事提出十個正反兩面的理由……

　　事先做必要的準備工作，也是消除緊張的好方法。如果可能的話，事先請在你演講時要站的臺上走一走。要熟悉臺階的位置。如果需要的話，你能夠輕鬆地走到聽眾當中去嗎？試用一下麥克風。站在燈光下，確定觀眾是不是還能看到你。如果有個講桌的話，你能夠在它周圍走動嗎？講桌放置的另一個訣竅是：要讓它擺放的位置使你站在觀眾視線的左側，讓螢幕位於他們視線的緊右側。由於我們的習慣是從左往右閱讀的，要確保聽眾能夠首先把目光集中在你身上，然後再轉移到他們的右側，去看你的投影片。

　　要怎樣才能消除緊張和恐懼，贏得聽眾的共鳴呢？前人幫我們總結了三大關鍵：

建立自信

　　自信是演講者必備的心理素養。許多人害怕當眾演講，許多人又希望自己能在大眾面前侃侃而談，這就是自信。自信是向演講者演講的動力，建立自信心的過程就是與怯場心理作鬥爭的過程。

　　愛默生（Ralph Waldo Emerson）說：「恐懼較之世上任何事物更能擊潰人類。」這話說得很對。正因為如此，卡內基認為消除恐懼與自卑感、建立自信是人們掌握演講和談判技巧的最好方法之一。而在這個過程中，卡內基認為，有意識地在公共場合練習說話是很好的方法，它不僅可以克服人們的不安心緒，而且有助於人們建立勇氣和自信。

　　案例：每位成功的演講家都有他或她自己克服恐懼的小訣竅。溫斯頓．邱吉爾喜歡假裝把每位聽眾都當成裸體的。富蘭克林．羅斯福則會假設所有的人襪子上全都有破洞。

　　保持自信的最佳方式就是積極的思考。用積極的和正面的念頭把你的大腦填塞滿。對自己不斷重複帶有正面暗示色彩的類似呼籲的句子：「我不僅

第五章　營造氣氛，激發共鳴力

泰然自若，充分做好了準備，而且循循善誘，積極向上，強大有力。我同時也沉著冷靜，自信，令人信服，能夠主控會場，引人注目。」

衝破恐懼屏障的關鍵

1. 承認內心的恐懼，並且了解恐懼的源頭。
2. 利用恐懼產生出來的能量。
3. 意識到恐懼對於面向大眾的演講者來說是非常正常的。
4. 領悟到你的恐懼毋須公開展示。
5. 透過情境預設把自己假設成出色的演講家。
6. 把聽眾當成你的同盟軍，在聽眾的需求上集中注意力。
7. 就你關注的問題演講。
8. 充分的準備加上反覆的練習。
9. 透過無傷大雅的小幽默驅散恐懼。
10. 用積極的態度看待自己。

　　牢牢記住這些步驟，你就可以對恐懼採取適宜的態度。同時繼續加強你的演講技巧，成為一位出色的、令人信服、具有魅力的語言高手。

充分準備

　　對付緊張心理最夠力的武器是誠心實意地告訴自己你對本次演講準備得十分充分：你的演講題目不僅對自己而且對聽眾很有吸引力；你對該題目已深思熟慮，而且盡可能收集很多的資料；你的演講稿緊扣主題，謀篇布局有序；經過反覆演練，你已能恰到好處地掌握演講時間；你對自己的儀表和臨場表現有充分的信心；你有能力很好地對付演講過程中出現的各種意外情況。

適應變化

如果你原計劃為 2、3 人演講，到場後發現聽眾有 2、3 百人，你會怎麼辦？你準備了一份非常正式的演講稿，走上演講臺你卻發現大家都穿著牛仔服和 T 恤衫之類的休閒服裝，你將如何處理？你準備了長達兩個小時的內容，可上場前主持人告訴你你只有十五分鐘的演講時間，你又該怎麼辦？諸如此類的情況在演講中都有可發生。所以，如果你被邀去演講，不要忘了事先收集如下訊息：

- 有無固定的題目？主題範圍？
- 聽眾構成（包括人數、年齡、性別、教育程度、宗教信仰、工作性質以及參加演講的原因等）；
- 演講地點（包括地理位置、場地大小、有無話筒等），如果有可能，最好親自去演講地點看一看，做到心中有數；
- 演講時間是如何安排的；
- 有無安排聽眾提問。

匠心獨運開場白

常言說：好的開始是成功的一半。匠心獨運的開場白將以新穎奇趣敏慧之美拉開成功演講的序幕，從而三言兩語抓住聽眾的心，營造場上氣氛，激發共鳴力，為接下來的演講順利的搭梯架橋。

好的開場白，絕對不能像遵守交通規則的乖寶寶，慢慢加速，循序漸進；應該是賽車場上的賽車高手，當跑道兩側的大旗一落，便來個石破天驚的衝刺，就像超級磁鐵般地吸住每一位聆聽者的身（前傾的肢體）、心（專

第五章 營造氣氛，激發共鳴力

注的焦點）、靈（思考的跟隨）。

在演講實踐中，以下幾種方法效果明顯。

- **奇論妙語，石破天驚**：既在演講開場時，忌人云亦云，應發人未見，用別人意想不到的見解引發話題，造成「此言一出，舉座皆驚」的藝術效果。此法最忌諱的是譁眾取寵，聳人聽聞。
- **自嘲開路，幽默搭橋**：用詼諧的語言巧妙的自我介紹，這樣會使聽眾倍感親切，無形中拉近與聽眾的距離。從胡適先生的一次演講開頭中我們可以受到啟發：「我今天不是來向諸君做報告的，我是來『胡說』的，因為我姓胡。」
- **即景生情，巧妙過度**：上場單刀直入總會給人激進突兀之感，此時如能以眼前人、景為話題引申開去，就能將觀眾不知不覺中引入你預設的情境。
- **講述故事，順水推舟**：此法最為常用，往往能就事論事，以小見大，引發共鳴。
- **製造懸念，激發興趣**：演講者應懂得如何借用各種技巧激發觀眾的獵奇心和探究欲，使觀眾能緊隨你的演講節奏和進度思索互動。製造懸念，往往能收到奇效。

「月黑雁飛高，單于夜遁逃。欲將輕騎逐，大雪滿弓刀。」是一首唐代名詩，廣為流傳，一直無人質疑。可一位大學教授在進行〈讀書與質疑〉講座時，出人意料的提出此詩有問題，但並未馬上作出分析，這無疑激起聽眾的期待感，接下來枯燥乏味的講座竟然「唯恐聆聽之不周」了。講座即將結束時教授作出如下解釋：「這首詩的問題出在哪呢？不合常理。既是月黑之

夜，怎麼看得見雁飛？既是嚴寒季節，北方哪有大雁？……」首尾照應，令人回味無窮。

匠心獨運的開場白，一般都具備以下幾個要素：

- **引人入勝**：開場白的主要目的就是贏得聽眾的注意。由於聽眾對演講的第一印象會很快形成，如果開場白不能吸引他們，那麼其他部分就只會白白浪費掉了。

  舉例：想像一下現在是 2050 年。你已經 65 歲了。你剛剛收到一封來信，打開信封，裡面是一張 10 萬美元的支票。不，不是你贏什麼樂透。當意識到在過去的 40 年中自己的少量投資的策略現在終於有了可觀的收益時，你不禁喜上眉頭。

- **概述要點**：在開始演講後的幾秒鐘內，聽眾應該對你要談到的內容有一個很好的了解。不要因為講了幾個笑話或例證導致離題萬里，而把根本目標拋到了腦後。

  舉例：今天我來回答三個問題，這三個問題有助於你理財。第一，你如何賺錢？第二，你如何投資？第三，小錢如何生大錢？

- **向你的聽眾闡明聽你演講的理由**：即便你已經抓住了聽眾的注意力，也闡明了演講的話題，你也必須告訴聽眾為什麼要接著聽下去。

  舉例：弄清這三個問題的答案的確可以帶來意外的收益。你只需要很少的投資，嚴謹的態度，賺得 10 萬美元不在話下。

很多時候，演講的開場白只要幾句話就行，長一點的演講則需幾段。如何在幾分鐘內有效地做到吸引聽眾，引出話題，營造氣氛，激發共鳴，是我們每一個想使自己的演講最有力的人都要認真學習的課題。

第五章　營造氣氛，激發共鳴力

行之有效結束語

　　拿破崙說：決定戰爭勝敗的關鍵，往往在於最後五分鐘。而演講能給聽眾留下深刻印象的部分，往往也是結尾。沒有好的結尾，演講就等於光開花不結果。而行之有效的結束語，又往往能把氣氛再次推向高峰，喚起不可估量的共鳴力。

　　常見的結尾類型有以下 6 種。

- **高潮式**：主題的昇華，情緒氣氛的渲染，均在結尾時達到最高。我們看一例：西元 1946 年，李公樸、聞一多先生相繼遇害後，重慶市 6,000多民眾舉行了隆重的追悼大會。聞一多先生的三公子、14 歲的聞立鵬代表家屬致答詞。聞立鵬滿懷悲憤的憑弔演講，多次被民眾的哭聲、掌聲和口號聲所打斷。聞立鵬最後說：
  我爸爸被殺死了，有人造謠，說是共產黨殺死的，是什麼地方人士殺死的，還有的人說是爸爸的朋友殺死的。我奇怪他們為什麼不痛快地說，是我哥哥把我爸爸殺死的！（聽眾憤怒到了極點，掌聲震耳欲聾）我爸爸死了半月了，現在還沒有捉到兇手，現在我要求大家援助我，我們要求取消特務組織！（全場爆發出「我們要求取消特務組織」的怒吼聲）聞立鵬的演講結尾把聽眾的憤怒情緒調動到了最高峰。
- **總結式**：在結尾時對整個演講內容做出提綱挈領式的歸納和概括。如題為〈假如我是人事處長〉的演講，提出了演講者對人事制度改革的看法和設想，最後以總結式結束演講：招才要有方，用才要有道，扶才應有法。這就是我當了人事處長後的改革實施方案。
  總結式結尾容易被初學演講者掌握，但要避免構成對前面演講內容的形式上的簡單重複。

- **餘韻式**：有人曾問一生為官清廉的林則徐，為什麼不給子孫後代留點錢。林則徐回答：「子孫若如我，留錢做什麼？子孫不如我，留錢做什麼？」林則徐委婉含蓄的回答餘韻無窮，使人在反覆的回味中感受到他那清正廉潔的道德準則和人生價值觀。這堪稱典型的餘韻式問答法。

- **格言式**：語言簡潔、內涵豐富、富有教育意義的句子就是格言。格言式結尾把演講者對演講主題的思索或結論濃縮在一兩句格言中，使聽眾受到深刻的啟迪和教育。

  派翠克‧亨利（Patrick Henry）是美國獨立戰爭時期著名的政治家。1775 年 3 月 23 日，亨利在弗吉尼亞州議會上發表了被譽為「美國獨立戰爭的導火線」的演說，演說的最後部分以震撼人心的氣勢和斬釘截鐵的言詞表達了一個偉大愛國者的浩然正氣：

  迴避現實是毫無用處的。先生們會高喊：和平！和平！但和平安在？實際上，戰爭已經開始，從北方刮來的大風都會將武器的鏗鏘迴響送進我們的耳鼓。我們的戰士已身在疆場了，我們為什麼還要站在這袖手旁觀呢？先生們希望的是什麼？想要達到什麼目的？生命就那麼可貴？和平就那麼甜美？甚至不惜以戴鎖鏈、受奴役的代價來換取嗎？全能的上帝啊，阻止這一切吧！在這場鬥爭中，我不知道別人會如何行事，至於我，不自由，毋寧死！

  亨利「不自由，毋寧死」的戰鬥吶喊，成為美國獨立戰爭時期著名的戰鬥格言。

- **號召式**：號召式結尾是以極富鼓動性的言詞號召人們有所行動。某些競選性演講以「請投我一票」作為結尾就是典型的號召式。號召聽眾採取的行動既可是具體的某項動作，也可是抽象的、概括的行為。如聞一多先生在題為〈最後一次講演〉的結尾：

第五章　營造氣氛，激發共鳴力

我們要準備像李先生一樣，前腳跨出大門。後腳就不準備再跨進大門！
（長時間熱烈的鼓掌）

聞一多先生以「後腳就不準備再跨進大門」的比喻來號召人們隨時準
備犧牲。

· **祝頌式**：在各類典禮、儀式和會議上，祝頌式結尾極為常見。祝頌式結尾
從內容上大致可分為祝成功、祝幸福、祝健康、祝友誼、祝財運等類型。
祝頌式結尾一般有固定的句式，比較容易掌握，但要在切合現場情境的
前提下祝出新意來，就不是一件容易的事了。

以上六種結尾類型不能囊括一切演講結尾，但無論何種類型的結尾，其
目的只有一個：給聽眾留下深刻印象。如果你在演講時總是在一個問題上沒
完沒了，或者突然中斷，或者一味地抱歉甚到認錯，這都是不可取的，當然
就更無法激發聽眾的共鳴力了。

▋讓聽眾進入場景

營造氣氛激發共鳴力的一個最有效的方法，就是讓你的聽眾進入場景，
讓他們都有身臨其境的感覺。

如果你確實想和聽眾們串聯起來，你必須了解他們的觀點並且讓他們知
道這一點。那麼怎麼做到呢？我最喜歡的一個例子來自交流學顧問吉姆·盧
卡謝夫斯基（Lukas Staniszewski）。他被安排要為一家廢物處理公司的執
行董事們演講。

演講之前，他特地在一輛垃圾車上工作了三天。「整個公司都是由垃圾
工人出身的人運作的，」他解釋道。因此當他一開始演講，他就告訴他們自
己已經托運了三天的垃圾。「他們完全被我吸引住了，」他回憶道。（演講

時當然也一樣。）吉姆的觀點被很好地接受了。他的聽眾能很好地和他融合在一起，因為他能夠了解他們的感受。他曾經搬過垃圾！

所以說，聽眾感興趣，是因為你的演講內容與他們有關，與他們的興趣有關，與他們的問題有關。你若能與聽眾最感興趣的事情取得關聯，也就是與聽眾本身取得了共通處。由此你可以緊緊抓住聽眾的注意力，並能保證溝通的線路暢通無阻。

所以，演講前你應該問問自己：你演講內容裡的知識是否能夠幫聽眾解決問題，實現他們的目標？如果答案肯定，那就大膽說給他們聽，這樣就必定能獲得他們的全部注意力。如果你是個經濟學家，你在開場白裡這樣說：「我現在要教你們怎樣能夠賺到 50 萬至 100 萬元」，或者你是律師，你告訴聽眾如何透過官司獲得應有的尊嚴，你一定會贏得一群全神貫注的聽眾。

許多人無法成為一個演說好手，主要的原因是他只會談些他們自己感到有興趣的事情。而這些事情，可能恰恰是其他人感到無聊乏味的事。

一位同學在一次宴會上發表了一場非常成功的演講，他依次談到圍坐餐桌的每個人。回憶每個同學所做做的有趣的事。他模仿其中一些同學，誇大他們的特徵，逗得人人開懷大笑，皆大歡喜。這樣的演講內容是不可能令他失敗的，它是最理想的題材。普天之下，再不會有別的題目更能使他的同學們感興趣了。

這就足以證明，要想演講最夠力，就要讓聽眾自動進入場景，與你的聽眾打成一片。

因此在演講時，要盡快地，最好是一張口說話便指出自己與聽眾之間有某種直接的關係。如果覺得很榮幸能被邀發表演講，就照實說，這會讓你很快贏得友誼。

再有一種方式便是使用聽眾中的人名，以友好的方式提到他們，如「我

之所以取得這麼好的成績，與某某對我的關懷幫助分不開」，或是「某某同學曾說過，他可能當時並未在意，但這句話對我的觸動非常之大。」這不僅會使被提到名字的人臉上現出愉悅，其他聽眾也會對你產生好感。

還有個辦法可以使聽眾的注意力保持在高度集中的狀態，那就是採用第二人稱「你」而不是用第三人稱「他們」。這種方式可以使聽眾保持在身臨其境的感覺中。

適當的時候，要讓聽眾參與進來。演講時如果你挑選聽眾來協助你展示某個論點，或將某個意念戲劇化地表現出來時，聽眾對你的注意便會顯著地增加。由於知道自己是聽眾，所以當某位聽眾被演講者帶人「表演」中時，所有聽眾便會敏銳地感知所發生的事，即使像許多演講者說的，講臺上的人和講臺下的人之間隔著一堵牆，那麼利用聽眾的參與，也是可以推翻這堵牆的。

當然，要記得給他們以真誠的讚賞，把讚美毫不遲疑毫不吝嗇地送給你的聽眾。沒有人喜歡受到指責，即使你指責的是他所在的群體。公然批評聽眾必然招來怨恨。對他們所做的值得稱讚的事表示讚美，你就能夠贏得進人他們心靈的通行證。

█設置興奮點

所謂興奮點，是指散落在演講中那些富有熱情、容易對聽眾產生較強刺激或引起其高度重視、能產生強烈共鳴的詞。

在演講中設置興奮點，不但能有效地引發演講者的深入聯想，有利於增強演講者的自信心，使演講更加生動感人，而且會讓聽眾時刻跟著演講者的思維走。這樣，臺上臺下就會同呼吸、共悲歡，形成講與聽的整體效應。

醞釀濃厚情感，留出掌聲空間

掌聲能夠活躍會場氣氛，給演講者以「感情回報」，使之心情更加愉快，思維更加敏捷，也能給聽眾以陶冶，使之更加認真投入，掌聲的調劑會使演講產生強烈的現場感染力。因此在演講時應有意識地給掌聲留出一定的空間。這就需要在演講中主動運用那些帶有濃厚感情色彩、充滿熱情的語言，那些立場鮮明、見解獨到、能夠給聽眾以深刻啟迪的語言和那些熱情歌頌真善美、無情鞭撻假惡醜的語言。這些語言能讓聽眾受到激勵、鼓舞和啟發，從而自發地鼓掌。

具體而言，一種是感情澎湃、妙語連珠。如聞一多〈最後一次講演〉中的：「這是某集團的無恥，恰是李先生的光榮！李先生在昆明被暗殺，是李先生留給昆明的光榮！也是昆明人的光榮！」一種是「寓情感於情理之中，發掌聲於妙語之外」。有人在就任伊始的記者招待會上說：「不管前面是地雷陣還是萬丈深淵，我都將一往無前，義無反顧，鞠躬盡瘁，死而後已！」鏗鏘的話語贏得了滿堂的掌聲。

設置興奮語言，滿足聽眾心理

所有能夠引起聽眾興趣和熱切關注的事例、名言、佳句和精闢獨到的見解都屬興奮點的範疇。在演講中，按照演講內容需要，有計劃、有目的地選取興奮語言，綿延不斷地「埋設」在演講中，讓它像星星一樣閃爍，像眼睛一樣放射出睿智的光芒，會拉近演講者和聽眾的心理距離，滿足聽眾的心理需要，但要講求順理成章、水到渠成，千萬不能不顧對象，故弄玄虛，刻意求工。

美國總統杜魯門（Harry S. Truman）在日本投降時發表的廣播演說中，首先把人們的注意力集中到了日本簽署無條件投降的美軍軍艦密蘇里號

上，接著又回顧了四年前的珍珠港事件，讓所有美國人的心都為之跳動，在緬懷親人的同時，闡明這是自由對暴政的勝利，並認定「勝利後的明天將是全世界和平與繁榮的希望」。整篇演講起伏有致，既肯定了民族的精神與意志，又讓人民對明天充滿必勝的信心。

敢於打破定勢，善於標新立異

人都有好奇心，滿足人們的好奇心和求知慾本身就具有興奮作用。打破常規，標新立異是設置興奮點的很好方法。為了使演講吸引聽眾，在尊重文化傳統和思維習慣的基礎上，要對演講稿進行必要的創新，打破思維定勢，要敢於創造，善於借鑑，造清新之氣，樹時代新風。

加強語言力度，提高刺激強度

從生理學角度講，在限定閾值內，人的感官接收外來刺激的強度越大，神經興奮的程度越高。心理學研究表明，人們最容易記住對自己有重大影響、對自己有利的、自己主觀願意記住的或給予自己重大刺激的訊息。聽眾對演講反映強弱，或者說演講對聽眾興奮程度的影響，一定程度上取決於演講語言的強度。演講語言的強度主要取決於演講者對演講內容的熟悉程度、對事物的感悟程度、對問題分析的透澈程度和現實立場的鮮明程度。

演講要盡最大努力把問題看得透澈、準確、鮮明，始終給聽眾一種壓力感和責任感。如泰戈爾在清華大學的一次演講開頭便說：「我的年輕的朋友，我眼看著你們年輕的面目，閃亮著聰明與誠懇的志趣，但是我們的中間卻是隔著年歲的距離。我已經到了黃昏的海邊；你們遠遠地站在那日出的家鄉。」相對陌生而又清新雅緻的詩句從詩人的口中緩緩流出，哪一個青年能

不為之動情動容，繼而為他的連珠妙語所吸引？他由此升發開去的保持純淨靈魂和自由精神的演講自然就異常深入人心。

▎聲音要自然

演講主要是靠說話來表達，聲音就成了極其重要的因素，聲音的基本要求是準確清楚，悅耳優美。作為一個優秀的演講者應該做到咬字正確，吐字清晰，字正腔圓，音色純潤，這是吸引聽眾的重要條件，是必備的基本功。

音準是要求發音標準，咬字正確。標準的國語是演講中最適合的語言，不管在什麼地方講國語，聽眾都可以聽得清楚的。如果是南腔北調，或方言雜語，聽起來就很困難；如果演講者再口齒不清，含混難辨，好像嘴巴裡含著什麼東西，這勢必使聽眾更聽不清楚，勉強去聽又很困難，這不等於受罪嗎？耳朵聽不清，大腦中就形不成準確的觀點，沒辦法達到心理相容，聽眾必須要走，演講只有失敗。

不說國語，四音不準，含混不清，這是演講的一大忌諱。

如果音準的問題解決了，而音色不好仍然不行。音色是指人的發音特質，要求音色清亮，圓潤悅耳，富有藝術的美感。人生下來嗓音是不一樣的，如果每個人都要求像演員，或像歌手一樣，那是不現實的。但透過訓練，可使音質有所提高，可以學習科學的發音方法，並使自己的聲音盡量的清亮美麗。如果不能達到較高的水準，但至少不能出現嘶叫、漏氣、顫抖、鼻音太重等現象。這些現象的出現，不但會影響音準，而且非常容易使聽眾的耳朵難受，會使聽眾的神經受到刺激，聽眾絕不會在這樣的環境中多待，只有一走了之。這樣的聲音嚴格地講是噪音，噪音只會刺激大腦，使人感到

頭痛，無法邏輯思維，哪裡還能認真地聽演講者的觀點，人在噪音環境中，只能待一下子。

如何練好自己的嗓子，使音色能好一點，是吸引聽眾注意的一個重要因素。這裡有一點要指出，有些唱通俗歌曲的人的嗓子並不好，有的沙啞，有的尖細，但在某些歌曲，甚至還有特殊的效果。聽唱歌和聽演講是不一樣的：聽唱歌，可以取其味，有某種感覺就行了，甚至歌詞聽不太清楚也關係不大；聽演講，是必須要聽清楚的，字字句句都要聽清楚，容不得一點含糊，它不是聽感覺，是聽語言，聽觀念，聽觀點，自己還要動腦考慮、分析。演講，不是什麼聲音都行的，如果有話劇演員的基本功最好不過了，達不到那個水準，可以向他們學習。

同時，也還要注意到音量的大小，也就是在臺上講話的聲音的響亮響度。現在雖然有擴音器，可以把聲音放大，不必擔心後排的人聽不到，但是，擴音器裡出來的聲音總會影響音色的清亮秀美，這就好像話劇演員不用擴音器一樣，能把說話聲音送到最後一排，也還聽得清楚。好的演員的聲音是很有魅力的，聽這樣的聲音是享受；好的演講者的聲音也是很有魅力的，聽這樣的聲音有助於聽眾的思考，使聽眾在聲音的享受中和演講者達到心理相容，極具吸引力，抓住聽眾的精神。

語調、節奏和語速

一個完整的演講內容應該是 7% 的文字內容加上 38% 的語調語速加上 55% 的形體語言。由此可見語調在演講表達中有著至關重要的影響。

如果一個人講話的語調從頭到尾都是平的，聽話的人就會感覺你講的話枯燥無味而失去興趣。我們都知道，在做心電圖時，如果人的心臟正常，

就會有一條曲線上下波動；如果心臟不跳動，顯示的是一條直線，說明人的生命到了盡頭。我們聽歌也一樣，一首歌曲旋律優美，抑揚頓挫才會讓人感覺美妙無比。如果從頭到尾都是一個調子，可能人們很快就會失去興趣。其實，我們唱歌有歌譜，講話也應該有話譜才對。而話譜時刻影響著你的演講。

例如：你可以嘗試很快說出「30 萬」，口氣顯得平和一些，聽起來就好像是一筆小數目的錢。然後再說一遍「3 萬」，這一次你試著把速度放慢一些，要充滿濃厚的感覺，彷彿你對這筆龐大的金額印象極為深刻。這樣聽起來 3 萬好像比 30 萬還要多。

由上可知，說話要有節奏，該快的時候快，該慢的時候慢，該起的時候起，這樣有起伏有快慢，有輕重，才形成了口語的樂感和樂耳動聽，否則話語不感人，不動人。

口語中有帶規律性的變化，叫節奏，有了這個變化語言才生動，否則是呆板的。有位義大利的音樂家，他上臺不是唱歌，他把數字有節奏的、有變化的從 1 數到 100，結果傾倒了所有的觀眾，甚至有的感動得流下了眼淚，可見節奏在生活中是多麼重要。節奏與語速有關係，但不是一回事，語速只表示說話的快慢，節奏包括起伏、強弱。

- **慢節奏**：敘述一件事情，描寫一處景物，表現一次行動的遲緩節奏宜慢；表現平穩，沉鬱、失望、悲哀情緒節奏宜慢。
- **快節奏**：表現情緒緊張、熱烈、歡快、興奮、慌亂、驚懼、憤怒、反抗、駁斥、申辯時宜快節奏。

節奏調度的幾個原則：

第五章　營造氣氛，激發共鳴力

- 感情原則。
- 語境原則。根據語言的環境調整。
- 內容原則。根據內容調整。

節奏美展現方式：

- 步韻。如：寫文章時要展現節奏美，可用幾個句子像散文詩那樣壓一下韻；
- 對應。包括運用對比句和對偶句；
- 排比句。
- 複沓。反覆使用形式和意義相近的詞、句、段；
- 層遞。一層遞一層；
- 頂真和回文。頂真即把第一個句子末尾的詞作第二個句子開頭的詞，回文即是一個詞反覆運用，如：「疑人不用，用人不疑」。

所以說，富於聽覺美感的演講聽眾更樂於接受。那麼，怎樣做才能賦予聽覺以美感呢？

- **利用重音**：重音起伏的跌宕變化能有效地傳情達意，它既能突出演講中某些關鍵的詞、句和段，從而突出地表現某種感情，又能加強語言的色彩，美化語言。

    一般的演講，尤其是那種議論型的演講，結尾段可以多使用重音，甚至整段都是重音，以此來形成強烈的氣氛，突出結尾所概括的演講的主要內容、中心意旨，把整個演講推向高峰，給聽眾留下深刻的印象。
- **利用語速的快慢變化**：演講過程中聲音應該有快慢緩急的變化。在表達一般內容時，語速可以適中，既不要太快，也不要太慢。當表達熱烈、興奮、激動、憤怒、緊急、呼喚的情感時，出言吐語就要快些，滔滔汩

泪，勢如破竹；講到莊重、懷念、悲傷、沉寂、失落、失望的情感時，語速可以放慢些，娓娓道來。

這裡需要注意的是，演講語音的變化應該自然、順暢，不能做作。只有音速適宜，快慢有致，才既能有效地傳情達意，又能令聽眾感到優美入耳。如果語速不當，缺乏快慢變化，始終保持一個速度，那就很難準確、恰當地表達出演講者內心的想法感情，也使聽眾感到厭煩，難於接受。

- **利用語調的抑揚變化**：在演講中，為了更有效地表達感情，就不能不對語言做高低抑揚的變化處理。既不能一味地高，破嗓裂喉；也不能一味地低，有氣無力。只有使音調的高低隨意而變，隨情而變，才能造成最佳的演講效果。

- **利用停頓**：演講時，有些地方應做較長一些的停頓。比如，在向聽眾提出某個問題之後，在提出自己的某個觀點之後，在道出某個妙語警句之後，在講清一個相對完整的意思之後，都要做較長一點的停頓。

聲音和腔調乃是與生俱來的，不可能一朝一夕之間有所改善。不過音質與措詞對於整個演說影響頗巨，這倒是事實。根據某項研究報告指出聲音低沉的男性比聲音高亢的男性，其信賴度較高。因為聲音低沉會讓人有種威嚴沉著的感覺。儘管如此，各位還是不可能馬上就改變自己的聲音。總之，重要的是讓自己的聲音清楚地傳達給聽眾。即使是音質不好的人，如果能夠秉持自己的主張與信念的話，依舊可以吸引聽眾的熱切關注。

一般確定講稿後，可根據內容以及自己的特性來確定語速。語速不僅有天生的因素，也可以透過後天的刻意訓練來改變。一般來說，語速不要太快 —— 因為會給人緊張的感覺，也不要太慢 —— 顯得遲鈍沉悶，能找到自己說起來比較舒服，同時也適中的語速是最好的。

第五章　營造氣氛，激發共鳴力

因此，說話的速度也是演講的要素。為了營造沉著的氣氛，說話稍微慢點是很重要。標準大致為 5 分鐘三張左右的 A4 原稿，不過要注意的是，倘若從頭至尾一直以相同的速度來進行，聽眾會睡覺的。

經常有人一上場什麼都忘了，只顧著把內容講完，從頭到尾都一樣的速度，像和尚唸經一樣。如果你是這樣，聽眾可能很快就睡著了。還有一些演講者，因為演講時停頓錯誤變了意思，弄得全場哄堂大笑。

演講的語速要該快則快，該慢則慢，靈活控制。

- **看聽眾對象決定語速**：當你面對的是與自己同輩的青年聽眾時，因為他們精力充沛，反應靈敏，對他們說話時可以加快些；當聽眾是小朋友、老年人時，由於他們接受、反應遲緩，可把音節的時值拉長，語流中間的停頓可久點，停頓的次數可多些。

- **視演說內容決定語速**：當你講述一些熱情、緊急、讚美、憤怒、興奮之類的內容時，或敘述那種無法控制的感情及進入精神高峰時，不能慢慢騰騰，要快些。而表述一些平板、悲傷、莊重、思考、勸慰之類的內容時，講述一些需要聽眾格外注意之事時，講述有關數字、人名、地名或容易引起疑問的內容時，為了使聽眾聽清、記憶和思考，要將語速放慢些。

- **依場地情況決定語速**：在場地較大的地方演講速度可慢點，場合較小的地方語速可快點；聽眾情緒受到干擾時慢點，情緒旺盛時快點。

你可以試著讀下面的句子，看看停頓不同，意思有何不同？

下雨天留客天天留我不留。

我媽媽親了我叔叔親了我。

這個世界上男人沒有了女人就恐慌了。

▍保持空間距離

　　所謂空間，就是指進行演說的場所範圍、演講者所在之處以及與聽眾間的距離等等。演說者所在之處以位居聽眾注意力容易匯集的地方最為理想。例如開會的時候，主席多半位居會議桌的上方，因為該處正是最容易匯集出席者注意力的地方。反之，如果主席位居會議桌之正中央，則會議的進行情況會變如何呢？恐怕會使出席者注意力散漫了，且有會議冗長不休的感覺。因此，讓自己位居聽眾注意力容易匯集之處，不但能夠提升聽眾對於演講的關注，甚至具有增強演說者信賴度權威感的效果。

　　保持演講的空間距離，還與人類心理有關。假設會場中有一排 10 個依次排列的座位，在 6 號和 10 號位子上已經分別坐上了兩個人，這時，你走進了會場，你與他們互不相識，你最有可能選擇的是哪個位子呢？

　　心理學家透過實驗發現，第三位進會場者一般選擇第 8 號位子，第四位進會場者一般選擇 3 號或 4 號位子。這裡，所有參加實驗的人都是互不相識的。

　　為什麼會有這樣的選擇呢？心理學家研究發現，陌生人之間自由選擇座位時一般遵循這樣的法則：既不會緊緊地靠著一個陌生人坐下；但同時，也不會坐得離陌生人太遠。如果你真的緊接著一個陌生人坐下，那麼這個人就會急促地把身子移向另一邊，有的甚至會移到另一個空位子上去，你這時會感到很尷尬。為什麼相互間會有這麼彆扭的感覺呢？這就是因為我們每個人都需要一定的個人空間。

　　但是，假如你坐得離那個陌生人太遠也不行，因為這可能會無聲地傷害那個人，他可能會感覺到你是在嫌惡地躲避他。因此，挑選兩者之間的位子，一方面可尊重別人的個人區域，另一方面又可以與他人保持和諧，避免彆扭。這就是旨在維護個人空間的適當疏遠原則。當然，當人數增多時，個

155

第五章　營造氣氛，激發共鳴力

人區域就會變得很小，這樣，即使每個人都緊緊地靠著陌生人坐下，也談不上相互間的傷害，而且誰也不會有彆扭的感覺，這就是一種可以預測的、無聲的空間選擇規律。

曾有人做過這樣的社會實驗，請一位青年在繁華的大街上有意地去緊跟著別人走，或緊靠著與別人並排著走，攝影師偷偷地拍下路人的反應。結果，我們在電視上看到了那些被陌生青年侵犯了個人空間的路人表現出種種緊張和措手不及的窘態：所有被跟隨的路人都困惑或焦慮地看著這一青年，甚至很多路人慌不擇路地跑進了附近的商店躲起來。這正是透過對他人個人空間的侵犯而引致路人緊張的事例。

以上事例證實，任何一個人，都需要在自己的周圍有一個可掌握的個人空間，它就像一個無形的「氣泡」，為自己「割據」了一定的「領域」。而當這個自我空間被人觸犯，就會感到不舒服、不安全，甚至惱怒起來。而於演講，空間距離同樣是是一個值得考慮的問題。

空間方位意義說的創始人、美國著名學者愛德華·霍爾（Edward Twitchell Hall）於西元 1959 年出版了他的成名作《無聲的空間》，正式提出了「空間交往」理論。霍爾把人際交往的空間分為四種：

- **親密空間**：距離 15 公分至 46 公分；
- **個人空間**：距離 75 公分至 15 公分；
- **社交空間**：距離 215 公分至 365 公分；
- **公共空間**：距離 365 公分至 765 公分。

演講是一種社會交往，因此一般在社交空間中進行。演講者應根據演講內容、演講感情、演講環境靈活調節與聽眾的距離。

聽眾多、內容明朗、感情激烈、場境大可離聽眾遠些；

聽眾少、內容含蓄、感情平穩、場境小可離聽眾近些。

演講者演講時要充分利用空間因素，以便更好地發揮自己。

演講空間距離的確定對演講的成功有很大的影響。我們可以這麼想像：如果演講場地很小，熱情的聽眾又濟濟一堂，你與他們完全擠在一起，是不是有一種壓迫感？相反，如果你站在大廳裡演講，下面只有二三十個人，且零零散散相隔甚遠，是不是又有一種空虛感？

演講中基本位置確定好以後，可以隨演講內容、感情及聽眾情緒的變化而變化，可以適當地前走、後退、左移、右轉等。

由於大眾距離這是公開演說時演說者與聽眾所保持的距離，這是一個幾乎能容納一切人的「門戶」距離，這是一個幾乎能容納一切人的「開放」的空間，人們完全可以對處於空間的其他人「視而不見」，不予交流，因而相互之間未必發生一定關聯。因此，這個空間的交往，大多是當眾演講之類，當演講者試圖與一個特定的聽眾談話時，他必須走下講臺，使兩個人的距離縮短為個人距離或社交距離，才能夠實現有效溝通。

綜上可知，演講時適當保持與聽眾的空間距離，並懂得靈活調節，這對於能否激發共鳴力，能否夠力，同樣是十分重要的。

第五章　營造氣氛，激發共鳴力

第六章　得體控場，減少牴觸力

　　很多時候，實際的演說現場可能與自己的預期不相一致，對此要有心理準備。要利用有利的變化，克服不利的變化。比如，你本來得到通知為三百個人做演說，結果只來了二十個人，你會怎麼辦？你本來以為聽眾是同樣的身分和職業，結果發現聽眾的構成非常龐雜，或者你本來以為聽眾是友好的，結果卻發現他們持相反的觀點，你會怎麼辦？你怎樣對付演說過程中聽眾注意力分散或起鬨的問題？為了解決這些突發事件，你的演說不能與當初的練習相比。如果你抽時間考慮過現場可能出現的突發事件，就可以避免一些令人不快的意外。這就是說，演講前不僅要考慮應該發生的事情，還要思考可能出現的意外。

讀懂聽眾幫助聽眾

你可以作世界上最偉大的演講，但是如果你面對的是世界上最糟糕的聽眾的話，說它毫無意義聽眾就像一支多刺的玫瑰，處理得好，他們可以為你的演講添彩；處理得不好，他們會刺得你很痛。所以在演講的時候，既要讀懂聽眾的反應，又要幫助聽眾放鬆。

很多專業演講家聲稱他們可以像讀一本書一樣「讀」聽眾，這句話說得很有意思。真正地「讀」聽眾 —— 那些必須聽你演講的人 —— 確實有十分重要的意義。

下面介紹一些測試聽眾反應的方法：

關注興奮度

了解聽眾的最簡單的辦法是觀察他們的興奮程度。他們是在邊說邊笑地等待演講開始嗎？這是精神飽滿的聽眾，也是你所期望的。這些聽眾更容易接受你的演講。精神飽滿的聽眾可以節省你的精力。因為精神飽滿的聽眾比精神疲憊的聽眾笑的時間和喝彩的時間要長。因此，當你計算演講所要分配的時間時，你需要為笑和喝彩留出多餘的時間。

精神疲憊的聽眾恰恰相反。沒有人講話，氣氛很壓抑。這樣的聽眾很難對付。你不得不顯得精神飽滿，你必須點燃他們的熱情。

留意肢體語言

聽眾們的非語言行為可以顯示關於你的演講效果的大量訊息。人們在對你說的東西點頭嗎？他們是在向上看著你嗎？他們是身體向前傾嗎？他們是微笑嗎？或者他們是在椅子上扭來扭去嗎？用肘互相推別人喚起注

意嗎？他們在看他們的錶嗎？他們是在向窗外望嗎？

　　需要注意的是，不要透過一個人的反應來判斷所有的聽眾。很多演講者常常犯這個錯誤。演講時，你可能會看到一個讓人討厭的傢伙從來不笑。你就會對這個人感到疑惑，並且你基於這個人的反應對你的整個演講下結論。這是不對的，還可能會導致你緊張。這個時候如果你看一下其他 99％ 的聽眾，如果發現他們正在欣賞你的演講，這就對了。

　　如果你不知道聽眾是否同意你，或者是否明白你所講的東西，那就問問他們。這是了解聽眾反應的最直接辦法：

- 你們中有多少人了解我剛剛講到的？
- 你們中有多少人不贊成我剛才所講的？
- 你們中有多少人以前從來沒有聽過這些論斷？

幫助聽眾放鬆

　　大多數人在一個陌生的環境裡會很謹慎。如果他們在與一個陌生人交流，他們會採取保守的態度。在確信這是安全的行為以前，他們不會放鬆警惕並且做出回饋。聽眾大都是這樣反應的。

　　交流管理顧問吉姆‧盧卡謝夫斯基說：「在聽眾面前我們大部分都是陌生人，」他解釋說。「所以你必須同意讓聽眾享受你的演講。」吉姆把這一過程比喻成與聽眾的一個持續談話。「在演講中，我給他們大量的實際訊息，」他解釋說，「但是我還允許他們用各種方式做出反應。」

　　聽眾們必須得到的是什麼樣的許可呢？這取決於你想得到的是什麼樣的效果以及你希望聽眾們做怎麼樣的反應。下面有三個比較重要的面向，你應該允許聽眾去做，這樣才能真正幫助聽眾放鬆。

第六章　得體控場，減少牴觸力

第一，允許笑。你想要在你的演講中成功地運用幽默嗎？你第一就是要允許聽眾笑。國外某銷售副經理喬迪努奇先生在與客戶和雇員講話時，以他的幽默出名，在開始時，他會告訴他們可以自由表現，沒有問題。他這樣說，「我想與你們溝通，給你們訊息和啟迪，讓你們頓悟，但是明顯的目的是你們應該從中得到享受。所以，請放鬆你們的領帶，放鬆你們的精神，不要有敵意。我保證我的演講內容充實、十分有趣。」

第二，允許學習。吉姆・盧卡謝夫斯基喜歡允許他的聽眾們學習。他會這樣說，「我相信這確實是一個重要的演講。我將要談到三個敏感的、重要的話題。稍後我會談到細節。但是我認為，今天當你們離開這裡的時候，關於這個演講，你們真正能夠記住的東西將是以下關鍵的方面……」透過告訴聽眾們什麼是重點，吉姆將自己對於演講的見解傳遞給了聽眾。

第三，允許記筆記。演講中常常會有一些重要的需要記住的訊息，所以應在聽眾的座位上準備紙和鉛筆。有人認為寫東西會分散人的注意力，認為你不能同時讓人一邊寫東西一邊注意聽講，但資深演講家說：這是無稽之談！有什麼事情比讓數以百計的人記你所講的東西更偉大呢？怎樣確保他們沒有漏掉內容呢？每當演講者停止講話，或放慢講話的時候，就可以讓他們寫。

▌多讓聽眾參與

演講這件事並不在於你知道什麼。它不在於你要說多少東西，也不在於你能夠展現的閃耀奪目的視覺效果。相反，它完全在於聽眾。

為了做一個成功的演講者，你必須首先理解他人的期望。他們為什麼會來聽演講，他們想從你這裡聽到什麼？能夠回答這些問題，對於在員工會議上進行 3 分鐘發表和在幾千聽眾面前做 45 分鐘演說，其重要性是不相上下

的。有了這種想法，你就能夠各種不利的場面，並進行前所未有的出色演講。

如果演講內容與聽眾不太相關，聽眾就會採取冷漠甚至敵視的態度，因此欲讓聽眾採取積極、熱情的合作姿態，我們不妨讓聽眾幫幫忙，讓聽眾參與進來，以求觸發他們的興奮點和創造欲，最終獲取演講的成功。

有位崇尚「自然療法」的大師，曾在電視上頻頻亮相，被老百姓大力追捧，擁有了大批忠實「粉絲」，一個一向不為老百姓所熟知的針灸推拿師為什麼在短時間內如此深入人心、被百姓大力推崇呢？除了精湛的醫術外，主要得力於獨特的演講藝術。

在一次〈拍手病自除〉的演講中，大師語出驚人，說「透過拍掌的聲音就可以分辨出身體的疾病」，此語一出，全場譁然，竊竊私語聲四起，面對這種狀況，大師感覺到了聽眾的質疑，立即說「那好，現在請五位聽眾上臺來拍手，我透過他們的掌聲來斷定他們身體的健康狀況」，此語一出，全場沸騰，大家都躍躍欲試。面對被隨即抽選的五位觀眾的掌聲，大師給出了自己的判斷「這位朋友掌聲軟弱無力，身體性寒，這位朋友掌聲厚重，可能腰腿有問題……」五位被選聽眾對大師的判斷嘖嘖稱奇，連連稱是。

在講述第二個問題「手掌透露健康密碼」時，為了說明透過手掌就可以判斷身體的疾病，大師同樣採用了讓聽眾上臺現場為他們診斷的方法「這位聽眾的食指向內彎曲，你的母親可能身體不好；這位朋友的大魚際（手掌下方靠近大拇指處）有許多青筋，我來按一下，疼不疼？（此聽眾疼得彎下腰），那你的心臟不好，心率不整……」，幾位被抽選的聽眾對大師判斷的肯定讓場上的氣氛達到了異常熱烈的程度，聽眾們懷著無比虔誠的心態去傾聽後面的演說，唯恐漏掉一個字，有的甚至拿出了紙筆。

大師的演講之所以備受歡迎，就在於利用了人們「耳聽為虛，眼見為實」、「看廣告不如看療效」的心理，讓聽眾當場驗證自己的理論，從而增

第六章　得體控場，減少牴觸力

強了演說內容的說服力。

　　某校文學院邵教授正在給即將畢業的中文系學生作〈合格的語文教師應具備什麼樣的素養〉的報告，在講到語文教師應該具備一定應變能力的時候，下面的兩個學生不知道為什麼打起來了，全場秩序大亂，大家紛紛伸長脖子觀看那兩位學生的紛爭，演講無法繼續，看到這種情況，邵教授靈機一動，大力敲了敲講桌：

　　「大家靜一下！不用看了！這兩位同學的打架是我事先安排好的。」

　　聽到這話，同學們一下子全扭過頭來疑惑看著邵教授，那兩位打架的學生也吃驚地停了下來，詫異邵教授為什麼這麼講。邵教授不慌不忙地繼續說：「我為什麼設這樣一個局呢？就是讓大家知道你們將來當老師的時候也會經常遇到這樣或類似這樣的場景，因此機智的應變能力是必不可少的。」聽了這話，那兩位打架的同學拚命地鼓起掌來。

　　看著其他學生有些不以為然的表情，邵教授接著說：「現在我來問一下同學們，假如你們遇到這種情況，你們會怎麼處理才不至於影響正常的上課秩序？我剛才的處理方式不允許再重複，順便說一下，我剛才撒了謊，其實剛才兩位同學的打架不是我安排的。」聽了這話，學生們才如夢方醒，雷鳴般的掌聲隨之響起。短暫的討論過後，邵教授又開始了他關於語文教師素養的演講。

　　面對突如其來的變故，邵教授沒有驚慌失措，而是將計就計，把聽眾帶來的這個意外插曲變成自己演講內容的一部分，不但化解了危機，而且還夠力地佐證了自己的觀點，更提升了自己的演講形象，可謂一舉三得。

　　總之，成功的演講者既要使演講融入聽眾，也要把聽眾融入演講，賦予聽眾一種積極參與而不是被動接受的角色。只有如此，才能引發聽眾的共鳴，才能讓聽眾洗耳恭聽。每一個演講者都應該記住，演講絕不是演講者個人的獨角戲，若想成功，有時真的需要聽眾來參與。

講稿不適用時的補救

在演講中，演講者常常會碰到這樣的情形：一是聽眾提出了一些新的問題，超出了演講者演講的範圍；二是準備的講稿內容與前面演講者的演講內容有許多重複之處；三是從前面演講者的演講中獲得了新的啟示，有了新的看法和感想；四是會場情況發生了重大變化，準備的講稿完全不適用。

碰到上述情形，演講者應靈活應變，及時調整自己的演講內容：

首先，要好好考慮聽眾提出的問題我能否回答？如果能夠回答當然最好，但如果缺乏準備不能回答，你千萬不能採取不理不睬的態度，而應該這樣對聽眾說：「這是一個很有趣而且很重要的問題，我沒仔細研究過，但我很樂意會後與大家一起討論研究這個問題。」

其次，還要進一步考慮，聽眾提出的問題我有沒有馬上次答的必要？在什麼時候回答適合？又有沒有必要向眾人回答？還是單獨回答為好？如果有必要馬上次答，就馬上次答，趁熱打鐵；如果問題是自己準備要講的，但還沒講到，你可以這樣回答聽眾：「這個問題等一下就講到，先暫且不作回答。」如果問題沒有必要向眾人回答，那你不妨說：「會後我會答覆你。」

最後，我們還要考慮，聽眾提出的問題是否與自己的講題有關？回答這個問題會不會影響演講主旨的集中？如果回答會把問題扯遠，分散演講的中心，那就要避免回答。但你務必要這樣對聽眾說：「你提的問題我會後一定答覆你。」這樣才不會使提問者掃興。

另外，內容重複的問題可略去不說。

1. 對相同的看法、論述略去不說，只說與眾不同的那一點。比如你可以這樣說：「剛才大家對某某問題都講得很詳細深入了，這裡我只想作一點補充」，或者說「這裡我只想就某個問題談談我的看法」等。

2. 對相同的事例略去詳細描述，只作總結性、過度性的評議。比如你可以這樣說：「剛才不少人都詳細講述了某某某的事跡。的確，他的事跡是感人的，他的精神是值得我們學習的……」當然，如果能舉出新的事例最好不過了。

3. 最後一點，可以放棄原講稿重新撰寫演講內容。有兩種處理方法：

· 時間充足的話可重新寫出講稿。

· 時間倉促的話，可列出提綱，作即席演講。

排除現場意外因素

　　要想真正成為一名大師級演講者，唯一的途徑是學會應付你能夠想像的任何災難、錯誤、混亂或者一團糟的局面。不要讓它們損害你的自信。否則的話，你可能會開始崩潰，而隨後事情就真的搞砸了。這種現場出現的不利因素，突發事件，在演講時難免不遇到，關鍵是要學會不慌不亂巧妙排除。下面是幾種常見的現象：

發生意外事件時

　　有些意外不是演講者自身失誤造成的，也不是聽眾故意搗亂所為，主要是一些客觀原因造成的，比如，擴音器突然啞了，照明燈突然滅了，聽眾中突然有人暈倒，有人不小心跌倒了等等。遇到這種情況，演講者除了請有關人員協助處理外，如修理線路，送病人上醫院等，其實也很需要用聰明才智去消除意外帶來的影響。

　　據說有場名為〈吹牛〉表演相聲正在進行，相聲演員正「吹」得不可開交時，禮堂天棚上有一盞大燈突然炸裂，玻璃碎片向四處散落，聽眾驚得

抱頭叫了起來。眼看一場精彩的演出毀於一旦，其中一位靈機一動，把這情景巧妙自然地轉化為相聲的內容，他用手指著天棚說：「你能吹，瞧我的，我能把吊燈吹碎！」真可謂妙語驚四座，全場爆發出海濤般的掌聲。演講不也需要這種「急」才嗎！

某跨國食品公司的一位執行官正在給華爾街的分析家們作報告。他在談到該公司的每項產品時，上方的投影儀都會放映一張繪有圖畫、寫著簡單介紹的幻燈片。然而，當他介紹到公司最新的冷凍烤小雞生產線時，幻燈片上出現了一個明顯的排字錯誤。上面寫的是：「烤小孩」。

「喔，我們新的烤小雞非常受小孩子歡迎，」那位執行官毫不停頓地說，「當然，我們烤的不是小孩，而是小雞。」

聽眾們輕聲笑了起來，而他接下去的演講進行得非常順暢。儘管他承認了錯誤，但他沒有讓錯誤轉移聽眾們的注意力，也沒有讓它損害他的報告。

除了這種失誤要靈活處理，有時還會碰到一些小意外，則要從容面對。

Ａ應邀去一個以前從沒打過交道的公司作報告。在上午 11 點 45 分時，Ａ應該已經抵達了公司，並且準備好正午鐘聲敲響時開始演講。所有的日程都在事先被安排好了，並且反覆確定過。

可是上午 8 點，Ａ開始感覺到嘴的右邊有抽搐性陣痛。到了上午 9 點，Ａ感覺好像嘴的右邊發炎了。到了上午 10 點，Ａ知道自己有麻煩了，因為Ａ的右半邊臉腫了起來。儘管感覺很糟糕，但重新約時間是不可能的。那位執行長的行政助理在第一天打過電話給Ａ，目的是為了確定所有的事情都「井然有序」。

上午 11 點 30 分，Ａ已經到達了那家公司總部的休息室。他的右半邊臉腫得像個氣球，右眼瞇成了一條縫。當他走進演講廳去報告時，他能夠聽到驚訝的低語聲。

第六章　得體控場，減少牴觸力

於是 A 開始演講：「你們有多少人曾經有過頭髮難受的一天？」（停頓）「你們有多少人曾經有過面部難受的一天？」他解釋說：「我的牙齒腫了，必須在下午 2 點的時候去看牙醫。」

這就行了！A 接下去開始進行報告的其他部分，對於他的右半邊臉看上去像是挨了揍的職業拳擊手、而左半邊臉卻像個正常人的事實隻字不提。就這樣 A 贏得了聽眾的尊敬。在報告結束後，人們向他走來，說了很多感謝的話。他們告訴 A 他們敬佩他的勇氣。

聽眾太少時

你當然希望自己是一個登高一呼應者雲集的人物，但很遺憾。在某一次演講時，你驚訝地發現自己並沒有想像中的影響力：來聽你演講的人比你預計的要少得多。這真讓人沮喪，但演講還得繼續。有些人會因為聽眾稀少而產生「空位症候群」，這種症狀的特點是演講者因面對空空如也的聽眾席情緒低落而造成表現失常 —— 這真是一種雙重失敗，因為下一次來聽你們演講的人會更少。你只有講得更好，才能夠減少今後再次出現此類局面的難堪。

戴爾・卡內基（Dale Carnegie）是一個溝通大師，他的演講水準可謂一流水準。不過，他剛出道時，也遇到過在大禮堂面對零星聽眾的尷尬場面。他總結出來的補效應對措施是：請零星分布的聽眾聚集在前排；造成一種小範圍內的人氣。別小看這種並沒有改變人數總數的「無聊」方法，這的確非常有利於你的演講。因為零星散坐的聽眾，他們的中間留有空隙和空椅子，他們便不會被鄰座的人引起熱烈的感情來，所以他們的感情的表示，便和群聚著的聽眾的感情的表示有所不同了。

著名的傳教士畢鎬牧師，他在耶魯大學演講怎樣傳道，中間有 —— 段話，就是講述這個問題的，現在把它抄錄在下面：

「人們常說：『你不以為對很多人聽眾演講比對少數聽眾演講要興奮得多嗎？』我的回答是『不』，我對 12 個人也能講得很高興的，如果那 12 個人他們都緊緊地圍繞我坐在一起。但是，如果有一千個聽眾，每兩人的中間要離著四尺的距離，使他們成了散開的樣子，那就像使各人處在一間空屋子中一樣，彼此便不易發出交流的電波一般的情感來了。所以，你如果使聽眾緊聚在一起，你僅僅使用了一半的氣力，便可以獲得一倍的功效了。」

一旦我們明白了以上說的道理，在演講的時候，對於聽眾們是否散坐就得加以注意了。假使聽眾不多，他們是零星散坐著的話，你應該在開口演講之前，誠摯而又堅決地請他們緊坐在一起，這一點是十分重要的。再有，如果聽眾不多的話，你不要使大家散坐在空曠而較大的禮堂中，應該選擇一間小屋子，那你講起話來容易收效更大。

在這種人少的情況下，除非你有著特殊的原因必須站在臺上講話，最好你不要站到臺上去，你應該走下臺來，打破鄭重的形式，走到聽眾中去，靠近他們，和他們互動。這樣，你和他們容易產生出感情來，你的演講也就不易失敗了。

冷場尷尬時

你在臺上眉飛色舞，聽眾在臺下頻頻點頭 —— 別高興太早，他們到底是在點頭還是在打瞌睡呢？

冷場 —— 這是一個讓所有演講者都感到不安的現象。聽眾們似乎對你的演講根本沒有興趣，他們有的在看報紙，有的在打瞌睡，有的在聊天，有的在發呆……顯然，如果任由發展，你的演講將是失敗的。該怎麼辦？

· **講述趣聞軼事，吸引聽眾的注意力**：趣聞軼事是人們在生活中津津樂道的閒談資料，生活中的許多趣事即由此而來。演講者抓住人們渴望趣味

的視聽傾向，恰當而又適時地講述一些趣聞軼事，會使呆板的演講現場馬上活躍起來，聽眾的注意力也被迅速地集中到演講內容上，這時演講者再繼續下文，效果就要理想得多了。

- **讚美聽眾，求得共鳴和好感**：聽眾發現演講內容與自己的關係不大，自然不會給予太多的關注。在這種情況下，常常會出現冷場。此時，演講者應該注意採用恰當的方式，拉近聽眾的心理距離。貼近聽眾的一個有效方法就是發自內心地讚美聽眾，用在情在理的話語撥動聽眾的心弦，激起他們的共鳴，使他們重又對演講產生濃厚的興趣，從而打破冷場的尷尬局面。

麥克風故障時

在一些較大的場所發表演講，麥克風是一個貼心的小助手。它可以幫你將聲音輕而易舉地傳遍全場，同時也能讓你的聲音更加容易在高低起伏中傳遞情感。但如果麥克風出了故障怎麼辦呢？

一般麥克風壞掉的時候，你通常可以知道，如果是在講話時壞的，那就先不用它。你可以坦白地告訴聽眾：「很抱歉，沒聲了。」然後不用麥克風繼續你的講話。假如有人會修理，那你就每隔一分鐘拍拍麥克風的頂部，當你聽到金屬的「噹噹」聲時，表示它已修好了，這樣就可以接著將麥克風貼近你的嘴繼續演講。

在沒有麥克風的情況下講話，你就必須加大聲音以便讓所有的聽眾都能聽得到。用多大的聲音呢？可這樣試試看：看著最後一排，好像你在與那一排的某個人對話那樣。最後一排的人如果很自然的聽得清你的講話，那麼其他人必定也能夠聽得見。

▎機智應對各種提問

在演講中，聽眾的問題回答得是否精彩，對於演講的作用非常重要。一場平淡的演講，如果聽眾答疑做得好，完全可以讓整個演講給人留下很好印象。反之，即使你之前的演講很出色，但你在答疑時表現不佳，也可能會將整場演講的良好印象破壞掉。

聽眾答疑時要尤其注意三個問題：一是如果你不習慣在演講過程中被提問與答疑打斷思路的話，最好在演講開始不久明白告訴聽眾：「在我的演講結束後我將很高興接受大家的提問。」二是在有人向你提問時，你一定要看著提問人，而當提問人說完，輪到你回答問題時，你應該對著全體聽眾說，而不是只對著提問人說。三是不要讓一部分人占據了你所有的答疑時間，要盡量回答不同聽眾的問題，要盡量公平對待聽眾，要記得照顧大多數聽眾。比如當你開始回答提問時，你可以這樣告訴聽眾：限於時間，很抱歉，每個人一次只允許提一個問題。

一般的問題好回答，真正考驗演講者的是一些刁鑽怪異的難題。如果你不能有效解決難題，你的演講本身就會成為一個「難題」。在此，向大家介紹一些如何解決那些貌似很難的問題的方法：

設定條件

對方提問的內容，有時可能很模糊，有時很荒誕，甚至很愚蠢，以致使人很難回答。這時，我們在分析清楚的前提下，可以用設定條件的方法。

據說有這樣一個故事：有一天，國王指著一條河問阿凡提：「阿凡提，這條河的水有多少桶？」阿凡提答：「如果桶有河那麼大，那只有一桶水；如果這個桶有河的一半大，那麼就有兩桶水……」阿凡提回答十分巧妙。因

第六章　得體控場，減少牴觸力

為這個問題很怪，國王故意想難倒阿凡提，他無法直接回答。只能先設一個條件，後說結果。條件不同，結果也就不一樣了。

還有一個例子：

問：「今天有一隻黑貓跟著我，這是不是凶兆？」

答：「那要看你是人還是鼠。」

前者的問話很無知，回答時無法給他詳細的解釋。設定一個條件，其結果不言而喻，而且極幽默地諷刺了問話者的愚昧。

反轉問題

一些聽眾會問你一些令你尷尬的問題。不要出汗，把問題反過來看。例如，一個提問者做出一個很不耐煩的表情，然後問：「我們的薪水為什麼那麼低？」不要採取防守措施，只要回答說：「你希望薪水是多少呢？」這叫做智力柔道，你用問題的自身重量來反擊提問者。

巧借前提

巧妙地利用對方的問話，在回答時也能收到良好效果。其中仿照和借用問話中的情態和詞語，演變出一種出人意料的應答，是應付問話的一種較為理想的方法。

例如，1972 年 5 月，在維也納一次記者招待會上，〈紐約時報〉記者馬克斯·弗克蘭爾向季辛吉（Henry Alfred Kissinger）提出美蘇會談的程式問題：「到時候你是打算點點滴滴地宣布呢？還是來個傾盆大雨，成批地發表協定呢？」季辛吉停了一會，一字一板地答道：「我們打算點點滴滴地發表成批聲明。」會場頓時哄堂大笑。季辛吉巧妙地利用對方的問話，仿照問話的詞句和情態，用幽默風趣的話語與記者周旋。

建立過渡橋梁

一個政治家是這樣回答問題的:「藍斯頓議員,你打算提議反對加稅嗎?」、「好的,這位先生,你想要知道我是否要提議反對加稅。你真正的問題是:我們是怎樣為更多的美國人民口袋裡面贏得更多的錢?讓我告訴你我對於復甦經濟的 12 步計劃……」

議員建立了過渡橋梁。他用一句從他想要避免的問題過渡到他想要闡述的論題。運用過渡橋梁所要注意的是:用它繞開你不喜歡的問題,但不要完全迴避它,在你迴避問題的時候你會失去信賴,你至少要做出想要回答問題的表情。

否定不存在的問題

假如太陽從西邊出來怎麼辦?假如豬長了翅膀如何圈養?這些假設性的問題完全沒有實際意義。你沒有必要陷入這些假設問題的沼澤中去,還有更多實際的事情需要你考慮與擔心。在你的演講中,一般不會有這樣極端的問題,但類似這種問題的問題還是有的,對這些問題,你一句話就給予否定:「我認為這種情況不會發生,如果大家沒有意見的話,我們跳過這個問題。」然後把提問的機會交給下一個。

必須提醒的是,有三種聽眾提問你要小心:

第一種是想藉機表現自己的人。這類人並沒有真正想要問你的問題,而只是想乘此機會在大家面前表現一番。碰上這類有表現欲的聽眾,你要果斷而適時地插話以結束他的「演講」。你可以為他的意見做一個沒有實質意義的總結,如:「謝謝你告訴大家你的見解。」,然後將眼神轉到其他聽眾,以切斷他滔滔不絕的可能性。或者中途打斷,要求他直接提出要問的問題,抓回主導權。

第二種是希望與你長談的人。這種人開始也許確實有問題要問，但是你做出回答後他不願意罷手。對待這種情況的最好辦法是果斷地結束談話，但是要對他或她表示稱讚或發出邀請。比如，「謝謝你，你給了我很有意思的啟發。也許散會後你可以抽時間找我，我們再談一談。」

第三種是想挑釁滋事的人。聽眾願意聽到一些理智的異議、探究或者是質疑，但是他們有時也會提出有敵意的問題。有時候發問者會變得咄咄逼人以至於氣勢洶洶，對演講者進行個人攻擊。顯然他們不是為了尋找問題的答案，而是企圖破壞你的可信度。對此不要勃然大怒，如果就別人的羞辱為自己辯護，這樣會正中他們的下懷。挑出這個人惡言相向的核心內容，解釋清楚問題的實質，鎮定而理智地回答這個問題。

簡而言之，要像外交官那樣氣度沉穩地對待這些破壞會場秩序的人。記住，與起鬨者不同，他們是受邀前來聽你的演講的。不要出言不遜或者直接嘲諷，請他們閉嘴。同樣，如果不明就裡的問題讓你大為驚訝，或者提出的是一些無知或誤解的問題，你應該耐心作答。不要給發問者難堪或者直接指出他們的錯誤。

▍應對分神的聽眾

在許多演講會上，聽眾分神是常見的事，如看報紙雜誌的，聊天的，喧鬧的，打瞌睡的，望著窗外出神的，看外面熱鬧的，總之無所不有。這種情形會嚴重影響聽眾的聽講效果，同時也會影響演講者自身的演講情緒。

碰到這種情況，演講者務必找出原因，對症下藥，及時調整自己的演講內容及演講方法。對聽眾聽講興趣及注意力造成影響的原因很多，有主觀方面的問題，如內容枯燥無味，演講者不善於表達等；也有客觀方面的問

題，如會場環境欠佳，缺乏擴音設備，會議時間過長等。對於主觀方面的問題，演講者在演講準備時就要注意解決，對講題以及素材都要作精心的設計和選擇，力求合乎聽眾胃口，力求生動活潑、幽默風趣。對於客觀方面的問題，演講者則要靈活應變，針對不同的情況採取適當的解決方法和措施。

盡量縮短演講時間

遇到會議時間過長，以致聽眾疲倦或出現不耐煩情緒時，演講者不妨精簡演講內容，盡量縮短演講時間。

有經驗的演講家是這樣應變的：艾森豪（Dwight David Eisenhower）任哥倫比亞大學校長時，常常出席宴會並發表演說。在一次宴會上，他排在最後一個發言。由於前面的人演講都是長篇大論，輪到他發言時，時間已經不早了，聽眾早就迫不及待地等著用餐了。艾森豪知聽眾所急，他放棄了原來準備的講稿，對聽眾說了以下兩句話：「每一篇演講不管它寫成書面的或其他形式，都應該有標點符號。今天晚上，我就是標點符號中的句號。」說完，他就回到座位上了。當聽眾明白他已經演講完時，對他簡短的演講報以熱烈的掌聲。

適當活動防止聽眾睏倦

大家知道，人在「春眠不覺曉」的日子裡和炎熱的夏天，最容易睏倦和瞌睡。曾經有位演講者遇到過這種情景，他是這樣處理的：當時，他正在臺上侃侃而談，只見一道初春的陽光從會場後側的玻璃窗照射進來，照在少數人的背上。這些人的背脊立刻覺得一陣暖和，就不知不覺地沉沉入睡了。最後，這種氣氛還傳染到前面的人。看到這一情景，演講者暫停了演講，對聽眾說：

第六章　得體控場，減少牴觸力

「請諸位抬起頭看看天花板。」

大家以為天花板上真有什麼看的，個個都抬起頭來看著天花板。

「現在再看一看左邊。」大家果然又向左邊張望。

「那麼諸位不妨看一看右邊。……好了，這就是頭部運動。疲倦的時候，不妨做頭部運動。如仍覺疲倦，也可以做體操活動。現在，請諸位舉起手來。」大家便跟著他舉起了手……

這一方法果然奏效，聽眾做了上述活動之後，不再睏倦了，又開始專心聽他演講了。

同時還要注意一點，要使聽眾進入良好的精神狀態，演講者自己首先要保持良好的精神狀態，這是至關重要的。

借景發揮排除外界干擾

聽眾受到外界干擾時，演講者不妨借景發揮，即景說話，將意外發生之景與演講內容有機地結合起來。這個方法可以有效地把聽眾的注意力重新吸引到演講上。

例如，有位老師走上講臺，剛要向同學們進行〈人不能失掉自尊心和自信〉的演講，這時外面隱約傳來音樂系的練歌聲，同學們一下被吸引過去了，很多人伸長了脖子，豎起了耳朵，甚至有人小聲議論。面對這種情況，這位老師馬上調整了自己的開場白，她大聲問：「誰是周杰倫的崇拜者？」這意想不到的提問，一下子把同學們的注意力吸引過來了，很多人大聲回答道：「我！」有的甚至舉起了手。這位老師接著又問道：「最喜歡他的哪首歌？」很多人回答：「〈七里香〉！」這位老師微笑著說：「那我和你們是同一派的！（同學們情緒熱烈，笑聲）我最喜歡他的音樂編曲和舞臺控場能力。可是前幾天，我在我的同學在聊天時說到她為了要去看周杰倫的演

唱會，居然花高價跟黃牛買票，談話間還流露出，只要能去看演唱會，讓她做甚麼都行，真不知道我這位同學居然是她的自尊心、自信心哪裡去了，所以，我今天演講的題目是〈人不能失掉自尊心和自信〉。」話音剛落，同學們便報以熱烈的掌聲。

這位老師之所以能成功地將同學們的注意力重新吸引過來，關鍵在於她善於將眼前意外發生之景與講題有機地結合起來，且結合得天衣無縫，巧妙無比，難怪聽眾為她喝彩。

▋面對刁難的聽眾

一般來說，絕大多數聽眾對演講者都是尊敬和友善的，即使提出一些質疑也是出於善意。對此，演講者應持歡迎的態度，並要認真地給予解答。但也不可避免會有一些別有用心的人故意提出一些帶歧視、輕視、敵視性的問題，故意刁難演講者，對此，演講者應毫不客氣地給予回擊。下面的方法不妨試試：

針鋒相對

例如，當達爾文的進化論學說傳播開來時，英國教會曾召開過一次辯論演講會。會上，一位大主教突然對赫胥黎教授進行人身攻擊，他說：「赫胥黎教授就坐在我旁邊，他是想等我一坐下來就把我撕成碎片的。因為照他的信仰，他本來是猴子變的嘛！不過，我倒要問問，這個猴子子孫的資格，到底是從祖父那裡得來的呢，還是從祖母那裡得來的呢？」赫胥黎針鋒相對地回答：「我斷言 —— 我重複斷言：要說我是起源於彎著腰走路和智力不發達的可憐的動物，我並不覺得羞恥；相反，要說我起源於那些自稱很有

才華，社會地位很高，卻胡亂干涉自己所茫然無知的事物，任意抹殺真理的人，那才真正可恥！」雄辯的哲理使大主教瞪著大眼，無言以對。

反唇相譏

在一次宴會上，長相消瘦的蕭伯納（George Bernard Shaw）正準備致詞，一個腦滿腸肥的資本家譏笑道：「啊，蕭伯納先生：一見到您，我就知道世界上正在鬧饑荒。」蕭伯納微微一笑，反唇相譏道：「嗯，先生，我見到您，就知道了世界上正在鬧饑荒的原因。」

德國大詩人海涅（Christian Johann Heinrich Heine）因為是猶太人而常常遭到無理攻擊。他在一次演講中，有一個旅行家突然對他說：「我發現了一個小島，這個島上竟然沒有猶太人和驢子！」海涅白了他一眼，反唇相譏地說：「看來，只有你我一起去那個島上，才會彌補這個缺陷！」

反戈一擊

有位演講家在演講結束時，臺下有一學生突然連珠炮似的向他發問：

學生：先生，您今天是第一次演講失敗嗎？

演講家：那當然是第一次啦。噢，你們當學生的怎麼總愛問這個問題？

學生：演講時，您覺得什麼樣的字音最容易說錯？

演講家：錯。

學生：您演講開始時，從來不說的是什麼？

演講家：結尾。

回答了學生的問題後，演講家也來個出其不意，反戈一擊：

演講家：我方才講的冷縮熱脹的道理你懂了嗎？

學生：懂了，先生。冬天白天短 —— 冷縮；夏天白天長 —— 熱脹。

這時，臺下出現了哄堂大笑，這位發問的學生才知道說錯和失敗的是自己，不禁羞紅了臉。

運用幽默與邏輯

著名詩人馬雅可夫斯基（Vladimir Mayakovsky）是一位善於應對的演講家請看他在一次演講大會上是如何應對的吧：

反對者：您講的笑話我不懂！

馬：您莫非是長頸鹿？只有長頸鹿才可能星期一浸溼的腳，到星期六才能感覺到呢！

反對者：我應該提醒你，馬雅可夫斯基，從偉大到可笑，只有一步之差！

馬：（用手指著自己和那個人）不錯，從偉大到可笑，只有一步之差。

反對者遞上一張條子，上面寫道：馬雅可夫斯基，您今天晚上得了多少錢啊？

馬：這與您有關係？您反正是分文不掏的，我還不打算與任何人分哪。

反對者：您的詩太駭人聽聞了，這些詩是短命的，明天就會完蛋，您本人也會被忘卻，您不會成為不朽的人。

馬：請您過 1,000 年再來，到那時我們再談吧！

反對者：馬雅可夫斯基，您為什麼喜歡自誇？

馬：我的一個中學同學舍科斯皮爾經常勸我說：「你要只講自己的優點，缺點留給你的朋友去講。」

反對者：馬雅可夫斯基，您的詩不能使人沸騰，不能使人燃燒，不能感染人。

馬：我的詩不是大海，不是火爐，不是鼠疫。

上述應對實在是棒極了，不僅極具幽默，且具有高妙的邏輯戰術。

應對方法還有很多，不能一一盡到。最關鍵的是演講者要無所畏懼，沉著應對，這樣才能更好地發揮出自己的聰明才智，戰勝對方。

▍補救自身的失誤

突然怯場

當你走上講臺，突然感到怯場，這時你不要慌，在這個世界上，人人都有可能會怯場，你不是特例。你要做的是，找出突然怯場的原因，並努力克服它。

對此，我有幾個建議，你不妨試一試：

一、避開使自己緊張的反面刺激。比如聽眾太多時不要怕，人多不能成為讓你自卑的根源；不要過高估計你的聽眾，他們都是極普通的人；不要太擔心你講得不好，那些掌聲和笑聲都是對你的鼓勵。

二、尋找熱情而友好的面孔。如果你要成為一個出色的演講者，你第一要記住的是：聽眾不是敵人。如果你不是在調動聽眾的情緒，讓他們接受你的觀點，被你引導著動腦筋，而想著如何對付他們，讓他們不給你搗亂，你的演講就永遠不能為聽眾所認可，永遠不會成功。聽眾也許會抱著這樣或那樣的目的，甚至有人不懷好意，但大多數人還是真誠的，你應該看到他們那些熱情的臉，鼓勵的眼神，還有熱烈的掌聲。

三、不把聽眾「放在眼裡」。這句話的意思是說，把聽眾假想成「一無所知」的人，你就可信心百倍地開始你的表達。

突然忘詞

俗話說：「智者千慮，必有一失。」演講者在演講時出現失誤是在所難免的，比如突然忘了演講詞，或漏了一段，演講者千萬不要驚惶失措，因為慌亂會使你一錯再錯，局面會更難收拾。重要的是演講者要鎮定自若，急中生智，靈活應對。

演講中如果忘了演講詞，或漏了演講詞，演講者千萬別讓自己當機時間太久，而應強使自己集中精神，爭取在兩三秒之內回憶忘掉的詞語或漏掉的句段。比如，發現自己漏講了某一點，某一段，可以隨後補上，不必聲張。實在想不起來，可根據原來的意思另換詞語，或者乾脆另起一行，將下一段內容提上來講。

唸錯詞或講錯話

演講時如果出現唸錯詞、講錯話的失誤，演講者最好能夠悄悄改過，不露痕跡。唸錯某個字詞，或講錯某句話，可以及時糾正，或在第二次出現時糾正。萬一聽眾發現了你的錯誤，也不要緊，演講者不妨將錯就錯，自圓其說。在這方面表演藝術家有許多成功的經驗可以借鑑。例如，有位相聲演員到某城市演出。在他表演前，有位演員錯把「黃石市」說成了「黃石縣」，引起了觀眾的哄笑。到那位相聲演員登臺表演時，他張口就說：「今天，我們有幸來到黃石省演出……」這回聽眾不笑了，而是竊竊私語，怎麼回事，連你也錯嗎？這時他才解釋道：「方才，我們的一位演員把黃石市說成縣，降了一級。我在這裡當然要說成省，給提上一級。這樣一降一提，哈！就平啦！」幾句話博得全場觀眾熱烈的掌聲和笑聲。相聲演員機智巧妙地圓了場，使演出得以順利進行。

第六章　得體控場，減少牴觸力

更有位彈唱家在一次表演時，不慎將「丫鬟移步出了房」唱成了「丫鬟移步出了窗」。聽眾聽後哄堂大笑。彈唱家知道唱錯了，但他不慌不忙，鎮定自如地補上了一句：「到陽臺去晒衣裳」。聽眾一聽這巧妙的補白，報以熱烈的掌聲。誰知一疏忽，他又把「六扇長窗開四扇」唱成了「六扇長窗開八扇」，這時觀眾不再喧譁了，靜靜聽著他如何補漏。馬如飛依然不慌不忙，他以豐富的舞臺經驗繼續唱道：「還有兩扇未曾裝」。臺下頓時掌聲滿堂。

跌倒或扣錯鈕子等失誤時

上臺演講時不小心跌倒了，或聽眾發笑時才發現自己衣服鈕子扣錯了，或拉鍊沒拉好，或帽子戴歪了……遇到這種情形，演講者多半會感到尷尬。笨拙的化解方法是，演講者可以跟著聽眾笑到一塊，在笑聲中恢復常態，對此聽眾一般是不會介意你的失誤的。

高明的化解方法，當然是演講者能夠借事發揮，說幾句巧妙的開場白。例如，曾有一位演講者走上講臺時不慎被話筒線絆倒了。當時臺下聽眾發出了一片唏噓聲和倒掌聲，氣氛降到了零點。這位演講者爬起來後，不慌不忙地走到話筒前，微笑著對聽眾說：「朋友們，我確實為大家的熱情傾倒了！謝謝！」頓時，全場響起了熱烈的掌聲，大家都為他這絕妙的應變和開場白喝彩。

第七章　善用激勵，提升領導力

　　好口才是當今優秀領導者的一項必備條件。這是因為在帶領團隊時，說服比命令有效，引導比驅趕有效，鼓動比強制有效。領導意志的貫徹，領導工作的推動，很多時候需要依靠口才，而表現一個領導者口才水準高下的工具，莫過於演講了。美國前國務卿季辛吉（Henry Alfred Kissinger）博士說：「領導就是要讓他的人們，從他們現在的地方，帶領他們去還沒有去過的地方。」

第七章　善用激勵，提升領導力

演講展現領導力

　　演講是領導者實施領導的重要方式，在領導活動中發揮著重要的作用。因為演講是領導者貫徹、宣傳國家的方針的重要手段。任何一個國家或政府在實施政治綱要時，都有自己的政策。這些路線、方針、政策是關於國家的發展綱領、發展策略以及短期內的規劃。政府在制定和發布這些事關國計民生的大政方針之後，需要政府各級部門積極落實，向民眾進行宣傳、解釋，對一些重大的問題作出必要的說明，以取得政府與群眾在想法上、行動上的一致。

　　演講也是現代領導者向部屬或社會大眾發布或解釋自己的政策、方案、措施的重要工作方式。現代社會的不斷發展，公民參與政治管理的意識在不斷增強，政策的公開性、透明度都在增加，領導者在制定重大決策時，都有必要向部屬甚至社會進行民主調查、民主協商，進行相互間的溝通、協調。尤其是一些有著較大現實意義和深遠意義的政策措施，如就業、教育、交通、物價、稅收等政策，都需要取得社會大眾的支持與配合，否則進行工作將難以展開。

　　同時，演講還是領導者提高領導能力，建立領導威信的有效途徑。領導者演講不論是就職演說還是施政演說都要把自己或領導團隊的方案、措施公之於眾，部屬、大眾在接觸這些訊息後，必然會作出一定的回饋，對這些將要實施的政策產生自己的見解、看法。人無完人。領導者在工作中也難免有考慮不周或出現失誤的時候，而局外人的資訊回饋則有助於領導者更為全面、客觀地了解客觀事物，利於領導者更好地實施領導行為。領導者在演講中能發現自身的不足與弱點，有利於在今後的工作中有意識地加以完善、提高。

當然，演講更是對領導者的想法政治理念、政策水準、知識素養、思維能力、語言表達能力一個綜合的檢驗，也是表現領導者才能的一個良好機會，是領導者發揚民主、深入人心、增加共同的語言的有益活動。

所以說，演講反映一個人的想法；演講，展現一個人的精神。演講，是激勵人的祕密武器；演講，是統一觀念的精神原子彈。林肯、邱吉爾、史達林等都是演講的大師，值得我們學習。

許多競選者在選舉之前進舉辦多場公開演講，在這個選民能直接見到參選者的活動，很多時候是獲得選票的關鍵時刻，有些參選者敢講、能講、善講，在競選演講中抓住了選民，產生了感染力和影響力，最終脫穎而出。可見當眾講話的能力，已經是政治人物迫切需要掌握的本領。

當前，一些政治人物的領導力普遍不高的原因，就在於不能遊刃有餘地運用說話技巧。許多政治人物在當眾講話時或怯場，或詞不達意，或抓不住要領，聽眾則不知所云，如墜五里霧中，與講話者產生不了共鳴。究其原因，政治人物在說話時，沒有掌握講話的技巧，滿足不了聽眾的需要，不僅達不到講話的目的，而且有失領導者的威信。因此，講話水準成了檢驗領導者領導力的試金石。

有人曾在勵志演講中多次提到要錘煉領導力，他說：

我認為，作為領導人最重要的是要具備三種素養：第一，心胸寬廣；第二，策略眼光遠大，判斷力準確；第三，有個人魅力，言行舉止能夠讓人信服。

我認為自己有兩個比較大的特質：第一是我擅長和別人平等相處。我對員工、老師、學生都很平等。我的管理層敢於在會議上批判我，曾經讓我無地自容，我也能夠忍受。當然這並不意味著我沒有領導權威。第二是遇到問題，例如發生利益衝突的時候，我比較能夠忍受，並且能夠給自己足夠的時間冷靜，再去處理問題。我做事情不極端，說話也不極端，這

第七章　善用激勵，提升領導力

樣就留下了很多餘地。因為作為一個領導人，我背後是沒有防線的，我是最後一道防線。如果我和別人撕破臉皮，他們可以一走了之，我走不了；他們可以破罐子破摔，我不能。所以，我就必須學會以這樣的方式處理問題。

為人處事很好的人不一定有領導力；但有領導力的人，一定是為人處事很好的人。凡是為人處事有問題的人，他最後一定會出問題。比如說張狂的人，極端的人，不遵守社會公約，或者不承擔社會責任的人。你可以看到這樣的企業家在世界一批一批地倒下去。你說他們沒有領導力嗎？他們能夠把一個企業做成。但他們又把自己做成的企業徹底毀掉。這就表明，他們的領導力是一種虛假的領導力，只不過是得到一個偶然的機會，搶到一個機會把事情做出來了。所以說，領導力也可以解釋為使一個企業或組織平穩發展的能力。

人性的黑暗面每個人都有，衝突的根源就是名利。現在我做事總是掌握這樣一個原則：凡是我認為這件事情可以引發人性惡的一面時，就會全力以赴地把它消滅掉。比如，我司在辭退員工的時候，一定要給員工足夠的補償，這個補償通常會超過國家規定。因為如果你虧待了員工，他人性惡的方面就會呈現出來，最後一定會導致難以收拾的局面。

所以說，作為領導人，要多與民眾溝通，多去參加演講。把你的真正的領導力呈現出來。因為一個頭銜或職務不能自動使人擁的領導力，在領導大家的工作中，說服比命令有效，引導比驅趕有效，鼓動比強制有效。領導意志的貫徹，領導工作的推動，很多時候需要依靠口才，而表現一個領導口才水準高下的工具，莫過於演講了。

美國前國務卿季辛吉博士說：「領導就是要讓他的人們，從他們現在的地方，帶領他們去還沒有去過的地方。」這就是說，領導力不是一句空話，而是要有行動。

　　首先，你要設定一個明確的，能夠讓人感到鼓舞的目標。一個領導者，大到一個國家，小到一個企業，一定要有一個能力畫一個大餅在那，讓大家去惦記，讓大家覺得到這個境界應該不錯，所以領導者應該會畫大餅。

　　其次，一定要讓員工喜歡這個「大餅」。你光畫了一個大餅，但是大家覺得跟自己沒有關係也沒有用。所以說企業的成功必須跟個人的成功掛鉤，如果企業做成了，你們得什麼？一定要跟員工說清楚，否則你說我要做多少億的營業額，我要成為什麼樣的大公司，那員工會說了那跟我有什麼關係，那時候我會怎樣，所以從每個人的本性來說，每個人首先會問自己我得什麼，也就是說主觀為自己、客觀為別人，這是人的本性。所以我們做什麼事，首先要考慮的就是我得什麼，我們不能違背人性，非要讓大家去奉獻，不圖名不圖利，這是違背人性的，也是不現實的。因此，身為領導者一定要意識到這樣的現實，一定要將個人的利益和企業的利益掛鉤。你的領導力也要從人性人情上呈現出來。

演講提升執行力

　　所謂執行力，指的是貫徹策略意圖，完成預定目標的操作能力。是把企業策略、規劃轉化成為效益、成果的關鍵。執行力包含完成任務的意願，完成任務的能力，完成任務的程度。

　　執行力：對個人而言執行力就是辦事能力；對團隊而言執行力就是戰鬥力；對企業而言執行力就是經營能力。而衡量執行力的標準，對個人而言是按時按質按量完成自己的工作任務；對企業而言就是在預定的時間內完成企業的策略目標。

　　為什麼說領導演講能提升執行力呢？

第七章　善用激勵，提升領導力

「關鍵時刻」，即任何時候，當一名顧客和一項商業的任何一個層面發生關聯，無論多麼微小，都是形成一個印象的機會。將其運用到管理實踐中時，我們會發現，當你與一名員工或顧客進行溝通時，哪怕只說一句話，都是獲得對方認同的一次機會。因而，在一個以顧客為導向的公司裡，優秀的領導者應該把更多的時間花在溝通上，多與員工溝通，確保他們朝著共同的目標努力；多和顧客溝通，使他們隨時了解到公司的新舉措。那麼，怎樣才能透過溝通，達到你的目的呢？關鍵在於演講：

首先，透過演講，你所傳達的訊息必須被人們理解並接受（表達的語言、表達的態度、表達的方法以及表達內容）。

其次，透過演講，建立正面榜樣，用行動來強化你想要傳遞的訊息，提升企業的執行力。讓人們理解你所傳達的訊息。

在金字塔式的傳統公司裡，老闆負責發號施令，員工則要揣測領導的真正意圖。老闆只需確定自己的命令準確無誤即可。但在以顧客為導向的公司中，領導者必須與承擔責任的千萬個決策者進行溝通，只有真正理解了公司的策略，這些決策者才能把它應用到具體的情況中。因此，領導者不能再像以前一樣只負責傳達訊息，他必須設法使員工了解並吸收這些訊息。這意味著要改換方法：所有使用的字句都必須讓聽者完全吸收，並進而成為他們自己的想法。

而要做到這些，領導人主要依靠的就是演講，因為演講能夠運用最簡潔明了的溝通語言。領導者發布的訊息越簡單明確，人們就越容易懂得如何去追求這一目標。甘迺迪（Jack Kennedy）總統曾經宣布：「我要在西元1970 年以前把人類送上月球。」就這樣，他為全美國人設定了一個明確的目標。他並不是具體做事的人，但正是因為這一句簡短而明了的話，科學家們才能朝著同一個方向努力。因此，領導者應該使用簡潔、明了的語言，選

擇最簡單、最明白的字眼，以免員工誤解你的意思。

如何提高企業的執行力，各種理論、方法、策略可謂汗牛充棟。其中，領導者的演講水準是戰術層面的重要法寶之一。我們知道，一個人要自動自發地去執行策略或任務，最好的方法的激起其心中強烈的欲望，要讓他知道為什麼要這樣做，這樣做對於企業、團隊、個人有什麼好處，而不這樣做會有什麼壞處。

領導者可以運用演講這一工具，來說服、引導、鼓動聽眾們，就如同讓聽眾們和自己共乘一架飛機，去往自己希望他們到達的地方。這些聽眾中有的人不喜歡去那裡，在旅行途中有著千奇百怪、眾口難調的需求。作為機長，你要克服他們一路的冷漠、疑惑、吵嚷、抗議甚至劫機，安全平穩地將所有乘客降落在目的地。由此看來，演講是一個領導自身能力高低的試金石。一個善於演講的領導必然擁有堅定的自信、敏銳的眼光、豐富的知識、縝密的思維、機智的應變。

在日本偷襲珍珠港後的第二天，美國總統羅斯福在參眾兩院聯席會議上發表了〈一個遺臭萬年的日子〉的著名演講。他的 6 分半鐘簡明夠力的演講產生了巨大的反響，使參眾兩院分別以絕對多數票透過了美國向日本宣戰的聯合決議。

諸如此類的領導人的演講，對貫徹他們的策略意圖，完成他們的預定目標，有很強大的助推作用，所以說演講能夠提升執行力。

第七章　善用激勵，提升領導力

善演講者善溝通

當演員的都知道，不忘我地投入到戲中，永遠也打動不了觀眾的心。這一點對各行各業的領導者來說，也是一樣。有時為了溝通，在必要時應該展示自己的內心。

「領導」這個概念，包含著「領」（率領團隊走向目標）和「導」（尋求最佳的前進路線）兩重意思。要當好領導，「上情下達」與「下情上達」至關重要。這就需要與被管理者心靈間架起一道「溝通」的橋梁，達到雙贏，這是領導人必備的本領。而演講是領導者與下屬溝通的最為有效的方式之一。

西元 1940 年 5 月，被一些人稱為英國最黑暗的日子，就在這一時期，邱吉爾成為首相。他這樣描寫道：

「大約凌晨三點上床就寢的時候，我強烈地感受到自己如釋重負。我終於獲得指揮全局的大權了。我覺到我好像正與命運同行，而我以往的全部生活，不過是為這個時刻，為承擔這種考驗而進行的一種準備罷了。我想我對於戰爭的全局有很多的認知，自己深信不會遭到失敗。」

很快，邱吉爾將這個時期稱為英國「最輝煌的時刻」，而他也成為了英國民眾愛戴的領袖，更被形容成「為人民咆哮的雄獅！」。他是如何做到的呢？

上述的那段話有很好的提示，邱吉爾可以說是一直用畢生的時間來準備迎接挑戰：作為軍人、議員、大臣、史學家和新聞記者。而更重要的部分是，他是一個天生的溝通者！邱吉爾沒有用語言表達，卻在用行動暗示下面的結論：他是一個天生的溝通者，他知道如何描述一個場面，提出一種觀點，或講個好聽的故事。邱吉爾確保他的意思能被人了解；對他的人民直接了當，真誠坦率……

正是邱吉爾的這種溝通，使英國人民感受到自己是這個舞臺的主角，並產生了自我使命感，同時讓他們建立粉碎納粹入侵的信心和目標！邱吉爾的成功正是領導溝通的經典案例。

什麼是領導溝通呢？

領導溝通是由領導者所出發的，建立與一個組織的價值觀念與文化基礎之上的訊息所構成，而這些訊息對於主要的利益相關者如：員工、顧客、策略夥伴、股東和媒體具有重大影響。這些訊息影響著組織的願景、使命和改革。領導溝通的目的在於吸引聽眾、獲得支持，並最終在領導者和追隨者之間建信任的紐帶。

就像自然界一樣，溝通拒絕真空的存在。當溝通存在真空時，我們可以想像這對領導者和企業將是何等的災難。我們經常會看到以下的情景：因為沒有領導者的言論，人們開始自己杜撰出消息，尤其是用謠傳、影射和閒話的形式，最終結果是使難題加劇。本來是應該幫助解決問題的員工們，卻變成了問題的一部分！為什麼呢？因為他們沒有得到訊息，或更糟，他們得到了錯誤的訊息，領導者需要走到臺前講出實情，而不是讓員工自己得出結論。當你讓員工自己得出結論而不是提供給他們適當的訊息時，他們將自動地想像出最壞的結論，而如果及時言明的話，問題也許根本不會是那麼的糟糕！

領導溝通不僅取決於領導者的價值觀，還取決於團隊的文化和價值觀念。領導溝通最終的目標是建立或繼續建立領導者與隨從者之間的關聯。

溝通實際上是蘊涵著人際的交往藝術。如果你想成為一名成功的領導者，就絕不能害羞或者沉默寡言。你必須懂得如何面對廣大聽眾，向他們「推銷」你的訊息。對領導者來說，溝通能力的重要性並不亞於統籌規劃能力。

第七章　善用激勵，提升領導力

除了語言之外，溝通還包括其他形式，其中領導者的行為也是溝通的重要展現。領導的一舉一動都具有表率作用，從生活方式、言行舉止到衣著服飾無不如此。

許多管理者都會抱怨下屬的壞習慣，但他們如果仔細觀察一下員工的行為，就會發現這些壞習慣正是源自高層管理者。

那些在週會、股東大會、電視採訪等公開場合遊刃有餘、侃侃而談的企業家，比那些躲避聚光燈的人更容易成功。事實上，企業家並非等到自己成功後才到處演講、「大放厥詞」地發表一些自己獨特的看法。其實在他創業過程中，企業家的嘴巴就從來沒有停過，總是利用諸多的場合來宣傳與推銷自己。這也是許多企業家眾多經典語錄的由來，也是他影響力的重要組成部分。

會溝通的母親，子女比較聽話；有溝通的婚姻才會幸福；懂得用溝通的方式教育學生的老師，學生一定用功。

善於溝通的人一定是個好的領導者，因為他了解下屬，下屬也相信他；善於溝通的人一定是個好的演講者，因為聽眾的心都會向著他。

▎鼓舞士氣的號角

演講常常被軍事家用以動員部隊、鼓舞士氣、激勵鬥志。戰爭開始前的組織發動，激烈戰鬥中的鼓舞衝勁，戰爭結束後的祝捷慶功，指戰員總要發表簡潔而極富鼓動力的演講，震撼人心。古今中外，這樣的事例不勝枚舉。

例如，西元前 209 年（秦二世元年），陳勝在大澤鄉起義時對他的「徒屬」發表演說：「且壯士不死即已，死而舉大名耳，王侯將相寧有種乎！」話雖不多，容量極大，鼓動性極強。將「徒屬」稱為「壯士」，使其精神境

界昇華，最後——句畫龍點睛，一反傳統理論，表示了對「王侯將相」的蔑視和對自己力量的信任。這句斬釘截鐵、富有哲理、富於啟發的提問，產生了極大的感染力和激發力。徒屬們當即「敬受命」，於是揭竿起義，達到了陳勝當眾演說動員起義的目的。

邱吉爾（Sir Winston Leonard Spencer-Churchill）在多次競選議員，在議會的辯論中，發表了許多富於技巧而且打動人心的演講。邱吉爾於西元 1940 年透過競選成為英國首相，當時正是殘酷的二戰硝煙初起。在通往勝利的漫長而又艱苦的歲月裡，邱吉爾在其演講中多次發出戰鬥到底的誓言，以其雄辯慷慨的演講口才激勵了廣大軍民的士氣。他說：「我們將永不停止、永不疲倦、永不讓步，全國人民已立誓要負起這一任務：在歐洲掃清納粹的毒害，把世界從新的黑暗時代中拯救出來……我們想奪取的是希特勒和希特勒主義的生命和靈魂。僅此而已，別無其他，不達目的，誓不罷休。」邱吉爾在世人心目中已成為英國人民英勇不屈的鬥爭精神的集中象徵。

氣可鼓，不可洩。在企業與團隊當中，也存在一個「士氣」問題。當企業中瀰漫著萎靡之風時，一場熱情澎湃的演講可以令士氣大振。當然，你不必等到出現問題再來解決，你可以定期或不定期地利用一些例會，時不時地給自己的下屬鼓舞助威。

10 年前，英國首相布萊爾（Sir Anthony Charles Lynton Blair）在阿曼，看望在當地與阿曼部隊進行聯合演習的英國部隊。下機伊始，布萊爾即對當地的數千名英軍士兵發表演說，號召士兵們做好準備，隨時投入到這場保衛自由的戰鬥中去。

據英國〈泰晤士報〉報導，在充滿感情的演講中，布萊爾告訴士兵，他們是在爭取自由和公正的最前線作戰。布萊爾稱讚士兵們做得很好，並且暗示，希望他們在今後的行動中會更加出色。

第七章　善用激勵，提升領導力

　　布萊爾說：「我認為，有時候這會證明為什麼我們需要一個強大的軍隊，為什麼英國需要你們奉獻生命。」

　　布萊爾解釋說：「因為我們必須保衛我們的國家。現在，我們是在保衛一種價值觀，保衛我們的生活方式、我們的自由，維護我們對不同信仰者的尊重。」

　　2010 年，美國總統歐巴馬（Barack Hussein Obama II）出訪阿富汗，旋風式走訪總統卡爾扎伊（Hāmid Karzai），並探訪駐當地美軍。這是歐巴馬就任總統以來第一次出訪阿富汗。穿上皮衣的歐巴馬，到首都喀布爾北邊的巴格拉梅基地向 2,500 名駐軍演講。他多次感謝部隊貢獻，指出部隊改變策略，跟阿富汗人民互動，改善民眾生活；又說雖然不時會遇上挫折，但美軍不會放棄。他在演講中強調，阿富汗戰爭對於美國安全而言是「必要行動」。假如塔利班重新控制阿富汗，這個國家又將成為「基地」等恐怖組織策劃、發動恐怖活動的大本營，從而危及美國人的安全。

　　歐巴馬感謝駐阿美軍人員的犧牲與奉獻精神，並承諾他們將得到國內民眾支持，其裝備和待遇也將得到必要改善。

　　歐巴馬的及時演講，極大地鼓舞了駐當地美軍的士氣。

▌講得好前程也好

　　古今中外，演講總是與領導者的活動緊密地串聯在一起的。一般來說，在今天演講機會最多，演講基礎最好，同時也最需要提高演講水準的人，仍然是各行各業的領導者。那麼，今日世界上的領導者們，是否已經充分地意識到提升自己演講水準的重要性了呢？在某些場合不可免的演講中，有些領導者是否仍然會弄得聽眾不是嘰嘰喳喳，就是昏昏欲睡呢？他們是否已經意

識到，那種收效甚微、白白虛耗時間和精力的演講，應該受到鞭撻呢？

翻開歷史，歷史上許多名人都是優秀的演說家，他們的事業也都從面向普羅大眾的演講、疾呼開始。秦朝末年，有一個人振臂一揮，喊出「王侯將相寧有種乎？」動搖了一個朝代的根基。也許在今天人看來，他只是適時地表達出了人們的心聲，只是面對和他一樣被壓迫的 900 多個兄弟闡明自己的心聲而已，然後激勵大家在延誤工期的時候，一起起來「創業」，一起起來打江山。但試想，如果當時陳勝上臺突然恐懼，語言表達不流暢，或者演講沒有震撼力，我想他這個歷史故事 —— 封建社會第一次顯示農民階級力量的壯舉可能要推遲好多年。

同樣，毋庸置疑的是領導「辛亥革命」的國父孫中山先生；發表成功的祕訣就是「永不放棄」的英國首相邱吉爾；「我有一個夢想的」馬丁·路德·金恩；煽動起一場世界大戰的德國總理希特勒都是一位位超級演說家！

是的！演講水準的高低，對您人生的成就有關鍵的決定。

今天的商界亦如此。每當聽到集團董事長在熱情四射地推廣該企業的時候，我就強烈的意識到演講對一個人成功的重要性。在節目中董事長的話擲地有聲，每一句都點燃了人心裡的夢想。在節目上又一次聆聽了集團董事長關於企業誠信的演講，他說商道的根本是誠信的累積。其實也無疑向大家宣傳了該集團的成功就是因為誠信的服務。就這樣，董事長不僅透過演講表達了自己的觀點，還大力推廣了集團形象，這就是免費的廣告，這比花大錢做的廣告效果好多了。

所以，會演講就是一輩子的財富。許多企業家善於將沉悶、反感的企業行銷，以「講故事」的形式潛移默化的傳遞給了目標群體。那關於大學友情、愛情、公司艱難創辦史、人生就是拿來奮鬥的故事，感染了一批又一批的年輕人。而心靈上的感染就是情感上的認同了，認同了他們的奮鬥史也就

第七章　善用激勵，提升領導力

認同了品牌，就是將自己的學業、青春、企業串聯在了一起。所以到最後，演講的目的是廣告，而又成功的「高於了」廣告。十年的演講路，成就了千萬的學子，也成就了十年後企業在紐約證券交易所的上市。

為什麼？因為演講是最好的品牌行銷，也是推廣您自己，讓更多人認識您、接受您的最好名片。

「所以，學好了演講是一輩子的財富，是您成功的保障！」

政界也是如此。隨便看看美國總統競選，不僅僅是總統競選，任何議員競選也是要到處演講，推廣自己的政治理念，要讓大眾喜歡您！歐巴馬贏得大選，靠的是公開演說。他掀起的演講塑造自我的浪潮，已經波及全球了。臺灣亦是如此，每當到大選前夕，便會看見候選人在各種場合施展口才。所以未來想從政的菁英朋友，一定要成長為一個超級演說家，這樣您的仕途才會前途無量。

曾有人在對領導者演講作了長期的隨機觀察和比較分析後發現：就總體而言，資歷較深而學歷較低的領導者，其口頭表達能力一般要勝於書面表達能力；較年輕而學歷較高的領導者，他們的文字表達能力一般都勝於口頭表達能力；領導者的口頭表達能力與他的領導工作年資一般呈平行發展態勢；領導者演講功力的提升，主要依靠演講經驗的累積；而我們的幹部管理和教育部門，以至於不少領導者自身，對於演講智慧對履行領導工作職責和達成領導工作目標的重要性，至今仍然缺乏清醒和自覺的認知；因而對領導者演講智慧的培養提高缺乏緊迫感和自覺性。

傳統的好領導人都是勤懇工作，多做少說，甚至光做不說。但這樣的做事方法在今天已經不適應時代潮流了，這個時代，更需要大家在溝通中協力做事。要想當領導者或者當好領導者，在做得好的基礎上，還需要說得好。

上級來視察，在歡迎與歡送會上，你能否進行一場精彩的演講，交一份

優秀的答卷──這與你的仕途息息相關。我們經常看見經理，在向總經理匯報工作時神情緊張，言辭失當。這樣的人，很容易失去上級的賞識，也就失去了晉升的機會。

日本前首相田中角榮少年時患有口吃，因此口條一直很差。在一次競選日本眾議員的演講集會上，田中角榮一上臺就引起大片喝倒彩的浪潮。當他硬著頭皮、結結巴巴地作自我介紹時，一些聽眾甚至不耐煩地高聲提出自己不是來聽他講經歷的。田中角榮窘迫得臉色蒼白、語無倫次，連自己也不知道自己說了些什麼。他後來回憶當時的情景，坦白承認自己差點哭了。可想而知，這樣的人是不會贏得選民的支持，即使他有一腔的治國方略，也枉然，因為他無法傳達給眾人，所以沒有人知道他有才能。

好在田中角榮知恥而後勇，為了克服口吃，練就演講技巧，他常常朗讀文章，為了準確發音，他對著鏡子糾正嘴和舌頭的配合，嚴肅認真，一絲不苟。最後，隨著他政治經驗的豐富與演講技藝的提高，終於在 54 歲那年成為日本首相。他在競選首相時，居然被眾人驚呼為演講天才。

面對臺下眾多的人群，認識的或不認識的，贊同自己的或不贊同自己的，學識比自己高的或比自己低的……形形色色的人，各種難以預料的插曲，你要說服他們、引導他們、鼓動他們、激勵他們跟隨自己，這很難，但正因為難，才區分了人之高下。

邱吉爾的激勵術

有人曾說過說過：「世界上只有 5% 的人是成功者，95% 的人是失敗者，這是因為失敗者的腦子裡只有三個字『不可能』」。是的，『不可能』導致了許多投身經商者或是想從事某些事業的人，朝三暮四，不敢堅持，謹小

第七章　善用激勵，提升領導力

慎微，沒有自信，最後導致了失敗。而有一些人他們有眼光、有膽識、敢堅持、不放棄，最後他們成了世界上 5% 的成功者。英國首相邱吉爾就是這樣一個人。

1948 年，牛津大學舉辦「成功奧祕」講座，邀請名家講演，其中有英國首相邱吉爾。在演講前一個月，各媒體就開始炒作，各界都想聽聽邱吉爾的「成功祕訣」。

當天會場上座無虛席，邱吉爾走上講臺，他用手勢平息了熱烈的掌聲之後說：「我認為的成功祕訣有三個，第一是，絕不放棄；第二是，絕不、絕不放棄，第三是，絕不、絕不、絕不放棄。我的講演結束了。」

說完，邱吉爾就走下講臺。會場沉寂片刻後，爆發出經久不息的掌聲。

邱吉爾的最後一次演講，是在劍橋大學一次畢業典禮上。這位舉世聞名的政治家，外交家，諾貝爾文學獎獲得者，究竟會對即將走向社會參加工作的大學生們提出什麼寶貴的忠告呢？全校師生熱切的期盼著。

邱吉爾走上講臺，脫下大衣，摘下禮帽，注視著所有的聽眾。他用手勢止住掌聲，鏗鏘有力的說出四個字：「永不放棄！」

說完，邱吉爾穿上了大衣，戴上禮帽，走下了講臺。鴉雀無聲的會場突然爆發出雷鳴般的掌聲。

第二天各大新聞媒體都以顯著位置報導了邱吉爾的演講，讚美這次演講是「他一生最精短的演講」。

海外華文報紙也讚美這次演講：描龍畫鳳難點睛，贅言廢語不傳情；字不嚼碎不知味，話不在多而貴精。

邱吉爾一生中的數百篇演講可謂篇篇出眾。他曾被美國〈展示〉雜誌列為近百年世界最有說服力的八大演說家之一。第二次世界大戰中，就在德軍於 1941 年 6 月 22 日大舉入侵前蘇聯的當晚，邱吉爾即發起了援助蘇聯

抗擊德國法西斯的演說。在邱吉爾的演講稿上，後人發現有他的親筆標示，如：「此處論據不足，應該提高嗓門」。可見邱吉爾對於演講思索的工夫之深。

二戰中最困難的時期，英國前首相溫斯頓・邱吉爾以其雄辯慷慨的演講口才激勵了廣大軍民的士氣。鮮為人知的是，青年時代的邱吉爾由於 20 多歲時便掉光了口腔上排的牙齒，說話漏風，一開口就臉紅。後來，他找到英國著名牙醫威爾弗萊德・費希為其量身訂做了一口上好的假牙。費希醫生設計的假牙讓邱吉爾十分滿意。從此，他說話不再漏風，經過刻苦的磨練，他演講時的措辭、語調和手勢中處處透出非凡的勇氣和力量。二戰中最困難的時期，邱吉爾每天鼓舞人心的反法西斯廣播演講幾乎成為英國軍民的精神支柱。

幾經磨練，邱吉爾終於練就了鏗鏘有力的演講風格，成為反法西斯英雄。很多年後，數封邱吉爾離任首相前寫給費希大夫的感謝信首次曝光，世人才知道邱吉爾這段歷史。於是有人驚呼道：一副假牙拯救了全世界！

英國前首相溫斯頓・邱吉爾，是一位非凡的演說家。他的演講，在會堂裡能夠使數千人屏息，透過廣播可讓上百萬人入迷。第二次世界大戰期間，英國對德國法西斯宣戰，邱吉爾的戰時講演對激勵民眾與法西斯分子血戰到底造成很大的影響。

邱吉爾曾經說過：「偉人的特性就是讓他所遇見的人，留有永恆印象的力量。」他說的是他自己嗎？他當然不會對自己的地位視而不見。他是少數能真正被稱為具有英雄傳奇色彩的人物之一。他的一生不僅漫長並且充實而豐富多彩 —— 充滿了朋友與敵人，行動、創造與爭論、莽撞。有許多人愛他，也有許多人恨他，似乎還有許多人既恨他又愛他。極盡奢華與被寵壞，孩子氣與天真爛漫，仁慈又殘酷，精明又糊塗，拚命工作、大方高尚又

第七章　善用激勵，提升領導力

自以為是、決意成為焦點中心：邱吉爾身上具備所有這些元素。他以政治領袖、戰爭謀略家、最後一個偉大的演說家這些成就為人們所記住。

但邱吉爾語言上的才華並不僅僅閃現在他的演講中（比如那句著名的「我成功的祕訣有三個：第一是，絕不放棄；第二是，絕不、絕不放棄；第三是，絕不、絕不、絕不放棄！」），也展現在他頑皮的 —— 實際上常常是孩子氣的 —— 幽默中。他總是忍不住要說雙關語，許多年以後那些詼諧的言論仍然顯得極其幽默。儘管有一些俏皮話很可能並不是他自己說的，他卻樂於歸於自己名下，而另一些他自己說過的話卻遭到了他的否認。

很難統計對於商界邱吉爾有何具體影響，但從杜拉克以下，幾乎所有研究領袖才能的管理學家們都以邱吉爾為研究對象。邱吉爾的坦誠和善於激勵同仁的一面，也就是其用言語表達出來的一面，則常常成為案例參考。比如在二戰最艱苦時期，他坦誠告訴英國人民，「來自法國的消息很糟糕」，讓他贏得了信任。而一些商業人士，比如微軟 Xbox 360 的前負責人彼得·摩爾（Peter Moore），把邱吉爾的名言「悲觀者在機會中看到困難，樂觀者在困難中看到機會」放在自己的桌面上。

邱吉爾曾說過，「一個人可以面對多少人，就代表這個人的人生成就有多大」。當今社會，很多青少年從小就顯露出優秀的口才，他們在朋友圈中有著自信的神采、在學生會的選舉中因為流暢、自信的表述獲得重要的角色。從那一刻起，他們的視野就已經和普通的小朋友區別開來，他們需要協調不同的角色分工；需要處理任何的班級突發事件……正所謂「實踐出真知」，只是因為最初的優秀的口頭表達能力，他們因此從小獲得了同儕們的認可，感受了被認可、被尊重的獨立人格，更因此比別人更早對成功擁有渴望、更早成長為菁英的可能，更早獲得領導力、成為優秀領導的可能。

政見辯論「五忌」

　　政見辯論作為直抒胸臆、發表政見的重要形式，越來越被政治團體和企業中競爭職位之人所廣泛運用，成為人們考察一個人綜合素養的有效途徑。筆者認為，政見辯論應有「五忌」。

- **忌信口開河，雜亂無章**：政見辯論具有較強的針對性和時效性，競職者必須在事前對要爭取的職位作大量的調查研究，全面了解職位特徵和勝任這一職位所應具備的能力，在所述的內容上做文章。有些政見辯論者對自己要競爭的職位，沒有清楚的認知，對一些雞毛蒜皮的小事翻來覆去地解釋，對所應從事的工作，抓不住重點，東拉西扯，自己講不明白，聽眾也聽不清楚。

- **忌狂妄自大，目空一切**：有的政見辯論者高估了自己的能力，在談工作優勢時好提當年勇，自認為條件優越，某職位「非我莫屬」，做好工作不過是「小菜一碟」；在談工作設想時，脫離實際，來一些不切實際的高談闊論，極易引起聽眾的反感。

- **忌妄自菲薄，過分謙虛**：政見辯論要求辯論者客觀公正地評價自己的競爭優勢，大膽發表行之有效的「施政綱領」。但有的政見辯論者卻唯恐因過度強調自己的能力，而引起他人的不悅，把對自我的認知和評估弄到「標準線」以下。這種過分謙虛的表白，不僅不能反映自己真實的能力、水準和氣魄，也不利於聽者對你做出正確的評價。

- **忌吐詞不清，含混模糊**：政見辯論一般要求演講者在有限的時間內，言簡意賅地把自己的基本情況。工作特點、工作設想向聽眾娓娓道來。但是有的政見辯論者卻不善掌握演講的輕重緩急，雖連珠炮式地將整個演講「一氣呵成」，但因吐詞不清，或語速過快，使聽眾不知所云。

第七章　善用激勵，提升領導力

- **忌服飾華麗，求新求異**：登臺演講，服飾是一個人內在品德、內在修養的外在表現和自然流露。政見辯論是一項正式、嚴肅的場合，評審往往會以所競爭職位的需要和自己的審美觀來評判演講者。因此；演講者的穿著應以莊重、樸素。大方為宜。有的競職者認為穿得與眾不同就會以新奇取勝，於是或服飾華麗，或不修邊幅，豈不知，這樣做觀眾不買單，從而使演講的效果大打折扣。

　　政見辯論為人才提供了一個充分展示自我。表現自我的舞臺，願每一位辯論者能夠克服演講中的不良傾向，客觀、公正地展現自己，科學合理、切合實際地闡明施政方案，向大眾推銷一個真實、客觀的自我，透過競爭找到適合自己展示才華的工作崗位。

第八章　張口就來，秀出應變力

即興演講，也叫即席演講，是指演講者事先未做準備，臨場因時而發、因事而發、因情而發的語言表達方式。即興演講在思維的敏捷性、語言的邏輯性和口頭表達的雄辯性上，對於演講者都有更高的要求。可以這樣說，即興演講是演講這尊皇冠上的一顆明珠。

第八章　張口就來，秀出應變力

即興演講的準備

　　即興演講比賽與平時的演講比賽有比較大的差別。平時的演講主要依靠演講者的表現力，而演講稿則既可以是自己撰寫也可以是別人代寫，準備的時間也較長，可以反覆修改，還可反覆演練，請高手指導。而即興演講除演講者自身的表現力以外，還必須在規定的時間內（而且往往規定的時間都很短，多則幾十分鐘，少則幾分鐘），由自己獨立完成演講稿。平時的演講比賽，其演講題目基本是框定的，而即興演講的題目則是現場臨時決定。因此，即興演講對演講者的綜合能力要求更高。可以說，即興演講是演講水準的最高呈現。一個平時演講做得相當精彩的人，卻不一定能將即興演講做好。

　　因此，即興演講的準備工作很重要，主要有這三個方面的準備：

1. **知識素養準備**：演講者的知識累積、興趣愛好、閱歷修養與演講的成功有著緊密的關係。「巧婦難為無米之炊」，許多演講者感到演講的最大困難在於沒有演講素材。這就要求我們平時做有心人，「家事、國事、天下事、事事關心」，廣泛地閱讀、收集、累積素材，上下、古今、中外的人文科學、自然科學都要學習，同時加強自我的想法、道德、情感等各方面的修養。這是一個長期、瑣碎而複雜的工作。重點從以下幾方面入手：

   A. 多收集歷史資料，對那些重要的歷史事件、人物的有關情況要熟記，並分門別類地進行整理；

   B. 多收集現實資料，對當今國內外發生的重大的政治、經濟、文化、科技等各個領域的事件、人物的有關情況要瞭如指掌，進行思考；

    C. 加強記憶，多記名人名言、俗語諺語、古典詩詞、經典文學、
寓言故事、時文政評等等。

2. **臨場觀察準備**：演講者要盡快觀察、熟悉演講現場，及時收集捕捉現場的所見所聞，包括現場環境（時間、地點、場景布置）、聽眾、其他演講者的演講等，以確定自己的話題，增加演講的即興因素。

3. **心理準備**：既然是有感而發，就要有穩定的情緒，有十足的信心，有必勝的信念，這樣才能保證思緒通暢，言之有物，情緒飽滿，鎮定從容。
即興演講的一個最大難題就是在短時間內準備好演講內容。準備的時間短促，往往導致選手心理緊張，即使是平時才思敏捷的人，這時也時常會發生思維短路的情況。

如何在短時間內準備好一篇高品質的演講稿呢？

• **演講稿框架——三段式**：我認為，即興演講的內容是可以按照一定的框架模式來準備的，如此，在擬定演講稿時，就會從容不迫。我把即興演講的框架模式總結為三段式，即三大部分：

第一部分：揭題。簡單地對演講題目內涵作出解釋，或對其意義作用進行闡述。揭題要簡潔明了，旗幟鮮明地亮出演講的主題和觀點。

第二部分：案例＋觀點。根據演講的時間要求，用典型事例論證自己的主題和觀點。

第三部分：呼應。即演講的結尾，或發出倡議，或表示決心，或展望未來，再次呼應第一部分的主題。

此三段式，雖然僵化了一些，但在賽場上卻是非常實用的。

按照三段式格式，寫即興演講稿就像做填空題一樣簡單，可減少演講者謀篇布局方面的時間。即興演講的準備過程中，分分秒秒都十分寶貴，

第八章　張口就來，秀出應變力

將節約出來的時間用於實質內容的思考，語言的組織與推敲，就比別人多了一籌勝算。

- **寫作順序 ── 先兩頭，再中間**：由於即興演講的準備時間通常都比較短暫，不可能寫出完整的演講稿，因而只能擬定簡要的提綱。擬寫提綱的順序應該是先兩頭後中間。

  首先完成第一部分和第三部分，即想好開頭和結尾。這兩部分非常重要。第二部分是演講的主體。一方面，演講不能空洞無物，只喊口號，你的觀點必須要用論據來論證。因此，演講必須要有事實論據來支撐。另一方面，即使允許只喊口號，在短暫的時間內，要想出占滿演講時間的口號式語言，也是相當困難的。此時最好的選擇就是講故事（案例）。講故事符合演講的要求，使內容有血有肉；講故事不必刻意推敲語言，只在心裡想一下故事梗概，在紙上寫幾個關鍵詞，不必將故事全部寫出來，上場後臨時發揮就行了。這就又可以節約出更多的時間來構思整個演講，及對重點進行語句潤飾。

- **案例 ── 以敘事畫龍，以議論點睛**：第二部分主要是案例，案例以敘事為主，但切忌敘而不議。故事講完，應立即針對故事談感想、談體會，且感想體會必須與主題相照應。議論的語言不在多，即興演講不宜長篇大論，時間不允許你講那麼多，你也難在短時間內準備那麼多。只要能對故事所蘊含的想法、所給予的啟示、所帶來的思考予以總結、提升，有點睛作用就行了。

  這裡還涉及到一個問題：在即興演講裡，講多少個案例最適合？我認為，根據即興演講時間性緊迫的特點，最多講兩個案例就行了，而且到底講一個還是兩個，要視具體情況而定。一是看演講時間，如果要求演講的時間很短，比如 3 到 5 分鐘的演講，一個案例就行了；如果較長，

比如 10 分鐘以上的演講，則可講兩個案例。二是看自己的語言組織能力，如果你的語言能力好，可以只講一個案例；如果你的語言比較貧乏，則可多講一個案例，多講一個案例要比準備同時間內的其他演講語言要容易得多，如此可以彌補你語言貧乏的缺點，且觀眾還不能從中發現什麼破綻。三要看案例本身的長短，如果案例本身就比較長則一個案例就夠了；如果案例短小，則可能需要兩個案例。

- **遭遇陌生演講題 —— 找準切口，偷換主題**：有時，演講題是自己不熟悉的，或者題目太大，無從下手。這種情況，可以對主題進行偷換。從演講題中找出某一個自己熟悉、有利於自己演講的「題眼」，從中切入，把演講主題偷換為自己想要講的主題，變陌生為熟悉，變宏觀為微觀，從而變被動為主動。但偷換而來的主題必須與給定的主題相符合，相關聯，且要偷換得巧妙，不露痕跡。

- **案例來源 —— 準備案例，巧應主題**：很多人在即興演講中的案例生動感人，以為這些案例真是臨時想來的。其實不然，多數人還是有備而來的。即興演講雖然是現場定題，但大的主題、大的方向一般而言是規定了的，這就給我們一個可乘之機。我們完全可以事前準備幾個與演講主題方向相關的、比較典型的案例，帶著案例上場，用不變的案例來應對變化的演講題。一個案例可以多角度解剖，提煉出多種主題，得出多種觀點。從中找出能對應演講主題的觀點，這個案例就成為演講的論據了。

- **以抒情為寫作重點**：如果我們做到了事先準備案例，且對所準備的案例已十分熟悉，那麼在進行即興演講的準備時，重點就不是對案例的敘述，而是抒情了。抒情的重點是開頭、結尾和案例之後的感想三部分。準備時，只要案例一選定，所有的時間就應該放在這三部分。應該盡可能將這三部分的語言較詳細地寫下來，並盡可能地熟悉，能夠熟悉成

誦就更好了。這樣，上場之後就可少看或不看稿子，演講起來就十分流利。內容的熟悉，語言的流利，就更有利於情感的抒發和展現。注意，這裡說的重點是指現場準備時，詳細寫作的重點，而不是演講內容的重點。前提是，事前已有熟悉的、能應對演講主題的案例。

當然，準備只能是準備，它必須以深厚的知識內涵為基礎。所謂臺上一分鐘，臺下十年功，沒有深厚的知識、情感的底蘊，準備得再充分，也只能是虛有其表。

既「即」之，則「興」之

既然是即興演講，就要講究「即」與「興」。所謂「即」，也就是有不確定性、即時性與即事性之意；而「興」則含有興趣、興致與助興之意。

即興演講常常是「突然襲擊」式的。比如你參加會議，本來沒有安排自己演講，臨時出現需要你「講幾句」的情況。比如你參加某個聚會，由人提議或情勢所迫，你「不得不」講幾句；或者你知道自己需要講，但講什麼需要根據即時的情況而定，不能夠事先作準備等情況。還有一種情況是，你沒打算也並沒有人邀請你演講，但你被當時的環境所觸動，主動要講。總之，即興演講沒什麼時間來讓你準備，你必須即時開講。講什麼呢？即事——也就是說，要抓住當下之事的話題即興發揮講幾句。若你扯到老莊哲學、外國文學等，那可是離題，所以你要就事論事。此外，即興演講一般要求一事一議，不可信口開河，也不允許信馬由韁。

再談即興演講之「興」。別人有興致才會邀請你演講，或者你自己來了興趣，有話在喉不吐不快。例如你參加下屬的婚宴，司儀可能會請你說幾句；例如你參加下屬的演講，被某個人的話所深深觸動——這時，都是你

即興演講的時機。否則，你沒有必要為了顯示自己的權威或什麼，霸王硬上弓地說幾句。

　　既然別人有興致聽你講話，你還是得助興。華人好謙虛，如果是應別人邀請即興演講，自己卻禮貌性地推辭，那未免不夠通情達理。這種推辭大家都心知肚明的，作個謙虛的姿態之後，對方還是會「堅持」要你講幾句，這時你要是仍拒絕，則有敗興之嫌。出於禮儀，你確實不得不作個即興演講。這種講話，固然有「應景」與「多此一舉」的嫌疑，但為了不掃興，只能恭敬不如從命。因為人家邀請你即興演講，是尊重你；而你應約演講，也是尊重對方的一種表現。

　　總之，即「即」之，則要「興」之。要想讓即興演講「興」得更濃，即興演講者應具備一定的素養：

- **一定的知識廣度**：只有學識豐富，才能在短暫的準備時間內從腦海中找到生動的例證和恰當的詞彙，使即興演講增添魅力。這就要求演講者具備一定的自己所從事的專業知識，並能了解日常生活知識，如風土人情、地理環境等。
- **一定的想法深度**：這是指即興演講者對事物縱向的分析洞察能力。演講者應能全面掌握內容，透過表層迅速深入到事物本質上，形成一條有深度的主線，圍繞著它豐富資料，連貫成文，以免事例繁雜、游離主題。
- **較強的綜合素材的能力**：即興演講要求演講者在很短的時間裡把符合主題的素材組合、凝煉在一起，這就使演講者應具備較強的綜合能力，有效地發揮出其知識的廣度和想法的深度。
- **較高的現場表達技巧**：即興演講沒有事先精心寫就的演講辭，臨場發揮是格外重要的。演講者在構思初具輪廓後，應注意觀察場所和聽眾，攝取那些與演講主題有關的人物或景物，因地設喻即景生情。

第八章　張口就來，秀出應變力

- **較強的應變能力**：即興演講由於演講前無充分準備，在臨場時就容易出現意外，如怯場、忘詞等等現象。遇到這種情況，只有沉著冷靜，巧妙應變，才能扭轉被動局面，反敗為勝。

魯迅先生曾說過這樣一個故事：有一戶有錢人家在孩子滿月時舉行慶宴，前來慶賀的人見到孩子，有的說孩子將來一定能當大官，有的說孩子將來定能發大財，有的說孩子將來一定能成就大事業，等等。

這時有一個人卻說：這孩子將來會死的。

前人都是隨口奉承，沒有根據；最後一人所言確有根據，符合客觀規律。但從口語表達的效果看：對前者，主人眉開眼笑，連連道謝；對後者則怒氣沖天，棍棒相加。孩子滿月是喜事，主人這時當然願聽讚美之詞，儘管是信口之言；而說孩子將來必死確是有據之言，卻使主人反感，因為言語與場合和喜慶的氣氛不相協調。由此可見，在莊嚴的場合演講也要莊嚴，在輕鬆的場合演講則要輕鬆，在熱烈的場合演講應要熱烈，在清冷的場合演講必定要清冷，在喜慶的場合演講也要喜慶，在悲哀的場合演講一定悲哀。

令聽眾掃興的演講，除了那種不切時、不應景的即興演講之外，那利滔滔不絕的長篇大論往往也是令人生厭的。即興演講講究的是短小精悍、有感而發，長則十分八分鐘，短則三兩句話。

三定、四問與五借

一般說，在構想即興演講的思路及內容時，應該做到「三定」、「四問」、「五借」。

「三定」

要在接到即興演講的邀請時，快速確定話題，快速確定觀點，快速確定範圍。沒有話題，就沒有依托，沒有入門之路，沒有思考的方向；沒有觀點，就沒有主題，沒有核心，沒有思考的基點；沒有範圍，就沒有框架，沒有限制，沒有思考的約束，無法快速構思成篇。

「三定」是即興演講快速構思的第一件大事，第一步工作。某校有位學生會主席，參加一個班級「關於培養良好學習習慣」的主題班會，臨時被班長邀請作即席發言。他先快速確定話題：「三歲定八十」；再快速確定觀點：青少年時期養成的良好習慣將影響人的一生；然後快速確定範圍：中外成功人士如何在年幼時培養好習慣，當代學生如何培養好習慣。「三定」使他成功地快速構思，面對「突然襲擊」仍能從容不迫，應對自如。

「四問」

快速構思時必須向自己提出四大問題：什麼時間、什麼聽眾、什麼場合、別人已經講過什麼內容。這「四問」能從四個方面約束思路，快速找到即興演講的框架。

有位因搬家而新轉學到某校就讀的高二學生，在新學期伊始的班會上接到班主任讓他作即興發言的邀請，他在極短促的時間裡快速「四問」，得到的答案是：新學期面對新夥伴、新老師，在氣氛熱烈的迎新（新世紀、新

第八章　張口就來，秀出應變力

學年）場合中，在其他人已經說了許多迎新決心的時候發言，必須格外注意「針對性」，要講既符合聽眾需要，符合會議主題，又具有新鮮感的內容。他巧妙地由「動遷」想到「辭舊」，要迎新必先辭舊，要和這麼好的新夥伴、新老師一起學習，必先「辭」掉自己身上的種種「舊」習慣、舊方法、舊想法。他以「辭舊迎新」四個字迅速構想了一席符合「四問」結果的即興發言，獲得了熱烈的掌聲，同學們興奮地評價：來了一位「出口成章」的「口才專家」。

「五借」

即興演講的快速構思要有可循之路，這些思路可歸納為「五借」：借題發揮、借事發揮、借景發揮、借地發揮、借話發揮。

第一，借題發揮。即巧妙地借用會議的議題作發揮。或剖析議題的概念，或對議題作引申發揮，或闡述議題蘊含之義，等等，以此列出若干層次，發表感受。有位語言學家參加一次演講研討會，被邀請即興發言。他稍加思索，脫口說道：

> 我有自知之明，我不是演講家。因此，我先做個聲明：我講話不超過
> 五分鐘。

演講是科學，演講是藝術，演講是武器。什麼是科學？科學是了解客觀事物的規律。演講沒有規律嗎？無法了解嗎？不是的，它是有規律性的，所以說它是科學；演講不僅訴諸人類邏輯思維，而且訴諸人類形象思維，不僅要用道理說服人，還要用感情感染人，所以說它是藝術；演講捍衛真理，駁斥謬誤，所以說它是武器，而且是重要的武器。

他的這番話是從「演講」這個題目出發，剖析其概念，從「科學」、「藝術」、「武器」三方面一一道來，條理清晰，論點鮮明。如果我們參加「創

新思維討論會」、「學習方法交流會」等會議，也可從「創新思維」、「學習方法」等題目入手，剖析概念，闡釋含義，快速構想出發言思路，作一席精彩的即興發言。

第二，借事發揮。即巧妙地借用會議內外的 —— 些事情，找出這些事情與會議中心的某些關係，進而深入闡述，成為一席發言。

某次有個討論會上，桌上有水果招待。一位代表吃橘子後說牙齒不好，吃一個就不能再吃了。另一位代表便借用這件事發揮，快速構思了一席很成功的發言：

我昨天掉了一顆牙，我的孫子最近也掉牙。我們兩人掉牙有本質不同。我掉牙是衰老的表現，而我孫子掉牙卻是成長的象徵。同樣，都更中出點問題，就像小孩子掉牙一樣，是新生事物發展中的問題。前進中的問題，本身就包含著解決問題的因素。只要繼續前進，問題就會解決，可見，對新舊交替過程中的問題，應積極採取新的辦法解決。

這席話中借用「掉牙」的事，以此與都更的問題作類比，形象、生動、自然。作即興發言時，如能從生活裡新鮮有趣的事情中借用一兩件，以此同類相比，深入問題的本質，常能快速有效地構思成篇。

第三，借景發揮。即巧妙地借眼前之景、生活之景，乃至會場之景，以此生髮，常能迅速形成發言的「由頭」，並以此構成全篇的框架。

有位作家參加筆會，當主持人宣布筆會開幕時、門外適時爆響一串鞭炮，這使會場頓時增添了幾分熱烈的氣氛。接著，發言者陸續開始念發言稿。當他被邀作即席發言時，他脫口說道：「我想今天會議的氣氛非常感人，因為就在剛才鞭炮響時，我看見有兩隻蝴蝶從窗外飛了進來。我看見那是兩隻小小的孱弱的，但又十分美麗的蝴蝶，我以為牠們就是被我們的筆會所吸引而飛來的，由此我也被深深地感動了……」話音未落，全場已響起一

第八章　張口就來，秀出應變力

片熱烈的掌聲和由衷的笑聲。那位作家借會場之景，作為發言的引子，自然而貼切。我們在即興發言時，也可借會場中的某一擺設、某一幅畫、某一種情景，或借用會場外的某種景物，以此作引子，能取得「由具體到抽象」的好效果。

第四，借地發揮。即巧妙借用會議地點，為發言服務，引出一番妙語。某一年年底，香港寶蓮禪寺天壇大佛舉行開光典禮，新華社香港分社社長周南和港督彭定康均應邀作主禮嘉賓。儀式過後，彭定康借回答記者提問，無端指責「港澳辦」關於香港問題的聲明「並不是一份有非常吸引力的聖誕禮物」。周南聞言，便借用寶蓮禪寺這一佛門聖地，說道：「誰搞『三違背』，定會苦海無邊、罪過！罪過！誰搞『三符合』，自是功德無量，善哉！善哉！」說罷，再加上一句「阿彌陀佛」，引得在場的人哄堂大笑，讓那個挑釁小丑羞得無地自容。借用會場所在地，闡發一些與之相關的道理，引出一些妙語，常能為構想整篇發言開出一段生動的引子，進而理出清晰的思路。

第五，借話發揮。即借用前幾位發言者講的某一句話作發揮，或肯定，或質疑，或引申，進而快速構思成一席發言。如有朋友參加某市研討會，與會者大多是各區縣負責推廣的工作人員。他在前六七人發言後，接口說：「方才幾位的發言極好。一位說她自 1982 年起從事推廣工作，屈指算來，至今已有 18 個春秋了，可稱之為『老普』（聽眾大笑）。這種堅持平凡工作的韌性很可貴。另一位說她推廣用『擠進去』的態度，『擠』得好呀！應該『擠』（聽眾活躍）。推廣理念，要打持久戰，要有韌勁；還要有『夾縫中求生存』的『擠』勁，但我以為還可以加一條即「鑽」勁。因為推普還有很多學問，非刻苦鑽研不可……」

這一發言，既肯定前幾位發言的可取之處，又巧作發揮，闡明自己的觀點。這種「借話發揮」，常能使沉悶的會場為之一振：被提到的發言者會因

你的肯定而高興，樂於傾聽；其他人會因你從剛才的發言內容談起而感到親切；主持人會因你從會議本身取材而感謝你，覺得你是緊扣會議內容的。

「三定」、「四問」、「五借」是快速構思的幾種主要技巧。技巧來自實踐，又在實踐中發展。我們要多作即興演講的實踐，一定會發現更多的技巧。

即興演講特色鮮明

所謂即興演講，就是對眼前的事物有所感觸臨時發生興致而發言。需要演講者具備敏捷的思維能力和敏銳的語言感應能力，因此，雖然即興演講起源於古希臘時代，距今已有幾千年歷史，但在演講學史上，它一直被視為屢攻不下的難題，同時也被認為是鍛鍊思維和口語表達能力的最有效的演講形式。

作為演講的一個獨特的類別，即興演講有著明顯區別於其他類型演講的鮮明的特色：

- **即時性**：隨即產生感受，隨即構思框架，隨即發表意見。即興發言必須快速準備，一般在三五分鐘內必須構想定稿，隨後便要面對數十上百位聽眾侃侃而談。要做到「快速」二字，非講究一點技巧不可。
- **論說性**：「即興發言」的「興」便是興致，即發言的興趣。這種「興趣」是「由眼前的事發有所感觸」而臨時發生的。要發表的是自己的感觸、感受，這就要求發言以說道理為主，可以說一點事情：但應該畫龍點睛，說出一席啟人睿智、引人思考、給人啟示的話來。
- **針對性**：「即興發言」的「即」，便是「即席」、「即時」、「即景」，要針對當時的情景、會議的內容、聽眾的情緒，有的放矢地發表講話。

第八章　張口就來,秀出應變力

- **鮮明性**:即興發言是臨時穿插的很簡短的講話,所以要禁絕一切空話、套話,務必旗幟鮮明,中心突出,鼓舞人心,振聾發聵。

  上述特色決定了即興發言快速構思的基本途徑與技巧。

- **篇幅短小精悍**:即興演講多是演講者臨時起興,事前多無準備,即使有人做了一點準備,也是粗枝大葉十分簡單,頂多打個草稿,所以,不容易長篇大論滔滔不絕。

  另外,即興演講的場合多是生活中的一個場景,或答辯、或聚會,或喜慶、或哀傷、或憤激,大家需要的只是演講者表達一下自己的心意、看法或者情感,不要求其做論證嚴密、邏輯性極強的報告。所以,即興演講不可能長,也不能長。

- **時境感強烈**:到什麼山唱什麼歌,對什麼人說什麼話。即興演講現實性非常強。雖說所有演說都要考慮觀眾,考慮場合,但即興演講比之更甚。

- **就事論事有感而發**:因為不是事前作好了準備才進行的,所以,演講者必須從眼前的事、時、物、人中找出觸發點,引出話頭,然後再將心中所思所想以不吐不快的情緒宣洩出來。所以,即興演講大多是演講者真實想法的流露,言為心聲在這裡得到了真實展現。

- **形式自然靈活多變**:即興說話有時沒有明確的中心,只是自然而然地任意表述著各種話題;有時有中心,但由於受時間、地點和交談對象變化的影響,不得不改變話題,改變表達方式。

▎臨場之作要求嚴格

即興演講因其是臨場之作，難度相對來講要大一些，所以，對演講者的要求也不同於其他演講。

- **組合要快速**：即興演講多出於臨場指派，在此之前，你可能不僅沒有內容準備，甚至連心理準備也沒有，但受人指派委託，或是情之所至不吐不快，非講不可，而現場又沒有充裕的時間讓你準備，你只能進行快速組合。這就要求你盡快地選定主題，然後將平日累積的相關素材圍繞主題組織起來，再選擇適合的語言將它們表述出來。

- **要抓延伸話題**：所謂延伸話題，是指可以由此發散出去的事或物。即興演講需要因事起興，找到了延伸話題，就找到了起興的根本，有了談話的話題；抓不到如何延伸，很可能會陷入無話可說的尷尬境地。

  具體情景中，有許許多多可以供我們發揮的素材：地點、時間、人物、事件、景物等等，只要我們善於捕，作一次成功的即興演講就不是一件太難的事了。

  魯迅很善於隨機應變展開演講。他在廈門大學研究院任教時，校長常藉口扣押經費、刁難師生。有一次，校長把研究院負責人和教授都找來開會，提出要將經費再減掉一半，大家聽後紛紛反對，可是又說服不了校長，校長怪聲怪調地說：「關於這件事不是你們說了算，學校的經費是有錢人拿出來的，只有有錢人，才有發言權！」說完後，校長洋洋得意地雙手一攤，在場的人都怔住了，面面相覷，無話反駁。突然，魯迅「唰」地站起來，從口袋裡摸出兩個銀幣，「啪」的一聲放在桌上，鏗鏘有力地說：「我有錢，我也有發言權！」魯迅借林的話隨機應變，冷不防地反駁使校長措手不及。接著魯迅慷慨陳詞，大談經費只能增不能減

的道理，一款一項，有理有據，校長被駁得啞口無言。

魯迅先生「拍錢而起」這個延伸話題抓得非常的好。

- **要言簡意賅**：受場合、事件、內容、時間的限制，即興演講不允許演講者做長篇大論的演講，必須言簡意賅，正所謂有話則長，無話則短。

  言簡意賅的關鍵就在於演講者要緊緊抓住演講主題，圍繞主題選材，組織結構，不枝不蔓，語言精道，要言不繁，爭取做到言有盡而意無窮。

- **要生動活潑**：即興演講還有一要求是生動活潑，機敏過人，以增強臨場氣氛，服務活動主旨。演講者可用聽眾比較熟悉的特定地點、特定節目，或具有某種象徵意義、紀念意義的實物等來設喻，將抽象的道理說得生動形象，增強演講的通俗性和說服力，使人聽起來親切動情。

- **要懂得收放**：即興演講常常是由某種特定的場景、特殊的時代與場景所引起的。時代場景的刺激觸發了演講者的靈感，使之產生了不吐不快的欲望。然而，有些人卻不管不顧，只要興致一來便忘乎所以，一發揮便如黃河決了口，再也收不住。俗話說，識時務者為俊傑，演講者如果不會見機行事，隨機應變，就算是有口才也只能令人生厭，讓聽眾感覺「膩」。

我們再來看兩則精彩的即興演講。

西元 1948 年，外國著名演員珍・惠曼（Jane Wyman）因在《心聲淚影》（*Johnny Belinda*）中成功扮演了一個聾啞人而獲奧斯卡大獎。她獲獎時的致詞也只有一句話：「我因一句話沒說而得獎，我想我該再一次閉嘴。」

還有一位作家領一個文學獎時，說了這樣的獲獎感言：「瓜田裡有很多瓜，我是一個瓜，並不比別的瓜大、好，只是長在路邊上，被人發現了。」

以上兩則即興演講，謙遜、雅緻而又幽默。感言不多，卻含義深刻，讓人聽後難忘。相比某些人來說，有些人的演講長篇大論、泛泛而談，效果反而不好。

有不少著名的即興演說甚至只有一句，但它所表達的想法深邃雋永，令人回味無窮。

這只有一句話的演講，博得了時間的掌聲。

氣質不同即興有別

即興演講是演講主體在事先無準備的情況下，就眼前的場面、情境、事物、人物即席發表的演講。因此，其時境性強，屬有感而發，所以和演講者的氣質類型有密切關係。要想在即興演講中獲得成功，即興演講者不僅要了解自己的氣質類型，還要注意研究各種氣質在即興演講中應注意的問題。

感情與氣質類型

演講離不開情感，毫無感情或感情冷淡的演講只能是蒼白無力的。即興演講者在演講中要流露真實情感，就要使感情表達得恰如其分。多血質的即興演講者在演講時善於表達自己的感情，往往是或慷慨激昂聲淚俱下，或語重心長娓娓道來，其需要注意的問題是：情感表達的適度性、適量性。膽汁質的即興演講者在演講時感情熾烈，表達迅速而猛烈，但缺乏穩定性、持久性，有時易感情用事，因此要注意根據具體情況在前後基調一致的情況下訓練自己表達情感的持久性。黏液質的即興演講者情緒不易外露，故感情表達不充分，也缺乏變化，需要在動真情的基礎上充分地表達出自己的內心情感，並探索情感表達的變化性和感染力。憂鬱質的即興演講者情緒不易外露，在演講時要注意大膽表達自己的符合演講場景的真實情感，不要忸怩，不要怯場，力求以感情充沛的形象出現在聽眾面前。

第八章　張口就來，秀出應變力

語言與氣質類型

　　語言是人們交流想法、表達情感、傳遞訊息的工具，而演講又是語言的藝術。因此我們不僅要研究語言的內容，還要研究語言的形式。在有聲語言方面，多血質者的音速、音調和音勢靈活多變，給人優美的音樂感。但也需做到有時尖銳潑辣，有時含蓄委婉，有時激越高亢，有時平和從容。膽汁質的演講者在音速方面快而猛，在音調方面高而不穩定，音勢重而不靈活，因此要注意使音速、音調、音勢在符合內容的情況下，緩急有度，輕重得當。黏液質者要注意使音速、音調、音勢不那麼單調乏味，要根據具體內容調節音速、音調、音勢，使其靈活多變。抑鬱質者要注意音速不要過慢，音調適當多用上聲調，音勢要重些，不要壓抑低沉。

　　作為語言另一種形式的態勢語言，是演講不可缺少的因素，我們對態勢語言的應用原則是「臺下刻意訓練，臺上聽其自然」。因為臺上如果仔細揣摩，便會失之做作，不會達到預期效果。多血質演講者運用態勢語言應注意不要貪多，貪多則濫，給人手舞足蹈不夠莊重之感。臺下要精心設計各種情況下的手勢：眼神、面部表情和動作。膽汁質演講者要注意運用態勢語言的適當性，運用範圍、運用頻率、運用幅度要適當增加。黏液質演講者要注意增加一些符合演講內容、情境的態勢語言來輔助有聲語言，以免給人單調、重複之感，以達到即興演講的成功。抑鬱質演講者運用態勢語言時要注意適當大膽，不要畏縮，要敢於運用，善於運用，這樣在臺上的表現才會大方自然。

控制能力與氣質類型

在演講臺上，控場能力直接決定著演講的內容表達、風格展現和演講者水準的發揮。即興演講的無準備性，對演講者的控場能力提出了較高的要求。多血質演講者一般具有良好的控場能力，具有引起聽眾注意的良好素養，能塑造良好的自我形象，能掌握演講的藝術分寸。膽汁質演講者由於感受性高也能注意聽眾反應，引起聽眾注意，但塑造自我形象方面有難度。黏液質演講者在即興演講時要注意力求以奇制勝，不要在引起聽眾注意方面失之平常。抑鬱質演講者引起聽眾注意的能力需要鍛鍊，要敢於表現自己。

急就章「四步曲」

美國演講專家理查總結了一個即興演講的「四步曲」，只要你按照這四步按部就班，就可以作一個基本達標的即興演講。這四步是：一，說什麼；二，為什麼要說；三，舉相關例子；四，怎麼辦。

「怎麼辦」是最後一步。這一步是要告訴聽眾你說了這些到底想讓聽眾明白什麼或做些什麼，最好能講得生動一點、具體一點、實際一點。從根本上說，「怎麼辦」是演講者的目的所在。如果演講者忘記了這一步，或者這一步處理不好，就會給聽眾留下無的放矢或不知所云的感覺。

很多演講名篇大多是這樣的結構。這個結構並不難，如果你掌握了，下次在大庭廣眾之中作沒有準備的發言時，不妨按照這個步驟發言，這至少能保證會讓你有條不紊地陳述自己的觀點，而不致陷入張口結舌、東扯西拉的窘境。如果你有幾分鐘時間來準備的話，在紙上按照這四個步驟寫出個簡短的提綱，則更能保證你即興演講的順利與圓滿了。

第八章　張口就來，秀出應變力

▌打破無「興」的尷尬

興者，興致，興趣也。即興演講既要即興發揮，又要講得「興」味十足，這才能吸引聽眾，激發聽眾的興趣，那麼，如何讓即興演講「興」更濃呢？

投其所好

即興演講通常在小規模、小範圍內進行，主題較單一，針對性也強，這樣就更需要了解聽眾的口味，捕捉聽眾的心理，只有做到見什麼人說什麼話，投其所好，才能觸發聽眾的興奮點，增加演講的「磁性」。比如，美國記者安娜・路易斯・斯特朗八十誕辰的慶祝會上，祝福者就巧妙抓住西方女士喜歡別人說她們年齡小的特點，並與中國稱「斤、里」時換算「公斤、公里」數值小一半的情況串聯起來，於是就笑著要大家為斯特朗的四十「公歲」舉杯慶賀。滿座來賓聽後皆捧腹大笑，斯特朗則笑出了眼淚。

順手牽羊

這個成語本來比喻順便拿走人家的東西，在即興演講中則指把別人剛說過的話（或主旨）順手牽來歸為己用，舀他人池中之水，興自己湖中之波，既方便又有趣。只要用得自然巧妙就可為自己的演講增光添彩。

1948 年，郭沫若在蕭紅墓前即興演講時就採用了這一招。他簡單談了「五分鐘演講」之困難後，就順手「拿來」另一位演講者的話：「我聽了剛才某某先生的 2 分鐘演講，太漂亮了！他說：人民的作家蕭紅女士，一生為人民解放事業奔走，到頭來死在這南國的海邊，夥伴們把她埋在這淺水灣上。今天，圍繞在她周圍的都是年輕人，今後的日子裡不知有多少年輕人來

圍繞著她。朋友們！我們是年輕人，我們沒有悲傷，我們沒有感慨，請大家向蕭紅女士鼓掌。太好了，我的5分鐘演講只好改變計劃了，讓我把年輕引申來說一下吧。」他的話立即使氣氛變得輕鬆活躍起來。本是重複他人，卻說出了自己想說的意思；本是「投機取巧」，卻顯得機智風趣。既讚揚了別人，又為自己演講起了興助了興，真可謂順手牽羊，一舉兩得。

自我解嘲

在即興演講中，演講者如能適時、適度地自我解嘲「歪曲」一下自己，是有高度智慧和教養的表現。演講者可以此獲得幽默，來「潤滑」演講者與聽眾的關係，增加演講的趣味。

暗度陳倉

「明修棧道，暗度陳倉」是作戰時正面迷惑敵人，然後從側面突然襲擊的一種策略。在即興演講中表現出的特點是，表面上即興驅遣，談與正題無關的事，實際上是在為變速器起步到正題上作鋪墊「滑行」。

對比映襯

1991年11月，小李因電影演出，而同時獲得兩個影視大獎，他在答謝時沒有用別人常說的毫無新意的套話，只是誠摯地說：「苦和累都讓一個大好人——主角受了，名和利都讓一個傻小子得了。」他的話剛停，全場掌聲雷動。他的演講不僅讓人「開胃」開心，而且讓人了解了他的人格，對他生出了幾分敬佩。他的演講與他的形象一樣印在聽眾心中了。

第八章　張口就來，秀出應變力

第九章　談吐幽默，突顯親和力

　　幽默是與聽眾溝通的利器之一，而且它還往往是有知識有修養的表現，是高雅的風度，更能突顯你的親和力。大凡善於幽默者，大都也是知識淵博、辯才傑出、思維敏捷的人。他們非常注意有趣的事物，懂得開玩笑的場合，善於因人、因事不同而開不同的玩笑，能令人耳目一新。作為演講者，我們更知道幽默的效果與你如何道出詞語、道出詞語時的肢體語言、以及怎樣利用沉默等密切相關。

幽默演講氣度從容

2006 年 10 月，法國前總統希拉克（Jacques René Chirac）到大學演講，在回答一個學生的提問時，麥克風出現了一點故障。這位 74 歲的老者像孩子般做了一個頑皮的鬼臉，聳聳肩說：「這可不關我的事，我可沒碰它。」引來全場聽眾的笑聲和掌聲。

從以上事例可以看出，幽默給人從容不迫的氣度，是演講者成熟、睿智、豁達的象徵。

卡普爾曾經擔任過美國電話電報公司的最高行政領導。在他任職期間，有一次主持股東會議，會中人們對他提出了許多質問、批評和抱怨，會議氣氛頗為緊張。其中有一名女士不斷提出質問，並抱怨說公司在慈善事業方面的投資太少了。

她厲聲問：「去年一年中，公司在這方面花了多少錢？」

卡普爾說出一個幾百萬元的數字。

「我想我快要暈倒了！」她做出非常誇張的樣子。

卡普爾面不改色地解下自己的手錶和領帶，放在臺上，說：「在妳暈倒之前，請接受這筆捐贈。」在場的大多數股東笑起來。

卡普爾的幽默表達了一個重要訊息：即企業很重視人性的需要，他本人也確實關心。如果有必要的話他可以犧牲自己，但資金有限也是事實。

卡普爾在一分鐘之內就使人產生了信任和同情 —— 而他僅僅只採用了幽默的一個形式：戲劇性地表達自己的觀點。

這裡可以看出，一句幽默的戲劇性話語和幽默的戲劇性行為，其效果遠遠超過了一份長篇小說般的工作報告。

　　我們常聽人說，大人不計小人過。站在臺上的演講者，度量也要大一些，才真正能夠展現一個演講者的風範。

　　柯林頓（William Jefferson Clinton）當美國總統期間，在一次演講結束後，一個八九歲的孩子來到他跟前。柯林頓問：「你有什麼事嗎？」小孩說：「我想得到總統先生的簽名！」

　　簽好一張後，孩子突然又說：「總統先生，可以幫我簽4張嗎？」克林頓不明白：「為什麼要那麼多？」孩子說：「我只想要一張您的簽名，但想用另外3張去換一張麥可·喬丹的簽名照。」

　　周圍人都收住了笑臉，柯林頓更是顯得尷尬，但他隨即笑著說：「完全可以。我有個侄子也喜歡喬丹，我想再給你簽6張，請你替我的侄子也換一張喬丹的簽名照可以嗎？」

　　孩子愉快地答應了。人群中響起了笑聲和掌聲。

　　「我只想要一張您的簽名，但想用其他3張去換一張喬丹的簽名照。」——這自然令柯林頓十分尷尬。

　　他如果婉言謝絕，也未嘗不可；但這樣，當時的氣氛便難以歡快，尷尬的局面也就難以頃刻化解！明白了這點，能幫助我們佩服柯林頓應答的高明：他不僅答應了孩子的請求，而且還用「加倍」之法——「簽6張」，請孩子幫助換一張喬丹的簽名照，以滿足自己侄子的願望。顯而易見，他的這番話不僅聰慧機敏，也顯示了一位總統的大度與寬容，這番話做到了讓孩子高興——能被總統所「求」，當然高興了。

　　幽默往往是有知識、有修養的表現，是一種高雅的風度。大凡善於幽默者，大多也是知識淵博、辯才傑出、思維敏捷的人。他們非常注意有趣的事物，懂得開玩笑的場合，善於因人、因事不同而開不同的玩笑，能令人耳目一新。

第九章 談吐幽默，突顯親和力

　　演講者要想培養幽默感，就得以一定的文化知識、想法修養為基礎，多學習那些詼諧、風趣的人開玩笑的方式、方法。至於那些個性比較內向、做事過於認真呆板的人，要學會欣賞別人的幽默，在社交過程中盡量讓自己輕鬆、灑脫、活潑，想辦法將話說得機智、委婉、逗笑。當然，開始嘗試會感到不大自如，但只要在與朋友坦率、豁達地交往中不斷實踐，幽默便會變得自如，幽默感往往會油然而生，使交往更加情趣盎然。

▎幽默在手演講不愁

　　幽默是人際關係的潤滑劑，恰到好處地運用幽默往往能產生神奇的效果。在演講活動中幽默更為重要，不僅可以充分調動現場的氣氛，吸引觀眾的注意力，而且還能展示演講人健康的心理素養和獨特的人格魅力。另外，幽默還具有特殊的表意功能，可以寓教育、批評於幽默之中，具有易於接受的感化作用。下面我們透過對幾則中外名人演講幽默實例的分析，欣賞和學習幽默的技巧，為我們的談吐增添風采。

　　臺灣著名藝人凌峰在一次新年晚會上發表了一段精彩的即興演講，其中幽默的自我介紹堪稱經典：

　　在下凌峰，這兩年大江南北走了一道，男觀眾對我的印象非常好，因為他們見到我有點優越感，本人這個樣子對他們沒有構成威脅，他們很放心，（大笑）他們認為本人長得很中國，（笑聲）中國五千年的滄桑和苦難都寫在我的臉上了。（笑聲、掌聲）一般說來，女觀眾對我的印象不太良好，有的女觀眾對我的長相已經到了忍無可忍的地步。（笑聲）她們認為我是人比黃花瘦，臉比煤球黑。（笑聲）……

　　在這個別開生面的自我介紹中，藝人凌鋒勇於自嘲，透過男性觀眾的

「優越感」和女性觀眾的「忍無可忍」，突出了自己「醜」的特點，而觀眾卻以笑聲和掌聲表達了對他的喜愛，因為觀眾透過這個幽默感受到了他美好的心靈。除了勇於自嘲，凌鋒對語言技巧的運用也堪稱一絕，如，「中國五千年的滄桑和苦難都寫在我的臉上了」一句極盡誇張；「人比黃花瘦，臉比煤球黑」一句活用詩詞名句，這些都在詼諧之中彰顯睿智。另外，這個開場白把現場的男女觀眾都調動了起來，增強了大家的參與意識，活躍了現場的氣氛。

自嘲是幽默技巧中最常用的手法，通常是說話人用調侃的語氣，充分放大自己某一方面的「弱點」，活躍現場的氣氛，給大家帶去笑聲，並引起觀眾的注意。自嘲也需要勇氣，只有那些充滿了自信、個性灑脫的人才敢於拿自己開玩笑。事實上，自嘲不但不會影響自己在別人心目中的形象，反而能為自己贏得尊重，即使自嘲的「弱點」確實存在，也會被演講者的人格魅力掩蓋。需要注意的是，自嘲要掌握好分寸，要有高雅的情調，不能為了一味吸引大家的眼球，而走了庸俗化的極端，因為這樣容易引起觀眾的反感和牴觸情緒。為了給別人帶去更多的歡樂，我們拿自己「開涮」一把又有何妨？

在大眾面前演講，有時候演講人難免會陷入被動的境地，甚至會出現尷尬的局面。在這種情況下，如果按照正常的思維方式去辯解或為自己開脫，不僅無法掌握現場的主動權，而且還會影響演講人在大眾心目中的形象。因此，演講者通常會採用各種「脫身術」展開自救。其中最常用的方法就是運用幽默轉移大家的注意力，把莊重的事情詼諧化，把枯燥的道理形象化，讓觀眾在歡樂的笑聲裡淡忘關注的焦點，又不至於使演講者的處境過於被動。同時，絕處逢生的「脫身術」也顯示了演講人高超的應變能力和充足的自信。

有一次，小布希應邀回到母校耶魯大學為畢業生演講，他在演講中這樣說道：「……我要恭喜耶魯的畢業生們，對於那些表現傑出的同學，我要說，你真棒！對於那些丙等生，我要說，你們將來也可以當美國總統！耶魯學位

第九章　談吐幽默，突顯親和力

價值不菲！我時常這麼提醒錢尼，他在早年也短暫就讀於此。所以，我想提醒正就讀於耶魯的莘莘學子，如果你們從耶魯順利畢業，你們也許可以當上總統；如果你們中途輟學，那麼你們只能當副總統了。」

面對朝氣蓬勃的青年人，小布希出語驚人，對校友進行了熱情的鼓舞。總統小布希和副總統錢尼都曾就讀耶魯大學，只是錢尼中途退學了，沒能順利畢業。小布希就巧妙地從這件事情中得出了一個驚人的結論：自己之所以能成為美國總統，是因為自己順利從耶魯大學畢業；而錢尼由於沒能順利畢業，所以只能委身副總統一職。以此鼓勵年輕的校友認真完成學業，因為這樣才能成為美國總統。言外之意：我作為美國總統也沒什麼了不起，不過是認真完成了學業。這裡也表現了自己謙虛的風格。

歸謬法是演講藝術中的常用技巧，即從錯誤的邏輯或荒誕的事實展開思維，透過反向推理，得出自己想要的結論，以此來說明問題。既可以有力說明了道理，有時還會以出人意料的結論讓大家捧腹，在活躍氣氛的同時，也引發了觀眾的思考。這種方法尤其適用於駁論和質疑，因為這種方法能夠從對方的觀點出發，透過巧妙推理得出一個連對方都覺得荒誕的結論，從而推翻對方的觀點。

老舍先生是位語言大師，不僅文章寫得好，同時也是一個極其幽默的人。他在一次演講中，開頭就說「我今天給大家談六個問題」。接著，他開始第一、第二、第三、第四、第五，逐條逐條地談下去。談完第五個問題，他發現離散會的時間已經不多了，於是他提高嗓門，一本正經地說：「第六，散會。」聽眾先是一愣，馬上就歡快地鼓起掌來。

演講活動最忌拖延時間，無論多麼重要的演講，一旦拖延時間，必然會有很多觀眾把注意力轉移到與演講無關事情上去，不僅無法收到預期的演講效果，而且還會引起觀眾的反感情緒。老舍意識到離散會的時間已經不多

了，如果再談下去，不但不能使觀眾集中注意力，而且還可能影響觀眾的情緒，從而影響演講的效果，於是果斷地結束了演講。而觀眾明白老舍為了給大家爭取時間，放棄了第六個問題時，以熱烈的掌聲表達了對老舍的欽佩。這個幽默的決定雖然讓老舍犧牲了一些演講內容，但為他贏得了尊重。

善用自嘲境界自高

幽默能使人感到輕鬆愉快，有助於溝通，而自嘲被看作是幽默演講中的最高境界。能自嘲，是心胸開闊、為人寬厚、隨和幽默的表現，沒有豁達、樂觀、超脫的心態和胸懷，是無法做到自嘲的。一個善於自嘲的人，往往就是一個富有智慧和情趣的人，也是一個勇敢和坦誠的人，更是一個將自己裡裡外外看得很明白的人。自嘲既不會傷害自己，也不會傷害別人，是演講中最為安全的表達方式。它可以用來活躍氣氛，增加人情味；可以用來穩定情緒，贏得自信；也可以用來作為拒絕之詞，增進交際雙方之間的情誼。

自嘲形象突顯人情味

在現實生活中，因外在形象不美而遭到他人嘲笑的事常有發生。而面對嘲笑時，有的人暴跳如雷，反唇相譏；有的人我行我素，不予理睬；有的人悶在心裡，尋機報復。這些做法要麼欠妥當，要麼不應該。那麼，面對他人的嘲笑，應該怎樣做才是正確的選擇呢？答案是自嘲，面對別人的嘲笑時，自嘲一下，不僅可以為自己找到下臺的臺階，化解難堪和尷尬，還能產生幽默的效果，讓別人感覺到你的可愛與豁達。

有一位教師，雖然只有 40 多歲，但頭髮大多掉光了，露出了一片「不毛之地」。他第一次給學生上課，剛走進教室就聽到一聲「喲，好亮」的叫

聲。等到他登上講臺，一個學生又低聲哼起了「照到哪裡哪裡亮」的曲調，引得全班同學哄堂大笑。這位老師走到那個學生旁邊，問道：「你叫什麼名字？」那個學生紅著臉站了起來。此時全班默無聲息，似乎在等待一場雷霆的爆發，可是這位教師輕輕地拍拍學生的肩膀，平靜地對他說：「請坐下吧，課堂上隨便唱歌可不好呀！」說完，這位老師又接著拍了拍自己的頭，爽朗地笑了起來，說：「不過，這也太顯眼，太引入注目了。你們也許聽說過『熱鬧的馬路不長草，聰明的腦袋不長毛』這句話吧。」兩句話又把全班同學逗得哈哈大笑起來。

接著他乾脆在課堂上向同學們講明了因病脫髮的原因，最後，他還加了一句：「頭髮掉光了也有好處，至少以後我上課時教室裡的光線可以明亮多了。」他的話一說完，同學們又是一陣大笑，老師也開懷大笑。在笑聲中，師生之間完成了有效的溝通，縮短了距離，化解了可能產生的緊張和對立；在笑聲中，同學們感受到了這位老師的善良可親幽默豁達。從此這位老師上課的效果也非常好。

自嘲年齡增添自信心

年齡是一個人身體的標籤。在生活中，年齡始終是個很敏感的話題，比如求職時，公司會從年齡來判斷一個人的工作能力和經驗；交往時，有人喜歡用年齡去攻擊他人，給對方帶來尷尬，造成人際交往中的不悅。在生活中，除了可以拿自己的外在形象自嘲外，還可以拿年齡來自嘲。透過幽默智慧的表達方式，或能打破談話時的僵局，或能巧妙應付突然出現的尷尬場面，或能有意識有目的地宣洩內心世界而獲得一種慰藉。讓你在寬鬆和諧的交流環境中成為一朵交際花。

事物之間的對比能更清楚地顯示各自的特徵，引起人們的重視。在演講

中，用對比的方式來喚起聽眾的心理共鳴，可以突出演講主旨的傾向，引起聽眾對演講訊息的高度重視，從而與演講者產生心理的交融。

自嘲姓名能融洽關係

生活中，自嘲是交際方式，是溝通工具，亦是個性的展現，更是一種精神境界。一般來說，善於自嘲者，其個性豁達而幽默，語言表達能力強，且機敏睿智，善於應對，生活中的每種元素都可以被他順手拈來自嘲一番。用姓名來自嘲，如能掌握好既不自輕自賤，亦不全是「反作用力」的「度」，其出語常常令人為之一嘆或一驚！它顯示了言者語言的藝術，心靈的智慧，所謂「大澈」乃能如此之「大悟」。

有一個姓付的大學生，決定和幾個同學一起策劃成立一個演講研究會，在一切準備就緒，內部成員討論職務安排時，大家一致推舉當初出力最多的他來擔任研究會的理事長。這位同學站起來，笑著說：「首先非常感謝大家對我的信任。為協會克職盡力是我們每個人義不容辭的責任，人盡其能是我們策劃協會之初制定的的用人原則，我深知研究會裡人才濟濟，你們在工作方面的經驗都比我多，能力也都要比我強，所以為了使協會工作能順利走上正軌，我還是先做做副理事長吧。何況我本來就姓『付』，注定現在還只能擔任副職。倘若大家執意要叫我理事長，豈不是把我的姓都改了，這樣不僅聽起來覺得彆扭，我還得背上不忠不肖的『罪名』啊。」大家聽他這樣一說，都會意地笑了，也就不再要強求他了。後來在工作中，大家的關係處得很融洽，而且演講會的各項工作也開展得有聲有色。

在演講中，自嘲是不可多得的靈丹妙藥，別的招不靈時，不妨拿自己來開涮。不過值得注意的是，自嘲並不是自我辱罵，更不是出自己的醜。當我們自我嘲諷時要掌握分寸，既要超脫，又不應太過尖刻而感到屈辱。

名人演講中的亮點

演講，作為一種直抒胸臆的語言表達，早已經成為一門語言藝術。精彩的演講本身可以說是一種享受，而聽精彩演講也是一種享受。許多名人都愛演講，他們想法的火花往往在演講中得到綻放，而人們也愛聽名人演講，透過聽演講往往能感受到名人真實的魅力。而幽默，作為語言的潤滑劑，雖然隻言片語，但卻常常成名人演講中不可或缺的亮點。

馬克・吐溫與得彪

馬克・吐溫是美國幽默的大作家，他的演講總是十分精彩。一次偶然的機會，馬克・吐溫與雄辯家瓊西・M・得彪應邀參加同一場晚宴。晚宴上，演講開始了，馬克・吐溫一上臺便滔滔不絕地講了 20 分鐘，他語言風趣，想法犀利，贏得了一陣陣熱烈的掌聲。就連演講家得彪也被他深深折服了。

而當輪到得彪演講時，得彪站起來，面有難色地說了一句：「諸位，實在抱歉，會前馬克・吐溫先生約我互換演講稿，所以諸位剛才聽到的是我的演講，衷心感謝諸位認真的傾聽及熱情的捧場。然而不知何故，我找不到馬克・吐溫先生的講稿了，因此我無法替他講了。請諸位原諒我坐下。」

馬克・吐溫朝得彪投去略帶抱怨的目光，然後向聽眾無可奈何地聳了聳肩。聽眾們頓時大笑起來。得彪真不愧是雄辯家，他只用那短短的一句話，把馬克・吐溫演講了 20 分鐘的戰果收入囊中，展現出了另一種博大精深的境界和智慧。

從上面的這個例子中我們不難看出，馬克・吐溫演講十分精彩，就連演講家得彪都被深深折服了，在這種情形下，也許得彪覺得自己無法超越馬

克·吐溫的水準，也許馬克·吐溫的演講已經代表了自己的觀點，總之，得彪是不準備給大家演講了。但是作為一個著名的雄辯家，他既不能斷然拒絕邀請，又不能坦言自己已經無話可說，所以就巧借「演講稿」幽默了一把，既給自己解了圍，又委婉道地出了自己對馬克·吐溫精彩演講的讚賞。

萊特兄弟

萊特兄弟（Wilbur and Orville Wright, Wright brothers）是美國飛機發明家，就是他們第一次發明了偉大的飛機。雖然他們是一向很善於思索、又刻苦鑽研的兄弟，可是他們卻是一對最不善於交際的難兄難弟，他們最討厭的就是演講。他們是那種寧願在實驗室裡待上一年半載，也不願意上臺三分鐘的人。

有一次在某個盛宴上，酒過三巡之後，主持人忽然請大萊特發表演講。

「這一定是弄錯了吧？」大萊特為難地說：「嗯，演講是歸我弟弟負責的。」

主持人只好期待小萊特，小萊特站起來，笑了笑，就說道：「謝謝諸位，我的哥哥剛才已經演講過了啊。」

這時，人們一陣大笑，為小萊特的隨機應變所折服。不過，大家並沒有放過他們，依然要他們倆破例演講一回。大家反覆要求之後，小萊特終於答應了。他演講了，不過只是短短地演講了一句：「據我所知，鳥類中會說話的只有鸚鵡，而鸚鵡是飛不高的。」

—— 多麼經典而幽默的一句話啊，用這麼短短的一句話就將人類智慧的偉大表達得如此的清晰。

第九章　談吐幽默，突顯親和力

小布希

　　美國總統小布希在登上總統之前，總被媒體譏諷為缺乏幽默細胞的人，但是他上任之後，他的幽默細胞一再釋放，令大家為之驚嘆。他經常發表演講，他的演講隨意而幽默，深受聽眾喜愛。比如他演講時，經常拿副總統錢尼來開玩笑。

　　有一次，他在演講中稱自己並不是媒體所說的那樣笨。他說：「我剛剛完成了人類圖譜。我的目標是複製另一個錢尼，那麼我便不用做任何事了。」之後，他把頭扭向錢尼：「錢尼先生，下面我該怎麼說？」一時間，場下哄堂大笑。

林語堂

　　林語堂是現代著名的文學家，被人們稱為「幽默大師」。他的演講水準堪稱絕唱。每次演講總是妙語連珠，精彩紛呈，常常得到滿堂喝彩。在他的每次演講中，總是能留下一兩句令人捧腹又無法忘記的妙語。

　　有一次，他參加了臺北一所學校的畢業典禮，他被邀請對畢業生們發表演講。而在他演講之前，有不少人做演講，一個比一個講得冗長而乏味，輪到他演講時，時間已經十一點半了，臺下的學生們聽得已經不太耐煩了。林語堂走上講臺，開口就說：「紳士的演講，應該像女孩子穿的迷你裙一樣，愈短愈好。」

　　此言一出，全場哄堂大笑。同學被這個幽默風趣的老師深深吸引了，聽完林語堂先生簡短的演講之後，報以熱烈的掌聲。而對林語堂先生那幽默的一句，也成為了演講界知名度最高的名言，並成為了演講藝術的一種原則。

　　林語堂還曾經應美國哥倫比亞大學的邀請，講授「中華文化」課程。滿

腹熱情的他在課堂上對美國的青年學生大談中華文化的好處。學生們既覺得耳目一新，又覺得不以為然。

有一位女學生見林語堂滔滔不絕地讚美，實在忍不住了，她舉手發言，問：「林博士，您好像是說，什麼東西都是你們東方的最好，難道美國沒有一樣東西比得上你們嗎？」林語堂聽完之後，佯裝思考，然後樂呵呵地回答說：「有的，你們美國的抽水馬桶要比我們的好。」

這個機智的回答贏得滿場笑聲，林語堂先生更深刻地告訴美國的年輕人，中華文化有著深厚的底蘊，也批駁了空泛的物質文化繁榮下的文明空洞。

還有一次，他到一所大學去參觀。參觀後，校長請他到大餐廳和學生們共餐。校長認為這是一次難得的機會，就臨時請他和學生講幾句話。林語堂很為難，無奈之下，就講了一個笑話。

他是這樣說的：古羅馬時代，皇帝常指派手下將活人投到鬥獸場中給野獸吃掉，他就在獸吃活人的撕心裂肺的喊叫和淋漓的鮮血中觀賞。有一天，皇帝命令將一個人關進鬥獸場，讓一頭獅子去吃。這人見了獅子，並不害怕。他走近獅子，在牠耳邊輕輕說了幾句話，只見那獅子掉頭就走，不去吃他了。皇帝見了，十分奇怪。他想，大概是這頭獅子肚子不餓，胃口不好，見了活人都懶得吃。於是，他命令放出一隻餓虎來。餓虎兩眼放著凶光撲過來，那人依然不怕。他又走到老虎近旁，向牠耳語一番。那隻餓虎竟也灰溜溜地逃走了。

皇帝目睹一切，覺得難以置信，他想，這個人到底有什麼法術令獅子餓虎不吃他呢？他將那人召來盤問：「你究竟向那獅子、老虎說了些什麼話，使牠們掉頭而去呢？」

那人不慌不忙地說：「陛下，其實很簡單，我只是提醒牠們，吃掉我當然很容易，可是吃了以後你得開口說話，演講一番。」

一時間，餐廳裡掌聲雷動，大家笑得前俯後仰。唯獨那位校長臉色通紅，啼笑皆非。

林語堂完成演講任務的同時，透過這樣的故事，委婉地告訴校長，演講並非易事，而強人所難更是不對的。

演講中最好的佐料

幽默是人類同自己做鬥爭而鍛鍊出來的武器，也是引發喜悅，以愉快的方式使人快樂的藝術。幽默是人的思想、學識、智慧和靈感在語言運用上的結晶。笑話，是當今社會人際交往中不可少的藝術手段，它往往是一個短小的故事。但笑話不一定就等於幽默。也就是說，幽默的人可能會說笑話，而會說笑話的人未必一定是幽默的人。

在一般情況下，聽眾都渴望聽到輕鬆有趣的演講。那種基調過於嚴肅，內容過於單調的演講是難以得到聽眾好評的。演講者應該善於在演講過程中穿插一些趣聞、軼事、幽默、笑話等方面的內容，使演講的觀點既能形象化、生動化，又能夠加深聽眾對觀點的理解和記憶；還能增進演講者與聽眾的交流，調動演講氣氛，強化現場效果，消除聽眾的壓力，振作聽眾的精神，使聽眾的注意力集中於演講本身；同時還能給聽眾帶來歡樂，讓會場充滿笑聲，使聽眾更喜歡和信任演講者。

大凡有口才的、出色的演講家都十分注意在演講中運用幽默的語言。因此，初學演講者就必須在背誦較多的笑話和幽默故事的基礎上靈活地使用幽默語言，才能熟能生巧的逐漸地提高自己的幽默感。

幽默故事常常是快樂的源泉，你可以利用它們為你的演講增光添彩。比如，你可以拿一個笑話作為基本內容，然後以它為母體加以變通使之適合於

任何一個指定的題目，或者發展它的某種可看性，從而衍生出一系列笑料。

在演講中，為了增強演講效果，加深聽眾印象，可以穿插現成的幽默故事。

但穿插時要注意：穿插進來的內容一定要和話題有關，能造成說明、交代、補充的作用；穿插的內容務必適度，不可過多過濫，造成喧賓奪主，中心旁移；銜接務必自然得當，切不可讓人覺得勉強或節外生枝。

下面的報告中教授穿插的歇後語就很恰當：

有一次，一個教授給學生作報告，接到一個條子，問：「有人認為思想工作者是五官科 —— 擺官架子，口腔科 —— 耍嘴皮子，小兒科 —— 騙小孩子，你認為恰如其分嗎？」這個問題頗有鋒芒。教授妙語解答，回答說：「今天的思想工作者，我認為是理療科 —— 以理服人，潛移默化，增進健康。」

在演講中插入風趣、幽默的談笑，還有一個速度問題，太匆忙和太緩慢都不能達到預期的效果。因而要掌握好速度，把時間控制得恰到好處。

如果辦得到，演講者還可以就地取材話說幽默，在日常生活中那些富有特點的人或事裡注入幽默的因素，使之成為推進演講時得心應手的素材，以博聽眾一笑。

邱吉爾某次登臺後聲稱：「只有兩件事比餐後的演講更困難：一件是去爬一堵倒向你這一邊的牆；另一件是去吻一個倒向另一邊的女孩。」

由此可知，幽默確實是演講中最好的佐料，你在演講中務必學會適時添加這份佐料。

哈羅德·杜懷特在一次上課時舉行的宴會上發表了一場非常成功的演講。他依次談到圍坐餐桌的每個人。說起初開課時，他是如何演講的，現在進步了多少。他一一回憶各個同學做過的講演，模仿其中一些同學，誇大他

第九章　談吐幽默，突顯親和力

們的特點，逗得個個開懷大笑，皆大歡喜。

比較高明的演講者還可以運用古今雜糅法，把古人的事，利用最時髦的現代語彙解說，或把現代的事，用古代成語描繪，這種異相拉近的幽默效果也很好。在演講中可隨時加以運用。

如談到消費的時代性時可來一句：「慈禧太后雖然驕奢淫逸，但她從來不吸萬寶路，不喝雀巢咖啡，也不看外國電影。」講到文憑、職稱的問題時，可以說：「孔夫子一沒文憑，二沒職稱，但他在杏壇講學，培養了不少哲學、倫理學、教育學的高材生。」

更高明的演講者還透過講述自身經驗中那些人人有同感的矛盾之處作為「楔子」。名作家吉卜林（Joseph Rudyard Kipling）在向英國一個政治團體發表演說時，使用了下面的幽默，引起全場捧腹大笑：

「主席，各位女士先生們：我年輕時，曾在印度當記者，專門替一家報社報導犯罪新聞。這是很有趣的一項工作，因為它使我認識了一些騙子、拐騙公款者、謀殺犯以及一些極有進取精神的正人君子。（聽眾大笑）有時候，我在報導了他們被審的經過後，會去監獄看看這些正在服刑的老朋友們。（聽眾大笑）我記得有一個人，因為謀殺而被判無期徒刑。他是位聰明、說話溫和有條理的傢伙，他把他自稱為他的『生活的教訓』告訴我。他說：『以我本人作例子：一個人一旦做了不誠實的事，就難以自拔，一件接一件不誠實的事一直做下去。直到最後，他會發現，他必須把某人除掉，才能使自己恢復正直。』（聽眾大笑）哈，目前的內閣正是這種情況。」（聽眾歡呼。）

吉卜林沒有平板地陳述記憶中的舊聞舊事，而是幽默地圍繞準備進入的政治話題渲染了一些近乎怪誕的趣事，從而建立起自己和聽眾的溝通點。

由上可見，利用他人和自身的一些幽默故事，可以為自己的演講增光添彩。

幽默結尾餘音繞梁

「餘音繞梁，三日不絕」，是演講結尾追求的最佳效果。

在各式各樣的演講結束語中，幽默式可算其中極有趣的一種。一個演講者能在結束時贏得笑聲，不僅是自己演講技巧十分成熟的表現，更能給本人和聽眾雙方都留下愉快美好的回憶，也是演講圓滿結束的象徵。那麼，怎樣才能達到這種效果呢？

用幽默的語言來結束演講

- **省略**：有次市政府舉辦了寫作比賽，開幕式上，各級長官導論資排輩，逐一發言祝賀。輪到區長發言時，開幕式已進行了很長時間。於是他這樣說：「首先，我代表本區，對各位專家學者表示熱烈的歡迎。」掌聲過後，稍事停頓，他又響亮地說：「最後，我預祝大會圓滿成功。我的話完了。」他以迅雷不及掩耳之勢結束了演講。

    聽眾開始也是一愣，隨後，即爆發出歡快的掌聲。因為，從「首先」一下子跳到「最後」，中間省去了其次、第三、第四⋯⋯這樣的講話，如天外來石，出人預料，達到了石破天驚的幽默效果，確實是風格獨具，心裁別出。

- **概括**：某大學中文系一次畢業生茶會，首先是官員講話，三分鐘的即興講話主要是向畢業生表示祝賀。然後是教授講話，主題是希望同學們繼續努力學習，還引用了列寧的名言，接著又有教授朗誦了高爾基的〈海燕〉片段，以此勉勵畢業生們學習海燕的精神，最後還有教授囑託同學們不要忘記母校。緊接著，畢業生們歡迎王教授講話。在毫無準備而又難以推辭的情況下，王教授站起來，先簡單地回顧了數年來與同學們交

第九章　談吐幽默，突顯親和力

往的幾個難忘片段，最後一字一頓地說：「前面幾位給大家提出了殷切的希望，可我還是喜歡說他們說過的話。（笑聲）第一，我要祝同學們勝利畢業！（笑聲）第二，我希望同學們『學習、學習、再學習』。（笑聲）第三，我希望同學們像海燕一樣勇敢地搏擊生活的風浪。（笑聲、掌聲）第四，我希望同學們不要忘記母校，不要忘記辛勤培育你們的老師們！」在這裡，王教授透過對前面四個人的演講主題的簡練概括，舊瓶裝新酒，不落窠臼，結束了一次機智、風趣且具有個性特點的演講。

借助道具產生幽默效果結束演講

- **對比**：魯迅先生在結束〈在上海中華藝術大學的演講〉時說：「以上是我近年來對於美術界觀察所得幾點意見。今天我帶來一幅中國五千年文化的結晶，請大家欣賞欣賞。」說著，他一手伸進長袍，把一捲紙慢慢從衣襟上方伸出，打開一看，原來是一幅病態醜陋的月分牌。頓時全場大笑。

  魯迅先生借助恰到好處的道具表演，與結束語形成鮮明的對比，極具幽默。不僅使演講在歡快的氣氛中結束，而且使聽眾在笑聲中進一步品味先生演講的深意。

- **雙關**：前面章節裡曾提到，在一次演講會上，當演講快結束時，主講人掏出一盒香菸，用手指在裡面慢慢地摸，但掏了半天也不見掏出一支菸來，顯然是抽光了。他一邊講，一邊繼續摸著菸盒，好一會，他笑嘻嘻地掏出僅有的一支菸，夾在手指上舉起來，對著大家說：「最後一條！」這個「最後一條」，主講人的話是最後一個問題，又是最後一支菸。一語雙關，妙趣橫生，全場大笑，聽眾們的一點疲勞和倦意也在笑聲中一掃而光了。

借助幽默的動作結束演講

　　美國詩人、文藝評論家詹姆斯·洛厄爾（James Russell Lowell）1883
年擔任駐英大使時，在倫敦舉行的一次晚宴上發表了一篇名為〈餐後演講〉
的即席演說。最後他說：「我在很小的時候聽人講過一個故事，講的是美國
一個衛理公會的牧師。他在一個野營的布道會上布道，講了約書亞的故事。
他是這樣開頭的：『信徒們，太陽的運行方式有三種，第一種是向前或者說
是徑直的運動；第二種是後退或者說是向後的運動；第三種即在我們的經文
中提到的 ── 靜止不動。』（笑聲）先生們，不知你們是否明白這個故事
的寓意，希望你們明白了。今晚的餐後演講者首先是走徑直的方向（起身離
座，做示範） ── 即太陽向前的運動。然後他又返回，開始重複自己 ──
即太陽向後的運動。最後，憑著良好的方向感，將自己帶到終點。這就是我
們剛才說過的太陽靜止的運動。」（在歡笑聲中，羅威爾重又入座）

　　這種緊扣話題的傳神動作表演，唯妙唯肖，天衣無縫，怎能不贏得現場
觀眾的熱烈掌聲和歡笑聲！

　　演講的幽默式結尾方法是不勝枚舉的。關鍵是演講者要具有幽默感，並
能在演講中恰如其分地掌握住演講的氣氛和聽眾的心態，才能使演講結束
語收到「餘音繞梁，三日不絕」的轟動效應。

▌夠力演講幽默有方

　　演講時一個好的開場白應該為演講營造一種輕鬆活潑的氣氛，而能營造
這種氣氛的首推幽默。幽默的目的在於讓聽眾喜歡上演講的人，如果他們喜
歡演講的人，那麼也必定喜歡他所講的內容。

第九章　談吐幽默，突顯親和力

有位老師要到某所工讀學校給少年犯上課。他惴惴不安，因為第一堂課的成敗對未來的教學關係重大，當他快步走向講臺時，不小心摔了一跤，全班哄堂大笑起來。這位老師慢條斯理地站起來，直起身子說：「這就是我給你們上的第一課：每個人都可能摔倒，但仍然可以再站起來。」全班立刻鴉雀無聲，隨後是一陣掌聲。老師這句話被接受了。

確實，幽默是一個很受聽眾歡迎的技巧。筆者看見過有人在產品銷售演示會上呼呼大睡；也記得大學課堂裡，上面講得平平淡淡，下面聊得熱火朝天；但是，從來沒見過有人在聽相聲的時候睡著的。每個人都聚精會神，生怕漏掉一個包袱。為什麼？無他，幽默也！

如果每個演講人都能在表情達意的同時，讓大家笑口常開，就不用擔心聽眾們最後不知道他到底說了什麼。

有人說，好的開始，未必是成功的一半，倘若後繼無力，反倒落得虎頭蛇尾的結果。因此，一場好的演講，開場白固然重要，但最不可或缺的還是「幽默」這項要素。

幽默，不但能為演講者減少自身的緊張壓力，更可以快速有效地拉近聽眾與演講者間的距離，更重要的是，可以自始至終讓聽眾保持高度的興趣與注意力。

而幽默是不是天生的呢？當然，個性是一部份，但是幽默程度的高低，卻與生活態度有密切的關聯。

試想，一個不喜歡聽笑話或聽完了堅持不笑的人，會成為具有幽默感的人嗎？

事實上，運用幽默是有技巧及方法的，只是要在時間點及情境上靈活掌握，再加上串連的機智，即可發揮令人欣羨的幽默特質。

根據前人的演講經驗，有關幽默的運用技巧略述如下：

誇大

帕蒂·伍頓（Patty Wooten）是《慈悲的笑：為健康而搞笑》（*Compassionate Laughter：Jest for the Health of It*）一書的作者，她表示，《慈悲的笑：為健康而搞笑》的作者，渲染誇大生活中的情節，能幫助我們找到幽默的感覺。她說，漫畫卡通，鬧劇喜劇，滑稽小丑都採用了誇張手法。

曾有兩位到北極探過險的人回來後，對經歷的冷很自豪，相互比著吹牛：

一位說：「我去過的地方冷極了，冷得連蠟燭的火都凝固了，我們怎麼吹都吹不滅。」

另一位說：「這算不了什麼，我去過的地方更冷，話從嘴裡一出來就變成了冰塊，必須先放到油鍋裡炸一下才知道剛才說了些什麼。」

再說兩個人，相互吹噓自己國家的橋高。

甲：「在我們國家的那座橋上，一個人如果想自殺，十分鐘後才能落水淹死。」

乙：「這算什麼？在我們國家的那座橋上，一個人想跳下去自殺，你猜他是怎麼死的？是餓死的。」

有兩個人相互吹噓自己國家的機器技術先進。

甲：「我們國家發明了一種機器，只要把一頭豬推到機器的入口處，然後轉動把手，香腸便會從機器的另一端源源不斷地出來。」

乙：「這種機器早已過時了。我們國家現在發明了一種機器，如果你覺得香腸不合口味，只要將把手倒轉一下，豬便會活蹦亂跳地從原入口處退出來。」

在高節奏的現代社會，人們普遍感覺壓力大，生活累，工作之餘適時來講講不著邊際的話，以調節和緩解工作壓力，是十分有益的。

第九章　談吐幽默，突顯親和力

　　曾有一位叫「大頭」的小孩，哭著跑回家，對媽媽說：「媽媽，他們都笑我頭很大，我的頭真的很大嗎？」媽媽邊摸著大頭的頭邊笑著說：「你的頭一點也不大！」

　　單是這麼看，沒人了解其幽默點，但若講者配上誇大的手勢動作，再摸著一顆大頭，那麼，「笑點」就會因手勢與內容的矛盾而產生「笑果」。

　　所以，幽默並非會講，還要會「演」，相乘之下才能產生強大的功效！

張冠李戴

　　經常聽到很多人講笑話時，總會非常本份地「原版」搬出，這種說法，充其量只能達到笑話的轉述作用，倘若將笑話中的人事時地物稍作修改，冠上與自身環境相關的串連，則產生出來的效果就完全不同。

「笑」行犯上

　　現代社會的組織漸行扁平化，主管與部屬間的距離拉近，因此，有些較開明的主管，的確能接受演講者的調侃或反諷，不僅能成為全場焦點，更能突顯其包容的格局。但演講者在運用前仍須對這些主管級人物稍加了解，切不可貿然開口，以免慘遭封殺。

自我解嘲

　　最保險且最有效果的幽默就是拿自己作目標消遣自己，此舉非但不會被聽眾看輕，反倒會讓人有一種雍容大度、自信滿滿的瀟灑與特色。

　　……幽默演講的技巧還有很多，在這裡就不一一例舉了。我們在演講過程的運用中，還會有一些影響幽默的絆腳石，值得留神。

　　幽默的特質在演講中是一項極為夠力的祕密武器，但是武器能平亂卻也能製造戰事引發禍端；所以在展現幽默的同時也須當心犯了以下幾項忌諱：

- **預知**：「各位好，我要以一個笑話作開場……」，「我想跟大家說一個笑話……」這種幽默不叫幽默，可以預料不會有好的效果。
- **脫離主題**：為了一開始的氣氛，硬湊個與主題完全無關的笑話，則再好的笑話都會變得毫無價值，切記，絕不可為了說笑話而說笑話。
- **照本宣科**：「老王，我說一個笑話給你聽。」好比一頓牛排大餐直接放到胃裡，一點都體會不出味道。
- **自說自笑**：聽一則笑話，你前仰後翻，講者卻如冷面笑匠若無其事、一臉無辜，這才是高手；反之，則讓自己成了笑話。本末倒置：一場演講，笑話是潤滑劑，若全場以笑話貫串，主從易位，最後聽眾一無所獲，反倒是聽了一堆笑話，成為一場失敗的演講。

　　幽默的培養除了技巧的搭配運用之外，自我的練習也是關鍵，想要透過幽默展現魅力，則必須牢記「四多」：

- **多聽**：來者不拒，網羅各方之精華，不做主觀性的取捨。
- **多記**：不可左耳進右耳出，聽完笑完還得用筆記下才算是資源。
- **多說**：用筆記下後，還要厚著臉皮去說給不同領域的人聽，如此才能了解自己表達笑話的結構及他人接受的反應。
- **多笑**：很少看到那種聽笑話不笑的人，還可以說得一口好笑話的人；多嘗試了解笑話的笑點何在，將有助於自己的說笑功夫。

　　演講者總期待從一開場到結束，都能全場笑聲連連、聽眾意猶未盡，把氣氛營造得熱鬧滾滾；所以講者的「講」功就要有相當程度的思索，才能字字珠璣，妙趣橫生。

第九章　談吐幽默，突顯親和力

務必記住：想抓住聽眾的心，先拿捏住自己的性，適情適性地自然表達，才是上臺演講的最高藝術。

▍掌握住幽默的分寸

世間一切美好的東西，都有一個分寸的問題。比如鹽是一個非常好的調味品，放少了菜餚無味，多了的話，會把菜餚變得苦澀無比。演講中運用幽默也有一個分寸，過分的幽默往往會使人產生油嘴滑舌、輕飄虛偽、喜好賣弄的感覺。

我們都知道，一句幽默的妙語可以為演講帶來輕鬆的氣氛與愉悅的心情，但是接連不斷的妙語、笑話、諷喻，卻只能阻塞溝通。因為「幽默轟炸」通常都會導致思緒緊張，使聽眾跟不上節奏，或者在不停地大笑中忘記了你所要講的真正主題 —— 除非你的演講完全是娛樂性質 —— 這樣性質的演講在現實演講中占極少數，你千萬不要讓幽默「過飽和」。

這就是說，演講需要幽默，但運用幽默要掌握住分寸，恰到好處，否則會適得其反。那麼，要怎樣才能掌握住幽默的分寸呢？

不要急於抖「包袱」

演講者演講時，應該沉住氣，要以獨具特色的語氣和富有戲劇性的情節顯示幽默的力量，在最關鍵的一句話說出之前，給聽眾製造懸念。假如你迫不及待地把結果講出來，或是透過表情與動作的變化顯示出來，那就像餃子都破了一樣，幽默便失去風趣，只能讓人掃興。

不管你肚子裡堆滿了多少可用的笑話，你都不能為了展現你的幽默能力，而不加選擇地一下全倒出來。演講的幽默風趣，一定要根據具體對象、

具體情況和具體語境來加以運用，而不能使說出的話不合時宜。否則，不但收不到幽默所應有的效果，反而會招來麻煩，甚至傷害對方的感情，引起事端。

有些人在演講時，生怕自己不幽默，笑話一個接一個，就像連珠炮一樣。這樣一來，演講內容往往會脫離主題。聽眾聽起來，只是一味地笑，不知道你演講目的是什麼，甚至認為你只是在向他展示幽默才能或者在說單口相聲呢！

還有一種最煞風景的幽默演講，就是在講幽默之前和之中，自己就先大笑起來。自己先笑，只能把幽默給吞沒了。最好的方式是讓聽眾笑，自己小笑或微笑。這就是說，採取「一本正經」的表情和「引入圈套」的手法，才能發揮幽默力量的正確途徑。

在每次講話結束的時候，最好能激發全體聽眾發自內心的笑。不妨試試，用風趣的口吻講個小故事或說一兩句俏皮話、雙關語或是幽默的祝願話，這些都是很妙的結尾。總之，你要設法在聽眾的笑聲中說「再見」，讓你的聽眾面帶笑容和滿意之情離開會場。

不要褻瀆崇高

另外，你要記住，動什麼也別動「崇高」。什麼是崇高？它就是人們所尊崇的莊嚴的事物。比如說，一個民族、國家、社會制度和宗教信仰等。清代陳皋謨所編輯《笑倒》一書後所附〈半庵笑政〉中，有「笑忌」一節，其中便有一忌：「侮聖賢」。這和我們所討論的褻瀆崇高是一個意思。每個時代不同的人群都有自己尊崇的「聖賢」，即神聖、崇高的事物。現代社會，為眾人所接受的英雄形象，能維護公眾利益的權威形象，似古時「聖賢」一般，不可拿來做幽默烹調的原料。

第九章　談吐幽默，突顯親和力

講究演講場合

　　場合也是一個需要演講者要注意的問題。美國前總統雷根在一次國會演講前，為了試試麥克風是否功能正常，隨口開了一個玩笑：「先生們請注意，五分鐘後，我們將對蘇聯進行轟炸。」這個玩笑開得可不是場合，簡直可以稱之為國際玩笑。結果，當時的蘇聯政府為此提出了嚴正的抗議，並要求雷根為此道歉。作為演講者，要知道什麼場合能夠開玩笑，能夠開什麼樣的玩笑。

　　如果你僅僅把講究時機作為幽默語言的準則，那也太片面了，因為要想成功地使用幽默，在講究時機的同時還應該注意大環境。只有講究場合，演講者才能把幽默運用得更加恰如其分，才能營造氣氛。

　　在演講中，如果你在不恰當的時候幽默，往往會適得其反。比如，當大家都悲傷的時候，你卻冷不丁地說笑話，你肯定會被唾罵。

　　在發生重大事件的嚴肅場合，不合時宜的幽默話語會引起別人的誤解甚至怨恨。比如說，某地發生自然災害，你在演講的時候就不能使用幽默，也不要講笑話，你的演講應該給別人希望，給別人力量，而不是讓聽眾開懷大笑。

　　在莊重的社交活動中發表演講，任何戲謔的話語都可能招來非議。在莊重場合，如果你幽默起來沒有分寸、太過誇張，為追求效果而手舞足蹈，不同於自己的平常表現，也會使人反感，別人會認為你虛偽浮躁，不夠穩重。這會嚴重影響你的個人形象。

看準演講對象

　　在演講過程中，每個聽眾的身分、個性、心情不同，對玩笑的承受能力也不同。同樣一個玩笑，能對某個群體開，不一定能對另一個群體開。在生活中，晚輩不宜對前輩開玩笑，下級不宜對上級開玩笑。即使是在同輩人之間開玩笑，也要掌握對方的個性與情緒。

如果聽眾能寬容忍耐，玩笑稍為大些也能得到諒解，如果聽眾的心胸沒那麼寬廣，喜歡思索言外之意，開玩笑就應慎重。

你還需要注意的是，尊老愛幼是我國的傳統，因此與老人和小孩玩幽默時，尤其要小心。在某次電影節頒獎禮上，主持人的「幽默」引來網友的「磚頭」無數。我們試舉主持人的幾則幽默：

當電影編劇獲得終身成就獎時，主持人對年屆八旬的獲獎編劇說：「祝你永遠不得老年痴呆症。」這句幽默的祝福話，讓人聽了如同詛咒。而當 90 高齡的老藝術家上臺領終身成就獎時，主持人說：「我們是你的粉絲……你知道什麼是粉絲嗎？」老藝術家不客氣地說，「我感覺妳跟我說話的語氣，好像是個白痴。」而當主持人祝福老藝術家「長命百歲」時，臺下有觀眾小聲議論，「老人家都九十歲了，祝她長命百歲是什麼意思？！」

不能離題

扣題是幽默演講的一個要求。否則，人家只是記住你的幽默而忘記了你的觀點。那些高明的演講大師，從來就不是單純地為幽默而幽默，他們的幽默，都能扣住主題，用來引出話題或強化觀點的。

如果你想製造扣題的幽默，應該把幽默與你所要表達的觀點連接起來。你所要做的不僅僅局限於選擇一個反映主題的笑話。例如，演講主題與電腦有關，並不意味著任何與電腦有關的笑話都扣題。如果你想說明電腦並不是沒有錯誤的觀點，有關電腦差錯的笑話是扣題的，而有關電腦價格的笑話是不扣題的。

在幽默的所有手法中，類比是演講中最扣題的一種。類比是比較兩個不同的事物，尋找它們的相關性。建立這種關係是類比的核心，並有助於保證幽默是扣題的。建立這種關係的訣竅是將幽默與你在演講中所要闡述的觀

點連接起來。下面的例子說明了如何運用類比方法：

　　臺灣笑星凌峰就是一位類比的高手。一次宵夜聚會，在座的編導、導演及記者滿滿兩席。凌峰左座的是他的忘年交、泳壇世界冠軍小楊。原來擬議中的跨年晚會，將有他跟小楊將一起唱歌表演。席間凌峰突然正經地起立道：「這是誰出的餿主意？我這 165 公分的身高，小楊 180 公分高，能相配嗎？」正當大家為這一嚴肅幽默大笑時，驟然，他又把小楊拉起身，邊唱邊比劃著他跟小楊的「高低懸殊」，接著說：「我現在有一種不和諧的距離感！」

　　更有意思的是，席間一位年輕的女歌手邀凌峰與之對唱……至最後，凌峰緊緊攬著對方的「手」向眾人說：「唉，離開年輕的妻子越久，這種感覺可越好！」把大家都逗得前俯後仰。

掌握住幽默的分寸

一張嘴，天下隨：

精挑話題 × 細選素材 × 投入情感 × 營造氣氛，演說題材信手拈來，再也不怕被突然 cue 上臺

編　　著：吳馥寶，老泉

編　　輯：曾郁齡

發 行 人：黃振庭

出 版 者：財經錢線文化事業有限公司

發 行 者：財經錢線文化事業有限公司

E-mail：sonbookservice@gmail.com

粉 絲 頁：https://www.facebook.com/
　　　　　sonbookss/

網　　址：https://sonbook.net/

地　　址：台北市中正區重慶南路一段六十一號八
　　　　　樓 815 室

Rm. 815, 8F., No.61, Sec. 1, Chongqing S. Rd.,
Zhongzheng Dist., Taipei City 100, Taiwan

電　　話：(02)2370-3310

傳　　真：(02)2388-1990

印　　刷：京峯彩色印刷有限公司（京峰數位）

律師顧問：廣華律師事務所 張珮琦律師

定　　價：350 元

發行日期：2022 年 11 月第一版

◎本書以 POD 印製

國家圖書館出版品預行編目資料

一張嘴，天下隨：精挑話題 × 細
選素材 × 投入情感 × 營造氣氛，
演說題材信手拈來，再也不怕被突
然 cue 上臺 / 吳馥寶，老泉編著 . --
第一版 . -- 臺北市：財經錢線文化
事業有限公司 , 2022.11
面；　公分
POD 版
ISBN 978-957-680-523-3(平裝)
1.CST: 演說術 2.CST: 說話藝術
811.9　　111015870

電子書購買

臉書